BIRGIT MAYR

Der Kräuter- heiler vom Tegernsee

GIFTIGES GEHEIMNIS Babette lebt seit dem Tod ihrer Eltern bei ihrem Großvater Anton, der von den Einheimischen der »Kräuterheiler vom Tegernsee« genannt wird. Der Kräuterkundige ist über die bayerischen Landesgrenzen hinaus für seine außergewöhnlichen Heilerfolge bekannt. Als eine gefährliche Lungenkrankheit grassiert, findet er die heilende Kräutermischung. Dem Chef eines Hamburger Pharmakonzerns ist das ein Dorn im Auge. Er versucht mit allen Mitteln, an die heilende, gewinnversprechende Rezeptur zu gelangen und schickt den gutaussehenden Sebastian Grewe an den Tegernsee. Er soll Babette umgarnen und ihr die Information entlocken. Als ein Giftanschlag das Tegernseer Tal erschüttert und der Kräuterheiler spurlos verschwindet, nimmt die schrullige Hauptkommissarin Erna Salvermoser mit ihrem Polizeimops Ganghofer die Ermittlungen auf.

© LISA BAHNMUELLER

Birgit Mayr wurde 1963 in Bad Tölz geboren, ist Mutter zweier erwachsener Söhne und lebt zusammen mit ihrem Ehemann in der Nähe der Kreisstadt. Die beiden führen gemeinsam ein mittelständisches Unternehmen. Die ausgebildete Heilkräuterkundige verbrachte einen großen Teil ihrer Jugend am Tegernsee, an dem sie sich noch immer gerne aufhält. In ihrer Freizeit bietet sie mit Freundinnen historische und kulinarische Stadtführungen durch Bad Tölz an. »Genussvoller Tod am Tegernsee« ist Birgit Mayrs zweiter Krimi im Gmeiner-Verlag.

BIRGIT MAYR

Der Kräuter-
heiler vom
Tegernsee

KRIMINALROMAN

GMEINER

Immer informiert

Spannung pur – mit unserem Newsletter informieren wir Sie regelmäßig über Wissenswertes aus unserer Bücherwelt.

Gefällt mir!

Facebook: @Gmeiner.Verlag
Instagram: @gmeinerverlag

Besuchen Sie uns im Internet:
www.gmeiner-verlag.de

© 2023 – Gmeiner-Verlag GmbH
Im Ehnried 5, 88605 Meßkirch
Telefon 0 75 75 / 20 95 - 0
info@gmeiner-verlag.de
Alle Rechte vorbehalten
3. Auflage 2025

Lektorat: Christine Braun
Satz: Mirjam Hecht
Umschlaggestaltung: U.O.R.G. Lutz Eberle, Stuttgart
unter Verwendung eines Fotos von: © birdys / photocase.de
Druck: Custom Printing Warschau
Printed in Poland
ISBN 978-3-8392-0336-1

1

BIRKE

Es kündigte sich ein verheißungsvoller Tag an, als Babette in aller Herrgottsfrüh vor ihren Hof am Tegernsee trat, den sie gemeinsam mit ihrem Großvater Anton bewohnte.

Die Kirchturmuhr von Rottach-Egern schlug achtmal. Babette warf einen Kontrollblick auf ihre Armbanduhr. Im Haus war alles still. Der Großvater war kurz nach Sonnenaufgang mit seinem Weimaraner Aaron aufgebrochen, um Kräuter und Wurzeln zu sammeln. Nur Kater Giacomo patrouillierte über das Grundstück, um sich zu vergewissern, dass in seinem Revier alles in Ordnung war und keine Maus auch nur einen Fuß auf das weitläufige Gelände setzen konnte. Giacomo und Aaron duldeten einander. Es war nicht so, dass sie sich liebten, aber sie akzeptierten sich. Manchmal versteckte sich Giacomo in einem Busch und wartete so lange, bis Aaron vorbeikam. Mit einem Satz sprang er dann heraus und wischte dem verdutzten Aaron mit der Pfote durchs Gesicht. Bevor der sich ansatzweise von seinem Schreck erholen konnte, war Giacomo schon auf den nächsten Baum geflüchtet, unter dem Aaron dann so lange bellend saß, bis es ihm zu blöd wurde und er sich wieder ins Haus trollte.

Nach dem Unfalltod ihrer Eltern vor 17 Jahren war Babette als Achtjährige zu ihren Großeltern gekommen. Ein 18-jähriger Autofahrer hatte eine rote Ampel übersehen und war in das Auto ihrer Eltern gekracht. Sie hatten keine Chance gehabt. In den ersten Jahren nach dem Unglück hatte die Großmutter noch gelebt, aber der Verlust ihres geliebten Sohnes und seiner Frau hatte sie an gebrochenem Herzen sterben lassen. Seitdem lebten Babette und der Großvater alleine in dem bäuerlichen Anwesen. Tante Theres kam fünfmal die Woche zu ihnen und kümmerte sich um den Haushalt. Ihr konnte Babette das Herz ausschütten, wenn es um Dinge ging, die Männer nicht verstanden.

Wenn der Kummer sie zu überwältigen drohte, suchte Babette Trost in der kleinen Antoniuskapelle, die ihr Urgroßvater, der ebenfalls Anton geheißen hatte, neben dem Hof errichten ließ, als er unbeschadet aus dem Krieg nach Hause gekommen war. In einer ausweglosen Situation auf dem Kriegsfeld hatte er geschworen, eine Kapelle zu bauen, sollte er die Schlacht überleben. Und wie durch ein Wunder hatte er überlebt. Für Babette war diese kleine Kapelle ein Zufluchtsort, den sie seit dem Tod ihrer Eltern immer wieder aufsuchte und dort das stumme Gespräch mit dem heiligen Antonius suchte. Er gab ihr Kraft und Trost zugleich.

Vom Hof aus hatte man einen herrlichen Blick über den Tegernsee. Babette schaute skeptisch auf das Wasser. Erste Schaumkronen hatten sich gebildet und kündeten einen eventuellen Wetterumschwung für den Nachmittag an, wenn der Föhnwind, der über den Alpenkamm zog, nachließ.

Vereinzelte Frühaufsteher ließen ihre Surfboards zu Wasser und hofften auf den perfekten Wind, meist Einheimische, denn die Münchner, von den Leuten im Tegernseer Tal die »Stoderer« genannt, überrannten am Wochenende frühestens um 10 Uhr das Tal, vorher kamen sie nicht aus ihren Betten. Stundenlang standen sie dann auf der Straße, oft schon ab der Salzburger Autobahn, Ausfahrt Holzkirchen. In Gmund teilten sich die Reihen. Die einen zog es rechts nach Bad Wiessee, die anderen links nach Tegernsee oder Rottach. Und gegen 17 Uhr das gleiche Spiel zurück nach München. Wer in diesen Stoßzeiten in den Wehen lag, der hatte schlichtweg Pech, oder man brachte das Kind zu Hause oder im Auto zur Welt, denn bis nach Agatharied ins Krankenhaus dauerte es mit Stau viel zu lange.

Bis Ende der 90er hatte man noch in Tegernsee entbinden können. Heute entstanden auf dem ehemaligen Krankenhausgelände exklusive Wohnungen für die »Zuagroasten«, also die Zweitwohnungsbesitzer. Seinen Zweitwohnsitz im Tal zu haben, galt als schick. Es war das südliche Sylt mit der gleichen Schickeria. Sehen und gesehen werden, lautete das Motto, nur dass hier der Allradantrieb des Porsche Cayenne im Winter zum Einsatz kam, wogegen es in Sylt einfach nur cool war, ein solches Auto zu fahren.

Aber Gott sei Dank gab es auch die ganz normale Landbevölkerung. Man kannte sich von der Schule, und man wusste, wer mit wem und wann und wo.

Und erst im Sommer die Waldfeste rund um den See! Als junges Mädchen hatte Babette den ersten Festen entgegengefiebert, traf man dort doch den einen oder anderen Schwarm aus der Schule. Das Dirndl war obligatorisch, nicht so wie in München, wo man nur zum Oktoberfest Tracht trägt.

Babette atmete die laue Mailuft ein, reckte und streckte sich. Der Flieder stand in voller, duftender Blüte, und der weit ausladende Holler vor dem Hof setzte seine ersten zarten Blütentriebe an. Im Geiste verneigte sie sich vor dem Holunderbaum. Das hatte ihr der Großvater schon in Kindheitstagen so eingebläut.

»Zieh vor am Holler immer den Hut. Er is a zauber- und heilkräftige Pflanzn und beschützt dein Haus vor bösen Geistern. Und, ganz wichtig, fäll nie an Holler. Er sucht sich di aus, und wenn er vor deim Haus wachsen will, dann lass ihn, sonst passiert a Unglück.«

Mag es Zufall sein oder nicht – als der Nachbar vor zehn Jahren auf dem Nachbargrundstück bauen wollte, stand ihm ein Holunderbaum im Weg. Er fällte den Baum, und kurz danach kam er bei Waldarbeiten ums Leben. Seitdem brachte Babette dem Holler noch mehr Respekt entgegen und zog zumindest innerlich den Hut. Im Frühjahr erfreute sie sich an seinen Blüten, die sie zu Sirup oder zu Hollerkiachal, einem Schmalzgebäck, verarbeitete. Die Großmutter hatte sie gelehrt, wie man diese Köstlichkeit zubereitet. Mit Vanilleeis und Schlagrahm serviert, ließ das den besten Sternekoch erblassen, und davon gab es einige im Tegernseer Tal. Im Herbst presste sie die Beeren des Holunders zu Saft, der im Winter über manch einen grippalen Infekt hinweghalf.

»Hollersaft«, sagte der Großvater immer, »is oans unserer heilkräftigsten Mittel, des wir haben. Man muass den Saft aber nach dem Pressen kurz erhitzen, ansonsten is er giftig und man kimmt vom Häusl ned mehr runter.«

Babette wollte es als junges Mädchen nicht glauben und hatte ein halbes Glas unerhitzten Saft getrunken. Danach wusste sie, dass der Großvater recht hatte.

Die letzten Schneefelder waren auf dem Wallberg noch zu sehen. Babette war froh, dass der lange Winter endlich vorbei war, obwohl sie es sehr genossen hatte, in Kreuth Langlaufen zu gehen, meist ganz in der Früh, wenn die ersten Sonnenstrahlen es über die Berge geschafft hatten und in der Weißach einen glitzernden Tanz aufführten, während man leise durch den Wald am Fluss entlangglitt. Hie und da begegnete man einem Reh oder einem Fuchs. Babette liebte diese einsamen Stunden.

Sie bemerkte ihren Großvater, der über die Wiesen auf den Hof zukam, den Blick auf den Boden gerichtet. Aaron trabte treu ergeben neben ihm her. Großvater trug, wie jeden Tag, seine braune Lodenjacke und seine speckige Lederhose, die er von seinem Vater und der wiederum von seinem Großvater geerbt hatte. Babette mochte sich gar nicht vorstellen, was alles zutage kommen würde, betrachtete man die Hose durch ein Mikroskop. In der Hand trug er eine kleine Sichel, die er immer zum Kräutersammeln mitnahm, und einen kleinen Leinenrucksack.

»Griaß di, Babl«, rief er schon von Weitem. »Kriag i no an Kaffee?«

»Freilich, Großvater«, erwiderte sie lächelnd.

Er ging zum Brunnen vor dem Haus und wusch sich seine Hände. Das konnte er sich nicht abgewöhnen. Seit Jahrzehnten gab es im Haus fließendes Wasser, aber er wusch sich die Hände am Brunnen, wie er es als Kind schon gemacht hatte. Dort kam das Wasser von der eigenen Quelle. Er machte eine hohle Hand und trank das Wasser aus ihr. Das war sein morgendliches Ritual.

»Des is a b'sonders Wasser, Babl«, sagte er, seit sie denken konnte. »Des Wasser kann heilen! Trink jeden Tag a Glaserl davon, des tut dir gut.«

Ächzend nahm er auf der Hausbank Platz und wischte sich mit seinem Stofftaschentuch den Schweiß von der Stirn. »Oh mei, i werd aa ned jünger.« Er lachte verschmitzt unter der Krempe seines Trachtenhutes hervor, den er energisch hin und her schob, bis er wieder richtig saß.

»Ja mei, Großvater, a Verjüngungskraut host no ned g'funden, gell?« Sie stellte ihm ein Haferl Milchkaffee hin und reichte ihm eine Butterbreze, die sie für ihn zubereitet hatte. Genüsslich tunkte er diese in den heißen Kaffee. Babette konnte nicht hinschauen, sie hasste es, wenn Fettaugen im Kaffee schwammen.

»Host heid no a Kundschaft, Großvater?«

Anton kratzte sich an seinem Vollbart. »Ja, so a Preiß aus Düsseldorf kimmt heid no. Keine Ahnung, woher der mei Adresse hod.«

Babette schmunzelte. Ihr Großvater war ein sogenannter Heil- und Kräuterkundler, man nannte ihn den »Kräuterheiler vom Tegernsee« oder oft auch nur »Bergheiler«. Er besaß, wie man munkelte, den erweiterten Blick. Die Alten raunten, er sei Vermittler zwischen den Ahnen und er könne viele Leiden abbeten. Von nah und fern kamen die Leute und suchten seinen Rat. Offiziell durfte er nicht therapieren, da ihm die Ausbildung dazu fehlte, aber sein Heilwissen, welches er wiederum von seiner Großmutter erlernt hatte, seine Gebete und die Heilerfolge hatten sich herumgesprochen. Und so gab man hinter vorgehaltener Hand seine Adresse weiter. Er verlangte kein Geld für seine Dienste, nur bei besonders Reichen ein Opfergeld für den heiligen Antonius, seinen Schutzpatron, der ihm, wie er sagte, mit Rat und Tat zur Seite stand.

Hinten im Hof hatte der Großvater sein Konsultationszimmer. Es war das umgebaute Schlafzimmer seiner verstorbenen Frau Kreszenz und ihm. Ein einfacher Holztisch und vier Stühle standen darin, zwei vor dem Tisch und zwei gegenüber. An den mit Holz vertäfelten Wänden hingen alle möglichen Heiligen, vor allen Dingen die 14 Nothelfer, die man in allen Lebenskrisen anrufen konnte. Mal waren es Hinterglasbilder, mal in Öl gemalt oder einfach als Kunstdruck. Am Rande des Tisches stand eine große Antoniusfigur mit dem Jesuskind auf dem Arm, der über alles zu wachen schien. Das angrenzende Esszimmer mit der geschnitzten Eckbank und dem Herrgottswinkel diente als Wartezimmer.

Der Großvater wischte sich seine von der Butterbrezen fettigen Finger an der Lederhose ab. Dafür war sie schließlich da. Babette erschauerte innerlich, wenn sie daran dachte, wie viele Generationen sich an dieser Lederhose schon die Finger abgewischt hatten.

»Was host denn heid alles g'sammelt, Großvater?«, fragte Babette und warf einen prüfenden Blick in seinen Leinenrucksack, den er neben sich auf der Bank abgestellt hatte.

»I hob a paar junge Brennnesseln, Löwenzahn und Spitzwegerich mitg'nommen, a bissal Lärchenharz eing'sammelt und a Meisterwurz oben am Berg g'stochen. Es is grad abnehmender Mond, wie du woaßt, die beste Zeit zum Wurzelnstechen. Die Säft der Pflanzn ziehen sich dann in die Wurzel z'ruck und entfalten die größte Heilkraft.«

Babette war mit den Heilkräutern vertraut. Schließlich zierten etliche Tinkturfläschchen, Tees und Salben die Regale des Hofes, und auf dem Speicher hingen unzählige Kräuterbuschen und getrocknete Wurzeln vom letzten Jahr und warteten darauf, verarbeitet zu werden. Ihr Großvater rührte alle Salben und Tinkturen selbst an. Für jedes Wehwehchen hatte er das passende Kraut. Hatte er das, in welcher Form auch immer, verabreicht und seine Gebete gesprochen, ließ die Heilung nicht lange auf sich warten. Babette erinnerte sich noch gut daran, wenn sie als Kind mit aufgeschlagenen, blutenden Knien nach Hause gekommen war. Großvater hatte dann ein paar Spitzwegerichblätter aus der Wiese abgezupft, sie zwischen Daumen und Zeigefinger zu einer klebrigen Masse zerquetscht und ihr diese als natürliches Wundpflaster auf das Knie geschmiert. Und wenn ihr bei einer längeren Wanderung die Füße wehgetan hatten, hatte er ihr ein Blatt des Breitwegerichs unter ihre Fußsohle gelegt, was eine wohltuende Wirkung erzeugte.

Jedes Jahr im Frühling, wenn der Schnee noch nicht ganz geschmolzen war, aber die ersten warmen Sonnenstrahlen den Vögeln ein fröhliches Zwitschern entlockten, ging der Großvater, bewaffnet mit großen Flaschen, einem Handbohrer und mehreren Strohhalmen, in ein nahe gelegenes Birkenwaldstück. Zunächst legte er ein Ohr an die Birke, um zu hören, wo sich die Wasserader befand, sprach ein stilles Gebet und bat den Baum um seinen Saft. Vorsichtig setzte er dann den Handbohrer an und bohrte ein kleines Loch durch die Rinde, bis er auf die Wasserader stieß. Er steckte einen Strohhalm hinein, dessen anderes Ende in eine Glasflasche führte. Die Flasche band er an den Baum. Nach ein paar Stunden war die Flasche gefüllt, er zog den Strohhalm raus und verschloss das kleine Loch mit Baumkitt, da die Birke sonst ausbluten und absterben würde. Babette musste jeden Tag ein kleines Glas des Wassers trinken. Es schmeckte süß, roch nach Vanille und entgiftete den Körper nach den langen Wintermonaten, war gut für die Nieren und half gegen Harnwegsinfekte. Äußerlich aufs Haar aufgetragen, sollte es den Haarwuchs fördern. Die Birke gab nur ein paar Tage im Jahr ihr Wasser ab. Mit der ersten Blattknospe verschloss sie ihre Adern und verwendete, wie eine Mutter, ihr Wasser nur noch für die aufkeimenden Blätter und Knospen.

Babette hatte früh gelernt, jede Pflanze zu achten, auch das sogenannte Unkraut. Darin befand sich meist die größte Heilkraft. Der Großvater hatte Babette von klein auf an das Wunder der Natur herangeführt. Sobald sich ein Schnupfen bei ihr angekündigt hatte, war er mit ihr in den Wald gegangen, um einen Ameisenhaufen zu suchen für den Taschentuchtrick. Er nahm ein Stofftaschentuch und breitete es über den Ameisenhaufen aus. Die Ameisen registrierten das Tuch als Feind und bespritzten es mit Ameisensäure. Daraufhin befreite er es von den Ameisen und ließ Babette daran riechen, ermunterte sie, kräftig einzuatmen. Die Ameisensäure entfaltete ihre heilende Wirkung und machte die Nase frei. Großvater nannte es Waldmedizin.

Der Großvater erhob sich, trug seine Kaffeetasse in die Küche und ging in sein Konsultationszimmer. Jedes Mal, bevor sein »Besuch« kam, vertiefte er sich eine halbe Stunde lang in seine Gebete, rief die 14 Nothelfer und den heiligen Antonius an mit der Bitte, ihm beim Heilen zu helfen und das richtige Kraut für die Kranken zu finden. Fast immer bat er Babette, sich während der Besprechung neben ihn zu setzen, um im Stillen für die Konsultanten zu beten. Als Kind war es ihr merkwürdig vorgekommen, für fremde Leute zu beten, aber mittlerweile war sie davon überzeugt, dass Gebete und das richtige Kraut heilen konnten. Im Laufe der Jahre hatte sie es immer wieder miterlebt.

Früher war ihr der Großvater ab und zu unheimlich gewesen. Sie hatte sich gerne in einem Schrank versteckt, die Tür einen Spalt offen gelassen und beobachtet, wie er mit jemandem gesprochen hatte, obwohl niemand im Raum gewesen war. Sie hatte sich keinen Reim darauf machen können, und ihn zu fragen, hatte sie sich nicht getraut. Erst später, als Jugendliche, hatte sie von Älteren gehört, dass ihr Großvater besondere Fähigkeiten besitze. Aber ganz glauben konnte sie es nie.

Kurz bevor der »Besuch« aus Düsseldorf kam – »Patient« durfte er ja nicht sagen –, kam der Großvater aus seinem Zimmer.

»Du, Babl?«, rief er in den Garten, wo sie damit beschäftigt war, die frisch gepflanzten Geranien in den Kästen zu gießen.

»Was is, Großvater?«

»Heid hob i an komplizierten Fall. Kimmst bittschön mit rein und betest für den Herrn aus Düsseldorf?«

Babette hatte keine Ahnung, woher er wusste, dass der Mann ein »komplizierter Fall« war, aber beim Großvater wunderte sie nichts mehr. Deshalb antwortete sie: »Ja, freilich, i wasch mir nur no schnell d'Händ.«

Kurz darauf fuhr eine dunkelblaue Limousine vor. Ihr entstieg ein Herr mittleren Alters im grauen Maßanzug. Babette fiel seine komische Gesichtsfarbe auf.

»Grüß Gott«, rief er ihr entgegen.

Es klang so, wie Norddeutsche »Grüß Gott« sagten, also komisch in den Ohren eines Einheimischen.

»Bin ich hier richtig beim Klaslhof?«

Babette nickte und strich sich eine Strähne aus dem Gesicht, die sich aus ihren zum Pferdeschwanz gebundenen Haaren gelöst hatte.

»Guten Morgen, ja, freilich san S' hier richtig, des is der Klaslhof. Kommen S' nur rein, der Großvater erwartet Sie scho.«

Der Name Klaslhof kam daher, weil der 500 Jahre alte Bauernhof früher eine Klause und Pferdetränke gewesen war. Der Hofname blieb über die Jahrhunderte erhalten, nur die Namen der Besitzer änderten sich.

Babette strich die Schürze ihres Waschdirndls glatt und führte den Besucher in das ehemalige Schlafzimmer ihrer Großeltern. Der Großvater hatte schon drei Kerzen entzündet, das tat er immer, wenn »Besuch« kam. Babette nahm neben ihm Platz und fing im Stillen an, für den fremden Mann zu beten.

Der irritierte Besucher setzte sich ihnen gegenüber, während die 14 Nothelfer von den Wänden auf die kleine Gruppe blickten.

Der Großvater schaute dem Mann lange in die Augen, bevor er ihn fragte: »Was führt di zu mir?«

Babette sah ihrem Großvater an, dass er die Antwort bereits kannte, woher auch immer.

Der Mann räusperte sich und berichtete dann von einem Stechen in der Lunge und im Oberbauch, Atemproblemen, Unwohlsein, Müdigkeit und Leistungsabfall. Sein Arzt wollte ihn ins Krankenhaus überweisen, weil er einmal kurz ohnmächtig geworden sei.

Der Großvater nahm seine Hand, betrachtete seine Nägel und ließ ihn die Zunge herausstrecken. Er fragte ihn nach der Farbe seines Stuhles und des Urins, was Babette als besonders eklig empfand, aber sie hatte sich an die merkwürdigen Fragen ihres Großvaters gewöhnt.

Sie senkte ihren Blick und betete im Stillen weiter. »Gegrüßet seist du Maria, voll der Gnade, der Herr ist mit dir …«

Schließlich lehnte sich der Großvater zurück, schloss die Augen und faltete seine Hände im Schoß. Nach einer gefühlten Ewigkeit erhob er sich, ging zielstrebig zu seinem Tinkturenschrank und sperrte die Tür auf. Den Schlüssel dazu trug er immer am Bund der Lederhose. Er entnahm aus einer Reihe brauner Fläschchen zielstrebig zwei Stück, auf denen »Lungenelixier« und »Leberelixier« stand. Der Inhalt bestand aus bitteren Kräutern und Wurzeln, die klein geschnitten und in hochprozentigem Schnaps in dunklen großen Flaschen angesetzt wurden. Babettes Aufgabe war es, die Flaschen täglich zu schütteln und bei Vollmond ins Freie zu stellen. Nach sechs Wochen hatten die Pflanzen ihre Heilkraft an den Alkohol abgegeben und konnten abgeseiht werden. Durch die vielen Bitterstoffe schmeckten sie alles andere als gut.

Der Großvater hielt dem Düsseldorfer die Fläschchen an den Bauch, nahm sein Pendel und wartete, bis es nicht mehr ausschlug.

»Davon nimmst jeweils täglich dreimal 20 Tropfen in am kloanen Glasl Wasser auf nüchternen Magen«, sagte er schließlich und reichte ihm die Fläschchen. »Zusätzlich machst dir täglich am Abend an warmen Leberwickel und trinkst dreimal täglich a Tass Tee mit meinen Kräutern.« Er griff hinter sich und holte einen abgepackten Kräutertee aus der Kommode. »Den Tee zehn Minuten zuadeckt ziehn lassen und in kleinen Schlucken trinken. Dinkelkost nach Hildegard von Bingen wär aa von Vorteil.« Er reichte ihm einen Prospekt mit Ernährungsvorschlägen. »Und in vier Wochen kimmst no amoi vorbei, dann seng ma weiter. Auf Alkohol muasst so lang verzichten.«

Babette schien es, als ob der Besucher wieder etwas Farbe im Gesicht angenommen hätte.

»Außerdem gehst täglich a Stund spazieren und klopfst dir dabei auf die Thymusdrüse oberhalb des Herzens in der Mitte vom Brustbein.«

Er zeigte ihm bei sich, wo sich die Thymusdrüse befand, und klopfte mit den Fingerkuppen auf diese Stelle. Der Großvater blickte ihm erneut tief in die Augen und meinte schließlich mit sanfter Stimme und einem Lächeln auf den Lippen: »Dei verstorbener Vater wär stolz auf di und aa z'frieden mit dir, wenn du ned so vui arbeitest. Du wirst wieder ganz g'sund. Er wird di auf dem Weg deiner Heilung begleiten.«

Dem Besucher schossen die Tränen in die Augen, und er stammelte: »Woher wissen Sie … Ich meine, Sie können doch gar nicht …?«

»Alles wird guad, hab Vertrauen! Alles kimmt in Ordnung.«

Verwirrt erhob sich der Mann und nahm seine Tinktur und seine Kräuter. Beim Hinausgehen fiel ihm ein, dass er nicht bezahlt hatte. »Was bin ich Ihnen schuldig?«

»A Opfergeld für den heiligen Antonius, des kannst in der St. Quirinuskirch in Tegernsee einwerfen und gleichzeitig drei Vaterunser und drei ›Gegrüßet seist du, Maria‹ beten.«

Der Mann murmelte ein »Auf Wiedersehen« und ging sichtlich bewegt zu seinem Auto, nicht ohne sich an dem niedrigen Türrahmen, wie es in alten Höfen üblich war, den Kopf anzustoßen. Aber er bemerkte es nicht einmal, eilte zu seiner Limousine und fuhr aus der Hofeinfahrt hinaus.

Der Großvater öffnete alle Fenster und entzündete ein getrocknetes Salbeibüscherl, um den Raum zu reinigen, wie er sagte. Dieses Ritual machte er nach jedem Besuch.

»Kimmt's mir nur so vor, Großvater, dass solche Krankheiten zurzeit öfter auftreten, oder täusch i mi?«

Der Großvater schloss das Räucherwerk in seine Schublade und meinte seufzend: »Nein, Babl, du täuschst di ned, i hob fast jede Woch solche B'sucher. Der Herrgott wird sich scho was dabei ’dacht haben, wenn er a neue Krankheit auf den Plan ruft.«

Als Babette wenig später nach draußen ging, um nach den Hühnern zu schauen, saß auf der Hausbank die alte Luidlin aus der Nachbarschaft, die schon in ihrem 90. Sommer angekommen war. In ihren Händen hielt sie einen Laib selbst gebackenes Brot.

»Is er do?«, fragte sie Babette und deutete mit dem Finger zum Behandlungszimmer. »I hob ihm wieder a Brot ’backen.«

»Freilich, Luidlin, geh nur rein zu ihm. Do wird er sich freun.«

Babette wusste, dass sie bei der Luidlin nicht mitkommen musste. Die Alte kam oft nur auf einen Ratsch vorbei oder wenn es mal wieder irgendwo zwickte und zwackte. Dann gab ihr der Großvater seine mittlerweile über das Tal hinaus berühmte Antoniussalbe mit allerlei selbst gesammelten Berg- und Wiesenkräutern. Ganz genau wusste Babette nicht, was in der Salbe drin war, aber sie half anscheinend gegen allerlei Zipperlein. Auch auf den selbst angesetzten Antonius-Branntwein zum Einreiben schwor die Luidlin, und nicht nur sie. Wenn Salbe oder Branntwein nicht halfen, beispielsweise wenn ein Wirbelgelenk blockiert war, renkte Anton die Knochen wieder ein, wie man landläufig dazu sagte, egal ob bei Mensch oder Vieh. Er tastete dazu kurz die Wirbelsäule mit seinen Fingern ab und wusste schnell, wo er den Hebel ansetzen musste. Babette hasste das krachende Geräusch, das dabei entstand.

Er hatte ihr erklärt: »Babl, die Wirbelsäule muasst dir vorstellen wie an Reißverschluss. Sobald sich a kloans Zahndal falsch verhakt, geht nix mehr.«

Das leuchtete ihr ein. Das Geräusch mochte sie trotzdem nicht, aber das erleichterte Gesicht der Besucher nach dem Lösen der Wirbel sprach Bände. Oft drehten und wendeten sie sich und konnten ihr Glück kaum fassen, wieder beweglich zu sein.

Wenn der Großvater unsicher mit seiner Diagnose oder den Kräutern war, griff er zum Pendel. Babette war jedes Mal aufs Neue erstaunt, wie treffsicher er danach befundete und wusste, welche Kräuter er benötigte.

Nach einer halben Stunde kam die Luidlin zurück und setzte sich zu Babette auf die Hausbank.

»Was täten wir nur ohne dein Opa? Er hod für alles a Kraut. Und erst sei Hämorrhoidencreme! I sag dir, wenn du dir die Creme auf den Hintern schmierst, dann …«

»Stopp, Luidlin, so genau will i des gar ned wissen.« Babette erschauerte bei dem Gedanken an die Hämorrhoiden der alten Luidlin.

Die schnitt schon das nächste Thema an, das sie bei keinem ihrer Besuche unerwähnt ließ. »Wie schaut's denn bei dir aus, Babette? Hod dei Großvater auch a Kraut für di?« Die Luidlin lachte wie eine alte Hexe. »Du woaßt scho, i moan a Männerbeschaffungskraut.«

Babette schmunzelte, die Luidlin war nicht die Erste, die ihr einen jungen Burschen zuschanzen wollte. »Nein, Luidlin, do vertraut der Großvater eher auf den heiligen Antonius, der aa für den geeigneten Lebenspartner zuständig is. Wahrscheinlich hod er ihm an Haufen Opfergeld versprochen, wenn mi oaner nimmt.« Babette machte eine kurze Pause, bevor sie fortfuhr: »Aber ganz ehrlich, Luidlin, mein Mo such i mir selber aus, wenn i überhaupt oan mag.«

»Ach geh, du brauchst doch an Mo, was machst denn sonst? Willst als alte Jungfer ins Grab steigen?«

Babette merkte, wie Zorn in ihr hochstieg, und fügte provozierend hinzu: »Mei, Luidlin, zum Sex brauch i koan Ehemann, den krieg i an jeder Ecke, wenn i möcht.«

Erschrocken blickte die Alte zu Babette und bekreuzigte sich dreimal. »Mädl, versündig di ned, do is dei Ruf schnell ruiniert. Des waren noch Zeiten, als die Eltern die Partner für d'Kinder ausg'sucht ham, do hod ma nix dem Zufall überlassen. Man hod g'schaut, dass des Sach zum Sach kimmt«, sinnierte sie.

In diesem Moment flog ein schwarzer Schwan über den Hof und landete nach einer eleganten Kurve auf dem 100 Meter entfernten See.

Die Luidlin wurde leichenblass. »Jessas, Maria und Josef!« Sie bekreuzigte sich erneut. »Der schwarze Schwan is wieder do, des bedeutet nix Guads.«

»Geh, Luidlin, wer glaubt denn an so was?«

Die Alte erhob sich und konnte sich nicht beruhigen. »Na, na, Mädl«, sie schüttelte energisch den Kopf, »des war scho immer so. Wenn der schwarze Schwan kimmt, passiert a Unglück. Damals, beim Unfall deiner Eltern, war er aa da.«

»Luidlin, so ein Schmarrn. I find ihn wunderschön!« Babette wurde es zu gruselig und sie erhob sich eilends. »Pfiat di, Luidlin, i muass no zum Kramer radeln und a Brotzeit einkaufen.«

»Gott behüt di, Babette.« Sie sah ihr stirnrunzelnd nach.

Babette schwang sich auf ihr Rad. Angelockt von den Rufen der Luidlin trat Anton vor den Hof und blickte nachdenklich zu dem schwarzen Schwan auf dem See.

Babette trat währenddessen in die Pedale und bog schwungvoll in die Seestraße ein, als ihr von rechts ein blauer Range Rover direkt vor das Rad fuhr. Nur durch eine Vollbremsung des Autos konnte Schlimmeres verhindert werden. Babette flog in hohem Bogen über den Lenker und landete vor dem stehenden Auto.

Ein junger Mann stieg erschrocken aus und beugte sich über Babette. Er stammelte: »Das tut mir so leid, ich habe Sie nicht gesehen. Sie sind plötzlich vor meinem Auto aufgetaucht. Tut Ihnen was weh?«

Babette blutete am Ellenbogen und ein wenig am Kopf.

»Ich bring Sie ins Krankenhaus.«

»Nein! G'wiss ned!«, antwortete Babette bestimmt und entzog sich seinem Arm, als er ihr auf die Beine helfen wollte. »Können S' denn ned aufpassen?«, fuhr sie ihn an. »Hier is a 30er-Zone.«

»Ja, und Sie sind verkehrt in eine Einbahnstraße gefahren«, wehrte er sich.

»I hob g'sehn, dass koaner kimmt«, erwiderte sie hitzig und strich sich eine staubige Strähne aus dem puterroten Gesicht.

»Anscheinend nicht!«

»Ach so, jetzt soll i schuld sein, dass Sie mi fast zu Tode g'fahren haben?«

»So schlimm ist es nun auch wieder nicht. Geben Sie mir Ihre Adresse, und ich komme für die Reparatur Ihres Rades und für Ihre Kleidung auf.«

Babette packte ihr leicht ramponiertes Rad und schritt, so gut es ging, hocherhobenen Hauptes an ihm vorbei. »Gehn S' mir einfach aus dem Weg. I brauch Ihre Almosen ned.«

Der junge Mann hob abwehrend seine Hände und schmuggelte unbemerkt seine Visitenkarte in Babettes Fahrradkorb, den sie auf dem Gepäckträger fixiert hatte. Dann stieg er in sein Auto und wartete, bis Babette im Kramerladen verschwunden war.

Babette betrat den Laden und ärgerte sich noch immer ungemein über das unverschämte Auftreten dieses »Preißn«, obwohl sie insgeheim zugeben musste, dass er ein sehr gut aussehender »Preiß« war.

Sie rief sich innerlich zur Ordnung. Was nutzt gutes Aussehen, wenn einer ein Vollidiot ist?

»Babette? Hallo, Babette, was bekommst du?«, hörte sie eine Stimme wie aus weiter Ferne. »Alles in Ordnung, Babette?«, fragte jemand, ehe sie ohnmächtig zu Boden sank.

Als sie wieder zu sich kam, beugten sich drei Angestellte des Kramerladens besorgt über sie.

»Mein Gott, do bist ja wieder. Was is denn los, Babette?«

»Nix«, stammelte sie, »i bin nur vom Radl g'fallen.«

Erneut verlor sie das Bewusstsein.

2
BRENNNESSEL

Babette blinzelte in ein grelles Licht. Vor sich nahm sie zwei Männer in weißen Kitteln wahr.

»Herzlich willkommen«, sagte ein Weißkittel verschmitzt.

»Wo bin i? Im Himmel?«

»Nun ja«, meinte der Weißkittel, der an seinem Revers ein Schild trug, auf dem »Dr. Schmidt« stand. »Wir werden zwar Götter in Weiß genannt, aber der Himmel kann noch etwas auf Sie warten.«

»Bin i in Agatharied?«

»Und das ohne Telefonjoker! Ich merke, Ihre Sinne sind schon wieder alle beisammen.« Er sah sie nun mit ernster Miene an. »Sie hatten einen Radunfall und haben eine Gehirnerschütterung. Sie können von Glück reden, dass nicht mehr passiert ist.«

Er hatte den Satz noch nicht ausgesprochen, als die Tür aufgerissen wurde und der Großvater barfuß hereingestürmt kam.

»Babl, geht's dir guad? Pack dei Sach, hier bleibst koa Sekund länger. Hier stirbt man nur.«

»Ich muss schon sehr bitten, Herr …?«

»Tut nix zur Sach«, antwortete Anton mürrisch.

»Verwandt, verschwägert? Wenn nicht, verlassen Sie bitte augenblicklich das Zimmer.«

Dr. Schmidts Miene verfinsterte sich, es sah so aus, als ob er Anton jeden Augenblick am Kragen packen und hochkantig aus dem Zimmer werfen würde.

»Des ist mei Großvater«, beeilte Babette sich zu sagen, um ein größeres Unglück zu verhindern. Sie wusste, dass er nicht gut auf die Weißkittel zu sprechen war, weil sie seine Heilmethoden torpedierten.

»Na dann …« Dr. Schmidt bemühte sich um einen sanfteren Ton. »Ich schlage vor, Sie bleiben noch eine Nacht zur Beobachtung, wir veranlassen ein paar weitere Bluttests, und morgen, wenn alles in Ordnung ist, dürfen Sie nach der Visite nach Hause.«

»Kimmt gar …«, setzte der Großvater an, doch Babette legte ihre Hand auf seine und unterbrach ihn sanft.

»Genau so mach mas. I schlaf mi hier richtig aus, und morgen bin i wieder bei dir dahoam.«

Der Großvater beugte sich hinab zu ihr und flüsterte ihr ins Ohr: »I hol di morgen früh um achte ab.«

Babette nickte unmerklich.

Dann verließ er ohne ein Wort des Abschieds das Krankenzimmer.

»Nehmen Sie's ihm bittschön ned übel, er is eigentlich a sehr gütiger Mann.« Babette setzte einen unschuldigen Blick auf.

»Das kann er aber gut verbergen«, knurrte Dr. Schmidt.

Er zog einen Gummischlauch aus seiner Brusttasche und bat Babette, ihren Arm frei zu machen. Er entnahm ihrer Vene fünf Röhrchen Blut und schickte seinen Assistenten, der sprachlos neben ihm stand, damit ins Labor.

»Ruhen Sie sich aus, morgen sehen wir weiter.«

Babette sank sofort in einen tiefen, erholsamen Schlaf.

Am nächsten Morgen, als sie die Augen aufschlug, saß Anton an ihrem Bett.

»Großvater, um Himmels willen, was machst denn scho hier in aller Herrgottsfrüh?« Sie schaute auf ihre Armbanduhr, die auf dem Nachttisch neben ihr lag. »Es is halb sieben!«

Anton lachte schelmisch. »Die Nachtschwester is a alte Bekannte von mir, sie hod mi zu dir reing'lassen.«

Babette sank in ihr Kissen zurück: »Du bist a Schlawiner, Großvater.«

Kurz nachdem das Frühstück serviert worden war, kam die Visite, allen voran Dr. Schmidt. Babette konnte sehen, wie er die Augen verdrehte, als er den Großvater neben ihrem Bett bemerkte.

»Senile Bettflucht?«, knurrte er, während er Babettes Hand nahm, um den Puls zu überprüfen.

»Nein, Überlebensmaßnahmen für mei Enkelin!«, raunzte Anton.

Dr. Schmidt beachtete ihn nicht weiter und wandte sich mit milder Stimme demonstrativ nur an Babette. »Ihre Blutwerte sind in Ordnung, nur der Entzündungswert ist etwas erhöht.« Er blickte zum Großvater, bevor er fortfuhr. »Und um das abzuklären, wären weitere Bluttests ...«

Anton sprang erstaunlich schnell für sein Alter von seinem Stuhl hoch. »Kimmt überhaupt ned infrage, wir verlassen des Krankenhaus! Alles Weitere klären wir, wenn nötig, mit unserem Hausarzt.«

»Welcher Hausarzt?«, entfuhr es Babette.

Soweit sie sich erinnern konnte, hatten sie noch nie einen Hausarzt konsultiert, da der Großvater immer alles geheilt hatte.

»Du woaßt scho, der in der Stadt, mir fällt jetzt der Name ned ein.«

Endlich kapierte auch Babette, dass es sich um eine Notlüge handelte. An Dr. Schmidts Blick erkannte sie, dass er das Manöver ebenfalls durchschaut hatte.

Der Arzt wandte sich wieder an Babette. »Versprechen Sie mir bitte, dass Sie das abklären lassen.«

Babette nickte, und weil der Großvater bereits an ihrer Bettdecke zerrte, blieb ihr nichts anderes übrig als aufzustehen.

»Auf Wiedersehen und alles Gute, ich lasse Ihnen die Unterlagen zukommen«, meinte Dr. Schmidt schließlich, bevor er mit seiner Entourage aus dem Zimmer rauschte.

Anton ließ sich mit einem tiefen Seufzer auf den Stuhl zurückfallen. »Jetzt fahren wir heim, Babl, und dann schau i, was dir fehlt. In Ordnung?«

»Wenn du moanst, dann machen wir des so!«

Babette packte ihre Sachen in den Rucksack, den ihr der Großvater gestern noch vorbeigebracht hatte. Anschließend gingen sie den langen kahlen Flur entlang hinaus ins gleißende Sonnenlicht, schnurstracks zu dem alten VW-Pritschenwagen, den der Großvater fuhr, solange Babette denken konnte. Es war ihr etwas schummrig zumute, als sie sich neben Anton in den Autositz fallen ließ.

Er schaute sie besorgt an, doch Babette winkte ab. »Scho guad, Großvater, mir bekommt die sterile Luft einfach ned. Lass uns heimfahren.«

Als sie kurz vor Gmund den Tegernsee im Sonnenlicht glitzern sah, fühlte sie sich gleich viel wohler.

Zu Hause in Rottach wurde sie stürmisch von Aaron begrüßt, wogegen der Kater Giacomo sie nur mit einem herablassenden Blick würdigte, um sich dann vorwurfsvoll vor seinen leeren Futternapf zu setzen. Babette ging hoch in ihr Zimmer und legte sich aufs Bett, von dem aus sie auf den See schauen konnte. Seufzend glitt sie hinüber in das Reich der Träume.

Sie träumte vom schwarzen Schwan, wie er mit gespreiztem Gefieder die Flügel auf und ab schlug. Ein Jäger hatte sein Gewehr auf ihn gerichtet, doch gerade als er zum Schuss ansetzen wollte, schreckte Babette aus dem Schlaf und setzte sich schweißgebadet auf. Giacomo, der es sich zusammengerollt am Fußende ihres Bettes bequem gemacht hatte, sprang mit einem Satz hoch und miaute vorwurfsvoll. Babette lauschte in die Dunkelheit. Die Kirchturmuhr von Rottach schlug zwölfmal, Mitternacht. Hatte sie so lange geschlafen? Doch sie fühlte sich noch immer müde und legte sich deshalb wieder zurück in ihr weiches Kopfkissen.

Am nächsten Morgen fühlte sich Babette, als ob nie etwas gewesen wäre. Gegen 7 Uhr früh wachte sie auf, machte sich im Bad fertig und radelte dann gut gelaunt zum Bäcker, um frische Brezen für sich, Theres und den Großvater zu holen, so wie jeden Morgen. Xaver, der Sohn des Nachbarbauern, war so nett und hatte ihr kaputtes Rad repariert, während sie im Krankenhaus gelegen hatte.

Als sie zurückkam, wusch der Großvater sich schon am Brunnen und erwartete sie grinsend. »Hob i's dir ned glei g'sagt, Babl, dir fehlt nix. Zur Sicherheit mach i no a Augendiagnose, und du nimmst mei Mädesüßtropfenmischung für den Fall, dass du im Körper a Entzündung host.«

»Ja, des mach i, Großvater, aber mir geht's sehr guad. Haben wir heid B'such?«

»Ja, scho wieder oaner mit Atemproblemen und Erschöpfungssymptomen.«

Babette schaute ihn fragend von der Seite an. »Glaubst du, des is a Virus, des wir alle bekommen können?«

Der Großvater legte seine Stirn in Falten und kratzte sich an seinem Kinn, was er immer tat, wenn er angestrengt überlegte. »I woaß es ned, Babl, zumindest noch ned. Aber i muass zugeben, es is scho merkwürdig.«

Mittlerweile war Tante Theres auf ihrem Radl um die Ecke gebogen. Bevor man sie sah, konnte man sie hören, da ihr in die Jahre gekommenes Rad fürchterlich quietschte und nach einem Tropfen Öl lechzte. Pfeifend lehnte sie ihr Rad wie jeden Morgen an die Scheune vor dem Hof.

»Servus, ihr zwoa. Ihr schauts aus, als könntet ihr an starken Kaffee 'brauchen.«

»Oh ja, Tante!« Babette klatschte in die Hände. »Der Muckefuck im Krankenhaus war a besseres Spülwasser. Des Wasser hod so guad wie koa Kaffeebohn g'sehen. Brezen hob i scho beim Bäcker b'sorgt.«

Babette eilte ins Haus und kam mit drei Tellern und drei Haferl zurück, deckte den Tisch auf der Terrasse ein, während Theres den Kaffee liebevoll mit der Hand aufbrühte: nur so viel Wasser in den Filter gießen, dass das Kaffeemehl leicht bedeckt ist, dann warten und erneut aufgießen. Das Wasser darf nur sieden, nicht kochen.

Schon bald durchzog köstlicher Kaffeeduft das ganze Haus. Babette lief auf die angrenzende Wiese, pflückte ein paar Blumen, holte eine Vase und stellte diese auf den Tisch.

Die ersten Sonnenstrahlen tanzten auf der Leinentischdecke, es schien ein sonniger Tag zu werden. Theres und der Großvater gesellten sich zu ihr. Theres stellte zusätzlich eine Schale mit ihren leckeren Brennnesselpralinen auf den Tisch, ein altes Rezept ihrer Mama: Datteln, Nüsse, Brennnesselsamen, Haferflocken und Kakao wurden zusammen mit Gewürzen und Dattelsirup oder Honig zu einer Kugel geformt und in Brennnesselsamen und Zimt gewälzt. Der Großvater sagte auch Energiekugeln dazu.

»Mei, wia schee, Babette!«, rief Theres entzückt und rückte die Blumen in der Vase zurecht.

»A Mama hob i ja leider Gottes nimmer, deshalb muasst du meine Sträuß entgegennehmen.«

»Des mach i sehr gern, Babette.« Theres wischte sich eine Träne aus dem Augenwinkel. »Du bist eh wie a Tochter für mi.«

»Großvater, i hob im Kräuterbeet grad a komische Pflanzn g'sehen. I kenn die Blätter ned. A Kraut zum Kochen is es jedenfalls ned.«

Der Großvater stand auf und ging die paar Schritte zum Kräuterbeet. Er setzte seine Brille auf. »Ja, was hamma denn do für a giftige Schönheit. Mischt sich einfach unter unsere Küchenkräuter. Ein Schelm, wer Böses dabei denkt.« Er griff nach einer kleinen Schaufel, hob die Blattrosette mitsamt der Wurzel aus dem Kräuterbeet und setzte sie in der Wiese an einem halbschattigen Platz weit weg vom Haus wieder ein.

Theres und Babette betrachteten ihn aufmerksam.

Als er zurück an den Tisch kam, meinte Theres: »I hob

mi letzte Woch scho g'fragt, was des wohl für a Kraut is. Vor a paar Tag hob i an Kräuteraufstrich g'macht und die Blätter lieber stehen g'lassen. G'rochen hams aa nach nix.«

»Des is guad so«, lachte Anton. »Sonst hättest uns jetzt alle auf dem G'wissen mit deim Aufstrich, und wir würden hier nimmer zamsitzen. Aus der Blattrosette wächst in den nächsten Wochen der rote Fingerhut, oane der giftigsten Pflanzen, die bei uns gedeihen. Ihre wunderschönen Fingerhüt richten sich zur Sonne aus, man kann sie deshalb sogar als Kompass benutzen. Um den Fingerhut ranken sich viele G'schichten und Mythen. In Irland zum Beispiel is der Fingerhut als Schutz vor dem bösen Blick 'pflanzt worden, und in Märchenbüchern tragen die Elfen oft Hüt aus Fingerhüten. Kinder spielen gern mit diesen tödlichen Blüten, weil sie so schön ausschaun, darum sollte man in am Haus, wo kloane Kinder aufwachsen, alle Fingerhutpflanzen verbannen. Häufig sät sich die Schöne aber von allein aus. Des is des Fatale. Also Händ weg von der Pflanzn, allein a Berührung reicht manchmal scho aus, um des Gift in geringer Dosis aufzunehmen«, ermahnte Anton.

Mit Brezen und Kaffee, Fachsimpelei über Pflanzen und dem neuesten Tratsch und Klatsch vom Tal verbrachten die drei fast jeden Morgen. Theres wusste alles, sie war stets bestens informiert. So auch heute.

»Stellt eich vor, der Kurbi von der Ringbergstraß, der seit mehr als 40 Jahr mit seiner Rosa verheiratet is, hod a Gspusi mit oaner aus Gmund. Immer donnerstags fährt er nach Gmund. Und sei Frau denkt, er trifft sich mit seine Schafkopfbrüdern in Miesbach. Die Sopherl von der Rosenstraß hod ihn mit so einem ›Schafkopfbruder‹

g'sehen. Eng umschlungen.« Theres beugte sich vor, als befürchtete sie, dass irgendjemand sie hören könnte, und flüsterte: »Und was moants ihr, wer des Gspusi is?«

»Mach's ned so spannend, Theres!«, rüffelte Anton seine Schwägerin. Er mochte diese Tratscherei nicht.

Theres blickte nach rechts und links und sagte dann leise: »Die Bauer Zenzi aus Gmund. Do sagts ihr nix mehr, oder?«

»Nein!«, entfuhr es Babette. »Des is doch die, die jeden Sonntag in der Kirch in der ersten Reih hockt und danach den Pfarrer zu sich zum Essen einlädt.«

»Genau die!« Theres lehnte sich triumphierend mit verschränkten Armen in ihrem Stuhl zurück und redete sich in Rage. »Diejenige, die uns alle verteufelt, weil wir ned jeden Sonntag in d'Kirch gehen und ned jedes Jahr an der Fußwallfahrt nach Birkenstein teilnehmen. Es is wirklich kaum zu glauben!«

»Hod d'Sopherl sie ang'sprochen? Wie hod sie reagiert?«, fragte Babette neugierig, die sich köstlich über die Entrüstung ihrer Tante amüsierte.

Theres holte mit einer großen Geste aus. Darin hatte sie Übung, denn sie war jahrelang auf der Bühne des Tegernseer Bauerntheaters gestanden. »Sie hätt so getan, als ob sie dem Kurbi was von der Jacke wegwischen wollt, und zum Sopherl g'sagt: ›Mei, guad, dass i di treff, der Kurbi hod mi grad ang'sprochen, weil ihm a Taube auf d'Jacke g'schissen und er gleich an Geschäftstermin hod.‹ Puterrot muass sie dabei g'worden sei. Und der Kurbi hod gar nimmer g'wusst, wo er zuerst hinschauen soll.« Theres setzte nach: »Guade Lust hätt i, der Rosa an Tipp zu geben, wo sich der ›Schafkopfbruder‹ vom Kurbi befindet.«

»Untersteh di!«, fuhr der Großvater dazwischen. »Do mischen wir uns ned ein«, knurrte er und tauchte so energisch seine Butterbreze in den heißen Milchkaffee, dass der aus dem Haferl auf die Tischdecke schwappte.

Theres stand mit beleidigtem Gesichtsausdruck auf und rauschte ab in die Küche. Ihre gute Laune war dahin.

»Als ob i a Giftspritzn wär …«, hörten sie Theres in der Küche schimpfen.

»Also wirklich, Großvater«, tadelte Babette, »so streng muasst mit der Theres aa ned sein.«

»Du woaßt genau, dass i diese Tratscherei ned mag. Leben und leben lassen, jeder macht des, was er für richtig hält und was er irgendwann vor dem Herrgott verantworten muass! Gleich kimmt der B'such, i geh scho rein in d'Stubn.«

»Is scho recht, Großvater, i räum den Tisch ab und kimm dann nach.«

Voll beladen mit Tellern, Tassen und Butter sah sie, wie ein dunkelblauer Range Rover sich den Weg zum Hof bahnte. Eine Staubwolke, die das Auto hinter sich herzog, verriet Babette, dass der Fremde viel zu schnell für eine Seitenstraße unterwegs war. Sie wartete, bis der Geländewagen vor dem Hof zum Stehen kam. Der Kies knirschte, und Babette wurde vom Staub eingehüllt.

»Na bravo«, entfuhr es Babette. »Was für a Volldepp!«

Sie stellte Tassen, Teller und Butter zurück auf den Tisch und wischte sich mit dem Handrücken über ihre Augen. Als sie wieder klar sehen konnte, stand der Herr vor ihr, der sie in der Seestraße vom Rad geholt hatte.

»Warum wundert mi des jetzt ned?«, knurrte Babette ihn mit funkelnden Augen an.

Nun erkannte der stürmische Fahrer auch sie wieder. »Oje, irgendwie haben wir zwei kein Glück miteinander.« Schuldbewusst blickte er zu Boden.

»Vielleicht liegt's ja an Ihrer Fahrweise?« Babette klopfte sich den Staub von ihrem hellblauen Dirndl und blitzte ihn böse an. »Was verschafft uns die Ehre? San Sie auf der Suche nach dem Nürburgring?«

»Was kann ich tun, um Sie etwas milder zu stimmen?«, entgegnete er zerknirscht.

Sie blickte auf sein Kennzeichen. »Vielleicht z'ruck nach Hamburg fahren? Damit hier ned no a größeres Unglück passiert?« Babette musste sich allerdings eingestehen, dass der Typ sehr sympathisch aussah.

»Das geht leider nicht, ich habe einen Termin bei dem sogenannten Kräuterheiler vom Tegernsee. Sebastian Grewe mein Name, falls Sie das nicht schon wissen.«

Dieser Ton gefiel Babette überhaupt nicht, und ihr Gesicht verfinsterte sich nun vollends. »Hier gibt's koan Kräuterheiler, und scho gar koan ›sogenannten‹, do san S' an der falschen Adress.« Sie nahm das Geschirr und rauschte zur Tür.

Genau in dem Moment kam der Großvater heraus. Als er den Fremden sah, fragte er: »Herr Grewe?«

Sebastian blickte belustigt zu Babette. »Falsche Adresse also, soso!« Zum Großvater gewandt meinte er: »Ja, der bin ich.«

»Babl, kimmst bittschön mit in die Stubn?«

Babette seufzte leise und sah ihn flehend an. »Muass i, Großvater?«, flüsterte sie.

Anton schaute von einem zum anderen, schmunzelte und erwiderte dann: »Ja, es wär guad, wenn du dabei wärst, Babl.«

Sie wischte sich an ihrer Dirndlschürze die Hände trocken, folgte den beiden ins Konsultationszimmer, tauchte ihren Finger kurz in das kleine Weihwasserbecken, das neben der Tür angebracht war, und bekreuzigte sich, wie es der Großvater seit jeher machte. Auf dem Tisch brannten bereits drei weiße Kerzen. Babette kannte den verwunderten Blick der Leute, wenn sie zum ersten Mal den Raum betraten. Die Heiligen an den Wänden und die brennenden Kerzen verfehlten nie ihre Wirkung. Sie nahm neben dem Großvater Platz und vermied es, den Fremden anzusehen. Mit gesenktem Kopf begann sie leise mit ihren Gebeten.

Anton betrachtete den Mann eingehend und bat ihn schließlich, zu erzählen, warum er ihn aufsuchte.

Babette bemerkte, dass sich ihr Großvater heute anders verhielt. Sie konnte sich aber keinen Reim darauf machen. Er duzte sonst all seine Klienten, diesen hier siezte er.

»Nun, ich leide gelegentlich unter starken Hustenanfällen, habe einen Druck auf der Lunge und fühle mich sehr schlapp und energielos. Das geht seit Wochen so.«

»Aha«, sagte der Großvater nur. »Gelegentliche Übelkeit und Durchfälle?«

»Ja, genau, das auch.«

Anton stand auf und ging behäbig um den Holztisch, setzte seine Stirnlampe auf und blickte dem Fremden mit einer Art Vergrößerungsglas in die Augen, in denen er, wie er sagte, wie in einem Buch lesen konnte. »Herr Grewe, i kann Ihnen ned helfen«, stellte er nach einer Weile fest und kehrte langsam an seinen Platz zurück. »Sie san absolut g'sund.«

»Aber meine Beschwerden?«, stammelte dieser.

»Für Hypochondrie hob i koane Kräuter, tut mir leid. Bitte gehen S' und kommen S' erst wieder, wenn's Ihnen wirklich schlecht geht und Sie mei Hilfe benötigen.«

Zu Babettes Überraschung sprang er erstaunlich schnell aus seinem Stuhl hoch, reichte dem Besucher die Hand und zeigte mit energischer Geste zur Tür. Babette verstand die Welt nicht mehr, so hatte sie ihn noch nie erlebt.

Der Fremde trollte sich zur Tür hinaus, warf aber einen letzten Blick zu Babette, die im Gebet versunken schien. Hofhund Aaron knurrte, als er zu seinem Range Rover ging.

Anton rieb sich müde die Augen. »Oh mei, Babl, do wird no was auf uns zuakemma!«

»Was denn, Großvater?«

»Warten wir ab, vielleicht täusch i mi aa. I geh jetzt in d'Kuchl und setz a paar Tinkturen an, die Brennnesseln und des Lärchenharz müssen no verarbeitet werden.«

Babette ging hinaus ins Freie, wo sie Sebastian Grewe in seinem Auto sah. Er war noch nicht losgefahren.

Als er Babette bemerkte, wollte er die Tür öffnen, aber Aaron saß knurrend davor, sodass er es vorzog, nur das Fenster herunterzulassen. »Darf ich Sie auf einen Cappuccino einladen? Das bin ich Ihnen nach dem Unfall schuldig. Ich würde mich sehr freuen, da ich morgen zurück nach Hamburg muss.«

Babette überlegte kurz. Der Kerl war ihr ziemlich egal, doch es reizte sie, zu erfahren, warum der Großvater so abweisend reagiert hatte und was das eigentliche Ansinnen des Unbekannten aus Hamburg war.

»Na gut«, antwortete sie eine Spur herablassender als beabsichtigt. »A halbe Stund hob i Zeit. Café Franzl in Rottach-Egern, 11 Uhr?«

»In Ordnung, ich werde Sie erwarten.«

Babette ging in ihre Kammer und bürstete ihre Haare länger als sonst, auch ihre Kleidung wählte sie sorgfältig aus. Sie schlüpfte in eine weiße Jeans und zog eine luftige blaue Sommerbluse an, die sie am Bauch verknotete. Das dunkle Haar, welches ihr bis zur Hüfte fiel, trug sie offen, nur von einem Haarreifen gebändigt.

Danach schimpfte sie sich insgeheim. Warum machte sie so ein Aufheben um dieses Treffen, wo ihr der Fremde doch völlig egal war? Kurzzeitig überlegte sie sogar, das Treffen abzusagen. Aber dann sah sie die strahlend grünen Augen vor sich und warf ihre Bedenken über Bord.

Gerade als sie sich auf ihr Rad schwingen wollte, kam Xaver, der Sohn des Nachbarbauern, auf den Hof. Anerkennend pfiff er durch die Zähne. Er stellte sich Babette in den Weg und umklammerte mit beiden Händen ihren Fahrradlenker, sodass sie nicht losfahren konnte. »Schöne Frau, wohin des Weges?«

Insgeheim schwärmte Xaver seit Jahren für Babette, aber sie schien es nicht zu bemerken. Deshalb ließ er sich mindestens einmal im Monat irgendwelche fadenscheinige Erkrankungen einfallen, um Babette wenigstens kurz zu sehen.

»Griaß di, Xaver. Dankschön, dass du mei Radl repariert host. Mir pressiert's a bissal. Brauchst den Großvater? Fehlt dir was?«

»Jaa … scho. Du kimmst aa mit rein, oder?«

»Tut mir leid Xaver, i hob an dringenden Termin. Heid geht's leider ned, aber geh du nur rein, es is grad niemand beim Großvater.«

Xaver trat von einem Fuß auf den anderen. »So dringend is es ned, i hob nur a komischs G'fühl in der

Magengegend. I kimm morgen wieder. Bist du dann do?«

Babette lachte. »Ja, Xaver, morgen bin i do. Trink an Schafgarbentee, der hilft bei Magenschmerzen.«

Sie trat in die Pedale und rief ihm ein fröhliches »Pfiat di« zu. Schnell radelte sie davon, bevor sie dem Großvater Rede und Antwort stehen musste, wohin sie so kurz vor Mittag fuhr.

Sie bog in die Seestraße ein, winkte Leonhard, der vor seinem Antiquitätenladen einen Ratsch mit der Nachbarin hielt, und steuerte auf das Café Franzl zu. Dabei bemerkte sie nicht, dass sich alle Leute nach ihr umdrehten. Sie war ein außergewöhnlich schönes Mädchen mit einer natürlichen Ausstrahlung. Man sah ihr an, dass auch ihr Wesen wunderschön war.

Sebastian sprang von seinem Tisch auf und wartete galant, bis sie sich auf den von ihm dargebotenen Stuhl niedergelassen hatte. »Steht Ihnen gut«, zwinkerte er ihr zu.

»Was moanen S'?«

»Die roten Wangen.«

»Ach so.« Babette strich sich über die Backen, als ob sie die zarte Röte wegwischen könnte. »Bin a bissal schnell g'fahrn. I hob ja g'wusst, dass Sie schon hier san und in der Hinsicht koa Gefahr mehr besteht.«

Sebastian nahm ihre Hand. »Können wir uns bitte duzen?«

Babette entzog sie ihm rasch. »Meinetwegen, i hoaß Babette!«

Sebastian reichte ihr eines der beiden Proseccogläser, die er bereits bestellt hatte. »Das habe ich schon mitbekommen, oder Babl.«

»So darf nur der Großvater zu mir sagen«, wies Babette ihn zurecht.

»Also gut, schöne Maid vom Tegernsee. Ich heiße Sebastian. Auf ein Neues. Tun wir einfach so, als ob dieser dumme Zwischenfall mit dem Rad nie passiert wäre.«

Er stieß mit seinem Glas an ihres und sah ihr dabei tief in die Augen.

3
WEGWARTE

Sebastian Grewe hielt seine Chipkarte am Eingangstor von LAS-Pharma an ein gekennzeichnetes Feld, und die Flügeltüren öffneten sich automatisch. Er fuhr im Schritttempo vor bis zu den Parkplätzen, etwa 50 Meter vor dem Eingang. Dort durften nur die Angestellten der Büros parken. Je näher am Eingang man seinen Parkplatz hatte, umso höher war man in der Hierarchie des Konzerns angelangt. Sebastian parkte im mittleren Bereich. Vor seinem Stellplatz stand ein Schild »Forschung SG«, »SG« für Sebastian Grewe.

Bevor er den doppelt gesicherten Eingang betrat, drehte er sich noch mal kurz um und schloss sein Auto per Fernbedienung ab. Es klickte und die Lichter blinkten auf.

Möwen kreischten aus der Ferne, ein Schiffshorn erklang.

Dann hielt er seine personalisierte Chipkarte an ein schwarzes Feld, und die erste Tür ging auf. Er nickte dem Pförtner zu, der ihn gut kannte und deshalb, ohne seinen Personalausweis zu kontrollieren, die zweite Tür öffnete.

An der Rezeption saßen zwei sehr gut aussehende junge Damen. Am Revers der dunkelblauen Blazer prangten auf Schildern ihre Vornamen: Jessica und Chantal. Im

Kosmos des Konzerns sprach man sich mit Vornamen an, blieb aber beim Sie. Nur der oberste Boss wurde beim Nachnamen genannt.

»Moin, Sebastian, wie schön, dass Sie uns auch mal wieder beehren«, begrüßte ihn Chantal und lächelte ihn vielversprechend an.

Er wusste, er könnte sie jederzeit ins Bett bekommen, und eigentlich entsprach sie auch seinem Beuteschema. Aber im Konzern wurde viel geredet, und dieses Risiko wollte er nicht eingehen. Deshalb antwortete er korrekt: »Moin, die Damen, leider nur kurz. Ist er da?« Er zeigte nach oben.

»Der Chef erwartet Sie.«

Sebastian stieg in den gläsernen Aufzug und schwebte in die achte Etage, während Chantal zum Telefonhörer griff und ihn beim Chef ankündigte.

Ein helles Bimmeln erklang, als die achte Etage erreicht war. Die gläsernen Türen öffneten sich. Nun war er im Allerheiligsten angelangt. Er legte seinen rechten Zeigefinger auf einen Fingerscanner und tippte anschließend einen sechsstelligen Code in ein Tastenfeld. Es ertönte ein Summton, und der Weg ins Labor war fast frei. Er musste noch durch eine Schleuse gehen, sich einen weißen Schutzanzug anziehen, ein Haarnetz überstülpen und die Schuhe mit Plastiküberziehern versehen. Er kam an unzähligen Menschen vorbei, die alle in einer solchen Montur steckten, über Reagenzgläsern arbeiteten oder angestrengt in Mikroskope starrten. In Käfigen tummelten sich apathische Mäuse und Ratten zu Versuchszwecken. Sebastian unterhielt sich kurz mit einem Kollegen über die Fortschritte bei dem Medikament gegen die neue Lungenkrankheit, bevor er durch eine weitere Schleuse das Labor verließ und in das angrenzende Büro seines Chefs ging, in dessen geheimem Auftrag er nach Bayern gereist war.

Er klopfte dreimal an die Tür.

Erst als ein mürrisches »Herein« ertönte, trat er ein.

Herr Jansen, ein gebürtiger Hanseate, saß in seinem Ohrensessel und begrüßte ihn mit einem lang gezogenen »Moin«, während er gleichzeitig auf den Sessel ihm gegenüber deutete. »Kaffee?«

»Nein, danke, hatte ich schon.«

»Und?«, fragte Jansen und zog seine rechte Augenbraue nach oben. »Konnten Sie das Geheimnis des Miraculix vom Tegernsee ergründen?«

Sebastian fühlte sich nicht wohl in seiner Haut. Er kannte die cholerischen Anfälle seines Chefs nur zu gut. Zögerlich erwiderte er: »Das dauert, Chef! Ich muss vorsichtig sein. Der Alte ist misstrauisch. Er hat sofort erkannt, dass ich nicht krank bin. Wie auch immer er das angestellt hat. Wenn wir nicht im 21. Jahrhundert wären, würde ich sagen, er ist hellsichtig und hat einen Röntgenblick.«

»Quatsch!«, knurrte Jansen. »Wir brauchen die Rezeptur der Kräutertinktur, mit der er Menschen heilt, die mit diesem Virus infiziert sind. Freunde vom Tegernsee halten mich diesbezüglich auf dem Laufenden. Wenn kein Arzt mehr helfen könne, helfe dieser alte Waldschrat, egal bei welcher Krankheit.« Jansen lehnte sich in seinem Ledersessel zurück und fixierte Sebastian mit durchdringendem Blick. »Wie Sie das anstellen, ist mir egal, Grewe. Es ist jedes Mittel erlaubt. Verstehen Sie mich? Jedes! Wenn wir erst die Kräutermischung haben, mixen wir ein paar unwesentliche Essenzen dazu und bringen es auf den Markt. Der Waldschrat hat sich die Rezeptur nicht schützen lassen, das hab ich geprüft. Und dann, mein Lieber«, er machte eine kurze Pause, »kann der Rubel rollen. Denn Menschen in Panik tun und glauben alles, was man ihnen sagt. Wir werfen unsere Marketingabteilung an, die sollen ein paar gruselige Horrorszenarien auf der Intensivstation in allen Zeitungen abdrucken, mit Beatmung und so weiter, das ganze Panikprogramm. Und daneben unser Wundermittel.« Er zeichnete mit den Händen eine imaginäre Werbung in die Luft und setzte ein lautes, kehliges Lachen an.

Sebastian kratzte sich am Kinn. »Ich habe eine Idee, wie ich an die Kräutermischung kommen könnte. Dazu müsste ich aber länger nach Bayern reisen, um über die Enkelin ...«

»Quatschen Sie mich nicht voll, nehmen Sie sich die Zeit, die Sie brauchen. Aber kommen Sie nicht ohne die Kräutermischung nach Hamburg zurück. Sonst ... kostet Sie das Ihren Stuhl!« Leise sprach Jansen weiter: »Und sämtliche Spesen und Kosten direkt an mich, keiner darf mitbekommen, in welcher Mission Sie unterwegs sind. Offiziell haben Sie einen längeren Urlaub eingereicht. Wir haben uns verstanden?«

Sebastian wurde leichenblass und nickte geschockt, in ihm aber brodelte es. Die Art dieses Egomanen kotzte ihn an, doch noch war er von ihm abhängig. Sobald er diese Tinktur an sich gebracht hatte, würden die Karten neu gemischt werden. Sebastian würde dafür seinen Preis verlangen.

Die Audienz war beendet, stumm zeigte der Despot mit dem Zeigefinger zur Tür.

Innerlich ein Vulkan, der kurz vor dem Ausbruch stand, verabschiedete sich Sebastian mit einem kurzen Fingertipp an die Schläfe. Er wusste, seine Zeit würde kommen. Dazu musste er unbedingt diese Kräutermischung an sich bringen.

Er verließ die Firma, verabschiedete sich mit einem kurzen Nicken beim Pförtner, stieg in sein Auto und fuhr zu seiner Penthousewohnung in der Hafencity.

Die Mieten hier waren horrend, aber es war äußerst schick, hier zu wohnen, auch wenn Sebastian es sich eigentlich nicht leisten konnte. Das würde sich hoffentlich bald ändern. Die diversen Damen, die sich hie und da in sein Bett verirrten, waren jedes Mal beeindruckt, darauf kam es ihm an. In der Hafencity vereinte sich spektakuläre moderne Architektur mit den alten Hafenspeichern aus rotem Backstein. Hier trafen sich das alte und das neue Hamburg. Nur einen Katzensprung entfernt befanden sich die Speicherstadt-Kaffeerösterei und das Miniatur-Wunderland. Auch die Reeperbahn, auf der er gerne in einschlägigen Etablissements verweilte, war nicht weit. Neben Sebastian wohnte ein Fußballprofi des Hamburger SV mit seiner Modelfreundin. Nur ab und zu hörte er die beiden durch die Wände hindurch heftig streiten, gefolgt von einem sehr lautstarken Versöhnungssex. Nicht selten ging bei den Auseinandersetzungen Geschirr zu Bruch. Ansonsten lebte man hier anonym.

Sebastian schenkte sich einen doppelten Whisky ein und schob die Terrassentür auf. Würzige Luft empfing ihn, Möwen forderten laut kreischend ihr Futter von den flanierenden Menschen ein. Wenn sich Sebastian leicht über das Terrassengeländer beugte, sah er sogar die großen Kreuzfahrtschiffe ein- und ausfahren. Die Elbphilharmonie rundete die wunderschöne Aussicht ab.

Er nahm Platz auf der stylischen Loungegarnitur, die

man derzeit trendmäßig auf den Terrassen hatte, und zündete sich eine Zigarette an. Er rauchte auf Lunge. Dass das nicht gut war, wusste er, aber er tat es nur in Stresssituationen. Und das war jetzt so eine Situation.

Fieberhaft überlegte Sebastian, wie er an die Kräutertinktur kommen könnte. Es fiel ihm nur eine Möglichkeit ein, nämlich über das reizende Mädchen Babette. Er war kein schlechter Mensch, weshalb es ihm auch nicht wohl war bei dem Gedanken, Babette zu benutzen. Doch seine Existenz hing schließlich davon ab.

Er drückte die halb angerauchte Zigarette im Aschenbecher aus und ging in sein Ankleidezimmer. Wahllos warf er Kleidungsstücke in einen großen Koffer. Seine Mission würde nicht in zwei, drei Tagen erledigt sein. Übers Internet buchte er sich eine Ferienwohnung in der Seestraße in Rottach-Egern, nur einen Steinwurf entfernt vom alten Klaslhof. Gleich morgen früh wollte er losfahren.

Als alles erledigt war, fiel Sebastian in sein Wasserbett. Es lag ein anstrengender Tag hinter ihm, aber er freute sich darauf, das wunderschöne Mädchen vom Tegernsee wiederzusehen. Ob sie auch noch an ihn dachte? Oder möglicherweise sogar auf seine Rückkehr hoffte und im Stillen auf ihn wartete? Wie das Mädchen aus Isolde Kurz' Gedicht »Die Wegwarte«, das er in der Schule hatte auswendig lernen müssen. Es stellt sich an den Wegesrand und wartet auf das Glück, so lange, bis ihre Füße im Boden Wurzeln schlagen und sie zur Blume wird.

Sebastian war kein besonders poetischer Typ. Warum fiel ihm dieses Gedicht jetzt wieder ein? Der Whisky war mit Sicherheit nicht ganz unschuldig daran.

Der tat nun sein Übriges, und Sebastian fiel in einen tiefen Schlaf.

4
BÄRLAUCH

Die Kirchturmuhr von St. Laurentius in Rottach-Egern zeigte Punkt 17 Uhr, als Sebastian in die Seestraße einbog. Er war vor neun Stunden in Hamburg aufgebrochen, und je näher er an die Grenze zu Bayern gekommen war, umso öfter hatte sich Babette in seine Gedanken eingeschlichen. Er freute sich aufrichtig auf ein Wiedersehen, auch wenn seine Absichten weniger unschuldiger Natur waren.

Vorbei am einst legendären Nightclub des Hotels Bachmair, in dem früher Showgrößen wie Udo Jürgens und Harald Juhnke aufgetreten waren, fuhr Sebastian, seinem Navi folgend, nach 100 Metern links in eine Einfahrt.

Eine Frau Mitte 70, schätzte Sebastian, stand in ihrer Kittelschürze vor der Haustür und zupfte an den üppig blühenden Geranien, die das ganze Haus zierten. Sie blickte kurz hoch, als Sebastian neben ihr zum Stehen kam, und fragte ihn: »San Sie der Herr aus Hamburg?«

»Ja, der bin ich, außer Sie erwarten noch einen anderen Fischkopf«, entgegnete er schmunzelnd.

»Nein«, lachte sie, »Sie san heid der einzige Gast. Morgen kemma no mehr, aber aus der Schweiz.« Sie streckte ihm die Hand hin: »I bin die Josefa! Ham S' an Hunger?«

»Oh ja. Heute Morgen hat es nur für einen schnellen Espresso und eine Zigarette gereicht.«

»Dann setzen S' sich zu mir auf die Terrass. I bring Ihnen a Brotzeit. A leerer Sack steht schließlich ned guad.«

Sie ging in die Küche und kam kurz danach mit geräuchertem Schinken, Radieserl, frischem Bärlauchpesto, Käse aus der Tegernseer Käserei – alles appetitlich auf einem Holzbrett angerichtet – und einer Flasche gekühltem Tegernseer Bier zurück. Daneben stellte sie einen Korb mit frisch gebackenem Holzofenbrot. »Jetzt lassen S' sich's erst amoi schmecken, und danach zeig i Ihnen unsere Alm.«

»Alm?« Sebastians Augen weiteten sich, er hatte heute keine Ambitionen mehr, einen Berg zu erklimmen.

Josefa registrierte seinen entsetzten Blick und stemmte lachend ihre Hände in die Hüften. »Oh mei, ihr Flachländer. Habt immer Angst vor dem Berg. Aber seien S' beruhigt, zu unserer Alm müssen wir nur 50 Meter gehen.«

Sebastian nickte erleichtert, bestrich das noch warme Brot mit Bärlauchpesto und belegte es dann mit dem köstlichen Geräucherten. Seufzend biss er in die bayrische Köstlichkeit und nahm danach einen Schluck des Tegernseer Bieres. In diesem Moment war es der Himmel auf Erden für ihn.

Der Tegernsee glitzerte in der Abendsonne, auf dem sich noch vereinzelte Segelboote tummelten. Einige Frauen im Tschador flanierten auf der Seepromenade. Das nahe Fünfsternehotel »Überfahrt« mit einem berühmten Dreisternekoch zog viele prominente und arabische Gäste ins Tegernseer Tal. Manche Araber verbrachten den ganzen Sommer hier, um den heißen Temperaturen in ihrer Heimat zu entgehen und gleichzeitig die Dienste deutscher Ärzte in Anspruch zu nehmen. Ein paar Kliniken hatten sich auf dieses Klientel eingestellt und beschäftigten arabisch sprechendes Personal.

Sebastian nahm den letzten Schluck Bier und grunzte zufrieden in sich hinein.

Josefa gesellte sich wieder zu ihm. »San S' bereit? Dann gehen wir jetzt auf die Alm.«

»Bereit!«

Sebastian nahm seinen Koffer aus dem Auto und folgte Josefa zu einem zauberhaften kleinen Holzhaus mit einladender Terrasse auf einer großen Wiese. Tiefrote Geranien verzierten auch hier die kleinen Kastenfenster. Josefa steckte einen großen, metallenen Schlüssel in die schwere Holztür, über der »C+M+B« mit der aktuellen Jahreszahl geschrieben stand.

»Was bedeuten diese Schriftzeichen?«, fragte Sebastian seine Vermieterin.

»Des san die Anfangsbuchstaben der Heiligen Drei Könige Caspar, Melchior und Balthasar, und gleichzeitig stehen s' für den Segensspruch ›Christus Mansionem Benedicat‹, übersetzt bedeutet des: Christus segne dieses Haus«, entgegnete Josefa ehrfürchtig. »Am 6. Januar, dem Dreikönigstag, gehen die Sternsinger durch den Ort, segnen die Häuser und schreiben den Spruch über die Eingangstüren. Jeder, der durch die gesegneten Türen geht, is für's kommende Jahr vor allem Bösen g'schützt.« Josefa stieß die schwere Holztür auf, die knarrend nachgab. »Willkommen auf der Alm, des is Ihre Ferienwohnung für die nächsten vier Wochen. Kuh und Glockengeläut inklusive. Den Weckdienst durch den Hahn kriegen S' gratis dazu.«

»Es ist ein Traum, vielen lieben Dank!«

»Wenn S' was brauchen, können S' das direkt bei mir im Laden einkaufen. Von der Wurscht bis zum Schnürsenkel haben wir alles im Sortiment. Was wir nicht haben, des brauchen S' aa ned.« Josefa lachte wieder ihr herzhaftes Lachen, dessen Fröhlichkeit sogar den flanierenden Menschen auf der 50 Meter entfernten Seepromenade ein Lächeln ins Gesicht zauberte.

Sebastian blickte sich in der gemütlichen Alm um. Hier würde er sich sehr wohl fühlen. Falls er Besuch bekommen würde, wäre sogar ein Doppelbett vorhanden. Sebastian schalt sich innerlich für diesen Gedanken, er hatte schließlich eine Mission zu erfüllen. Er sah sich bereits am Strand der Malediven liegen, am Handgelenk die teure Breitling, von der er schon immer geträumt hatte, ein Glas Dom-Pérignon-Champagner in der Hand … Aber bis dahin musste noch einiges erledigt werden. Gleich am nächsten Tag, nahm er sich vor, würde er Babette abpassen. Er war auf ihr überraschtes Gesicht gespannt.

Er genoss die Abendsonne auf seiner Veranda, in der Hand ein süffiges Weißbier. Der liebe Gott hat es wirklich gut gemeint mit Bayern, dachte er und schloss seine Augen. Als ein kühler Wind aufkam, verkroch er sich zeitig ins Bett. Die Fahrt war anstrengender gewesen als angenommen.

5

KIEFERNNADELN

Babette wachte gegen 7 Uhr auf. Ein Stimmengewirr vor ihrem Kammerfenster hatte sie geweckt. Vorsichtig schob sie den Vorhang zur Seite und sah eine kleine Gruppe von Menschen auf der Wiese vor dem Hof stehen.

Merkwürdig, dachte sie. Der Großvater hat gar nicht erwähnt, dass sich für heute so viele Leute angemeldet haben. Einige husteten, andere hielten sich einen Schal vor den Mund.

Barfuß und nur mit dem Nachthemd bekleidet lief sie hinunter in die Kuchl, um dem Großvater Bescheid zu geben. Der kam gerade aus seiner Kammer und wollte hinaus zum Brunnen, um sich das Gesicht zu waschen.

»Großvater, vor dem Haus stehen einige Leut, i glaub, die wollen alle zu dir.«

Anton lugte vorsichtig durch das Küchenfenster. »Ja Himmelherrgott, was is denn do los? Babl, wir müssen gleich loslegen. Mach schnell an Kiefernnadeltee, für a Frühstück reicht die Zeit ned. Zünd die Kerzen an und öffne im Besucherzimmer alle Fenster.« Er streifte sich die Hosenträger über seine Schultern und stopfte sein kariertes Hemd in die Lederhose. Vom Frühjahr bis in den Herbst hinein lief Anton immer barfuß, und so trat er nun auch vor die Haustür.

»Ja mei, was machts denn ihr alle do?«

»Wir brauchen dei Hilfe, wir san alle krank«, antwortete einer.

»Wer war als Erster do?«, fragte Anton.

Ein blasser, hustender Mann hob matt die Hand.

»Hias, guten Morgen, kimm rein.«

Sie gingen ins Konsultationszimmer.

»Servus, Hias«, begrüßte Babette den Bauern von nebenan und blies das Streichholz aus. »Setz di gleich hin.« Babette schenkte dem Großvater eine Tasse Kräutertee ein und fing mit ihren Gebeten an.

Anton nahm seine Stirnlampe und sein Vergrößerungsglas und blickte Hias in die Augen. »Host an rechten Hustn, wie i hör!«

Hias nickte und wurde erneut von einem Anfall heimgesucht. Er wandte sich kurz ab und hustete in die Ellenbeuge.

»Wie is es mit dem Schnaufen?« Anton schaute konzentriert in seine Augen.

»I schnauf wie mei Ox und kimm kaum die Treppe rauf, so schwach bin i.«

»Is dei Mund recht trocken, oder? Und der Hustn, nehm i an, aa?«

»Es is, als ob i a Wüste im Maul hätt, so vui kannst gar ned saufen, dass do amoi Feuchtigkeit reinkimmt.«

Der Großvater legte seine Augenlupe weg und ging zum Tinkturenschrank. Mit dem Schlüsselbund, der an seiner Lederhose hing, öffnete er diesen und entnahm ein Fläschchen Lungenelixier. Anschließend sperrte er sorgfältig wieder ab. Er hatte die Rezeptur von seiner Großmutter, die schon vor 100 Jahren damit so manchen Lungenkranken geheilt hatte. Mit ein paar zusätzlichen Wurzelextrakten hatte Anton die Mischung perfektioniert.

»Dreimal 20 Tropfen täglich in am kloanen Glasl Wasser. Dei Frau soll im Wald frische Kiefern-, Fichten- oder Tannennadeln sammeln. Am besten die grünen Spitzen. Und davon soll sie dir dreimal täglich an Tee machen mit Honig, a halbe Stund ziehen lassen. Vom Imker Huber holst dir noch Propolis. Des is des Wertvollste von den Bienen. Mit Propolis bekämpfen die Bienen alle Viren, die ihr Volk bedrohen. Und was fürs Vieh guad is, is aa für den Menschen guad, des war scho von jeher so. Sogar die alten Ägypter haben Propolis verwendet. Davon mehrmals am Tag an Teelöffel voll langsam kauen. Ned alles auf einmal schlucken, die Masse soll so lang wie möglich den trockenen Rachen runterlaufen. Wenn du Fieber kriegst, dann halt's so lang aus, wie's geht, Fieber tötet die Viren ebenfalls. Wenn's nimmer geht, bitt dei Frau, dir Wadenwickel zu machen. Die woaß, wie des geht. Und wenn's nach drei Tag ned besser is, soll dei Frau bei mir anrufen, dann kimm i zu dir. Des kriegen wir wieder hin, Hias. Du wirst wieder ganz g'sund.«

»Vergelt's Gott, Toni. Was bin i dir schuldig?«

»Segne's Gott! Nix, Hias, des woaßt doch, die Kräuter wachsen in der Natur. Spend dem hciligen Antonius a Opfergeld, dann bin i z'frieden.«

Anton öffnete die Fenster, reichte Babette ein Glas Wasser und träufelte 20 Tropfen seiner Tinktur hinein.

»Babl, wir trinken des jetzt vorbeugend aa jeden Tag, damit wir g'sund bleiben. Die Menschen brauchen uns. Heid Nachmittag sammelst bittschön frische Kiefernnadeln für den Tee aus dem Wald. Den trinken wir aa.«

Babette schaute ihn erschrocken an. »Moanst, Großvater, diese Krankheit is so was wie die Spanische Grippe?«

Anton kratzte sich am Kinn. »I hoff's ned, Babl, i hoff's ned! Der Herrgott wird's scho richten.« Er reichte ihr ein selbst hergestelltes Nasenspray aus Kräutern. Es roch scharf nach Nelken, Zimt und Eukalyptus.

Sie sprühte es in ihre Nase und in den Rachen.

»Des is die Pforte für Viren«, beschwor der Großvater sie. »Do müssen wir bei der Behandlung ansetzen. Nur so lassen sich die Viren bekämpfen. Hol den Nächsten rein, Babl, sei so guad.«

Die alte Huberin aus Gmund saß nun vor ihnen.

»Servus, Toni!«, schnaufte sie. »Irgendwer hod si auf mei Brust g'setzt. Konnst ma helfen? I hob so Herzweh.« Sie rieb mit der flachen Hand ihren Brustkorb.

Anton schaute sie lange an, schwieg und lauschte. Es war totenstill im Raum. Babette hatte sich schon oft gefragt, wer ihm in solchen Momenten was einflüsterte.

»Hod's di mit dem Radl g'schmissn, Huberin?«, fragte er nach einer Weile, während er langsam aufstand und hinter sie trat.

Ertappt blickte sie hoch. »Ja … Woher woaßt du des? I hob a Kurvn ned ganz 'kriegt.«

Anton bat sie aufzustehen und tastete behutsam ihre Wirbelsäule ab. »Du host a Blockade in der Brustwirbelsäule, Huberin. Des haben wir gleich.«

Für Babette sah es aus, als nehme ihr Großvater die Huberin in den Schwitzkasten, wie sie es früher auf dem Pausenhof mit den Freunden gemacht hatte. Dann machte er eine ruckartige Bewegung und es knackte laut.

Die Huberin holte tief Luft. Ihr erleichtertes Gesicht

sprach Bände. »Also hob i gar ned die neue Lungenkrankheit, Toni?«

»I glaub ned, aber pass lieber auf und geh ned zu so vielen Kaffekranzl, ned, dass du di no ansteckst.«

»Is recht, Toni. Und dei Behandlung rechne i wieder mit dem heiligen Antonius ab.«

»Genau so machst du's! Pfiat di, Huberin, und griaß mir dein Mo, den alten Schlawiner.«

Den ganzen Vormittag über behandelte Anton die Besucher. Die meisten hatten sich mit dem neuen Virus angesteckt. Am Mittag brachte Theres ihm und Babette etwas zu essen und verordnete den beiden eine halbstündige Pause, während sie den Leuten vor dem Haus Kiefernnadeltee und ihre Brennnesselpralinen servierte, um ihnen die Wartezeit zu verkürzen.

Am Abend, als der letzte Gast versorgt war, ließen Babette und der Großvater sich erschöpft auf der Hausbank vor dem Hof nieder. Theres hatte ihnen selbst gebackenes Holzofenbrot mit einem Kräuteraufstrich hergerichtet, was sie sich jetzt redlich verdient hatten. In der Ferne sahen sie den schwarzen Schwan, wie er auf dem See seine Kreise zog.

»Stimmt des wirklich, Großvater, dass uns schwere Zeiten bevorstehen, wenn der schwarze Schwan erscheint?« Babette sah Anton ängstlich von der Seite an.

»Hod dir des die Luidlin erzählt, des alte Waschweib?«, versuchte er Babette zu beruhigen, aber sie hörte den Zweifel in seiner Stimme. »Wenn der schwarze Schwan kimmt, dann …«, der Großvater hielt kurz inne, »dann gibt's Veränderungen, mal guade, mal schlechte. Man muass es nehmen, wie's der Herrgott für einen vorg'sehen hod. Außerdem taucht sicher noch a zweiter Schwan auf. Denn wenn a schwarzer Schwan allein bleibt, stirbt er vor Einsamkeit.«

»Wann war er denn des letzte Mal hier?«

Sie merkte, wie er nach Worten rang. Schließlich antwortete er leise und mit einem tiefen Seufzer: »In dem Jahr, als dei Großmutter g'storben is, Gott hab sie selig.«

6
HERZGESPANN

Sebastian reckte und streckte sich in seinem Bett und rieb sich den Schlaf aus den Augen. Die Sonnenstrahlen tanzten auf seiner Bettdecke, und der Hahn krähte sich seit einer Stunde die Seele aus dem Leib. Sebastian blickte auf sein Handy und konnte es nicht fassen. 9 Uhr, so lange schlief er sonst nie.

Mit einem Satz sprang er aus dem Bett, rein in seine Sportklamotten und joggte auf der Seepromenade am Hotel »Überfahrt« vorbei Richtung Bad Wiessee.

Verschwitzt kam er nach einer Stunde zurück, duschte ausgiebig und ging danach vor zu Josefas Laden.

Der See glitzerte in der Morgensonne, und die Ruderboote vom Bootsverleih Reiffenstuel wogten sanft in den Wellen. Gegenüber sperrte Leonhard gerade sein Antiquitätengeschäft auf. Dieser Laden war innen wie außen ein Kleinod und sehr einladend dekoriert.

Als Sebastian die Tür zu Josefas Geschäft öffnete, bimmelte es über ihm. Er betrat einen typischen Tante-Emma-Laden, wie er ihn von Kinderzeiten her kannte. Auf der Theke standen in großen Gläsern diverse Süßigkeiten, darunter Gummibärchen, Lutscher, Lakritz und Bonbons in allen Farben. Im Regal hinter der Theke lagen sauber geordnet in Körben die Backwaren. In einem Stän-

der wurden mehrere Tages- und die neuesten Klatschzeitungen angeboten. Hier gab es wirklich alles, so wie
Josefa es ihm prophezeit hatte. Von der Zahnbürste bis
zum Schnürsenkel war alles da.

Josefa begrüßte ihn strahlend und gut gelaunt. Sebastian fragte sich insgeheim, ob es Tage gab, an denen sie
schlecht gelaunt war.

Ihre Augen blitzten schelmisch. »Guten Morgen,
haben S' guad g'schlafen? Was darf's denn sein?«

»Moin, bitte zwei Rundstücke, Butter, Marmelade,
100 Gramm Schinken und …« Sebastian überlegte. »Eier
bitte, und noch Kaffeepulver und Milch.«

Josefa legte ihre Stirn in Falten. »Rundstücke? Was
immer des is, des haben wir ned.«

»Ach, Entschuldigung, bei Ihnen sagt man ja Semmeln
dazu.«

»Rundstücke …« Sie schüttelte lachend den Kopf. »Des
hob i no nie g'hört. Rund san s', do haben S' allerdings
recht.« Josefa griff hinter sich, packte ihm alles in eine
Papiertüte und reichte sie ihm über die Theke. »I schreib's
auf d'Rechnung. Lassen S' sich's schmecken.«

Zurück an seinem Häuschen deckte Sebastian auf der
Terrasse den Frühstückstisch.

Wie schön wäre es jetzt, dachte er, wenn ich für zwei
decken könnte.

Ab und zu überfiel ihn die Einsamkeit. Zu seinen
Eltern hatte er nur sporadischen Kontakt. Er verletzte
sie damit sehr, das wusste er, aber es fehlte ihm schlichtweg die Zeit und die Lust, sich telefonisch öfter als an
Weihnachten oder Geburtstagen bei ihnen zu melden.
Und eine feste Freundin hatte er schon lange keine mehr
gehabt, alles nur kurze Episoden.

Langsam zog der Kaffeeduft durch die Hütte, und das Eierwasser sprudelte vor sich hin. Als alles fertig war, genoss er das ausgiebige Frühstück in der Sonne. Danach räumte er das Geschirr in die Küche und spülte ab. Er hasste Unordnung. Aus dem Schuppen nebenan holte er das E-Bike von Josefas verstorbenem Mann, sie hatte ihm erlaubt, es zu benutzen. Er schloss die Alm ab, schwang sich auf den Sattel und bog in die Seestraße, genau dort, wo er mit Babette zusammengestoßen war.

Leonhard saß mit einem Espresso in der Hand vor seinem Geschäft und rief ihm ein fröhliches »Guten Morgen« zu. Sebastian erwiderte den Gruß und nahm sich vor, bei Gelegenheit mit Leo, wie Josefa ihren Nachbarn nannte, einen Espresso zu trinken. Heute jedoch hatte er es eilig und fuhr weiter Richtung Klaslhof.

Nach zehn Minuten erreichte er den Feldweg zum Anwesen. Merkwürdig, dachte er. So viele Menschen vor dem Hof. Wollen die alle zu dem alten Quacksalber?

Er lehnte sein Rad an den Holzzaun. Jemand wies ihn an, eine Nummer aus einem provisorisch gebastelten Kasten zu ziehen. Er werde dann aufgerufen, teilte man ihm mit. Um nicht aufzufallen, folgte er der Anweisung. »Nummer 11« stand mit zierlicher Schrift darauf geschrieben. Er trat etwas zur Seite, denn einige husteten sich die Seele aus dem Leib. Die ominöse Lungenkrankheit war wohl auch hier angekommen, also war es besser, Abstand zu halten. In den verschiedensten Medien riet man bereits dazu.

Er ging um das Haus herum, denn er wollte nicht, dass Babette ihn sah, bevor er sie sprechen konnte. Außerdem suchte er nach einer Möglichkeit, vor den ganzen Leuten ins Innere des Hauses vorzudringen.

An der Nordseite des Hofes wurde er fündig. Hier entdeckte er eine weitere Tür. Sebastian drückte vorsichtig die Türklinke runter, um kein lautes Geräusch zu verursachen. Ein leises Qietschen, als er die Tür aufmachte, ließ sich jedoch nicht verhindern. Er befand sich in einem Raum, der früher einmal zu den Stallungen gehört haben musste. Der Raum war zwar renoviert, aber man hatte darauf geachtet, den ländlichen Charme mit den Steinmauern und den freigelegten jahrhundertealten Balken zu erhalten.

Vorsichtig schlich Sebastian auf Zehenspitzen über den knarrenden Holzdielenboden. Er öffnete eine weitere Tür und hörte Babettes Großvater wie durch Watte reden. Jetzt kannte Sebastian sich aus, er stand im Flur vor dem Konsultationszimmer. Er ging vorsichtig bis zur offenen Küchentür. Darin hantierte eine ältere Dame am Herd, mit dem Rücken zu ihm. Sie rührte mit einem Holzlöffel in einer großen gusseisernen Pfanne mit langem Stiel. Es roch nach Kässpatzen, geschmolzenem Bergkäse und gerösteten Zwiebeln. Lange Käsefäden blieben am Holzlöffel hängen, wenn sie den Käse unter die frischen Spatzen hob. Sebastian lief das Wasser im Mund zusammen.

Er huschte weiter und sah sich nach einem Schrank oder etwas Ähnlichem um, wo der Alte die Rezeptur der Kräutermischung aufbewahrt haben könnte oder zumindest ein Fläschchen davon.

Nun vernahm er aus dem Besprechungszimmer das Rücken von Stühlen und Abschiedsworte. Schnell hastete er zurück. Sebastian gelang es gerade noch, die Tür zwischen Flur und dem renovierten Raum zu schließen, als sich die Tür des Konsultationszimmers öffnete.

Sebastian merkte, wie sein Puls in die Höhe geschossen war. Er atmete ein paarmal tief ein und aus und verließ das Haus. Beim Hinausgehen bemerkte er einen Balkon auf dieser Seite, dort musste sich ein zusätzliches Zimmer befinden. Er nahm sich vor, das bei seinem nächsten Besuch zu erkunden.

Als er wieder vor das Haus kam, holte Babette gerade den nächsten Gast.

Sie sah ihn und blieb abrupt stehen. »Scho wieder im Land? Wo fehlt's denn heid? Am Kopf?«

Sebastian musste lauthals lachen. Ihre Schlagfertigkeit gefiel ihm. »Eher am Herzen«, flirtete er und zwinkerte ihr verschmitzt zu.

»Host du denn oans?«, erwiderte sie trocken.

»Vielleicht hab ich es verloren.« Sebastian sah sie mit seinen grünen Augen durchdringend an.

Ein heißer Schauer lief Babette über den Rücken. Schnippisch meinte sie: »Dann würd i's im Fundbüro probieren.« Ein Grinsen konnte sie sich jedoch nicht verkneifen. »Und a Tee vom Herzgespann soll guad sei bei verlorenem oder gebrochenem Herzen.«

»Ich glaube, hier bin ich goldrichtig. Vielleicht ist mein Herz hier bei dir. Dazu müsstest du aber eine Wanderung mit mir machen. Nur so kann ich es herausfinden. Hast du heute Zeit? Es ist so ein herrliches Wetter.«

Babette wandte sich dem nächsten Besucher zu, der den Schlagabtausch zwischen den beiden mitbekommen hatte und neugierig von einem zum anderen blickte. »Geh schon amoi rein, Korbinian, der Großvater wartet. I kimm gleich.«

Korbinian tat, wie ihm geheißen.

»Also«, meinte Babette. »Wenn du mit mir a Wanderung machen willst, brauchst a g'scheites Schuhwerk und ned so neumodische Salonschlappen. Und du müsstest a Brotzeit mitnehmen, denn«, sie deutete auf die Leute, »i bin hier unabkömmlich. Gegen eins hätt i zwoa Stund Zeit, in der Mittagspaus. Und dann brauch i was zum Essen.«

Sebastian strahlte über das ganze Gesicht. »Abgemacht, um 13 Uhr hole ich dich ab.«

»Nix da, des Gerede der Leut brauch i ned. Wir treffen uns am Wanderparkplatz in Kreuth. Bis später, und sei pünktlich, i geh sonst ohne di«, sagte sie, drehte sich um und ging hinein zum Großvater.

Sebastian schmunzelte, das erste Etappenziel war erreicht. Das Netz war ausgelegt.

7

SPITZWEGERICH

Sebastian war um 12.45 Uhr am Wanderparkplatz in Kreuth. Er wollte auf keinen Fall zu spät erscheinen. Unzählige Autos parkten hier in der Idylle, meist mit Münchner Kennzeichen.

Kurz nach 13 Uhr sah er Babette, wie sie ihm auf dem Rad entgegenstrampelte.

»Servus!« Babette rang nach Luft. »Tut mir leid, dass i z'spät bin, aber wir hatten so vui …«

»Besucher?«, ergänzte Sebastian grinsend.

»Ja, wir san a gastfreundlichs Haus, und jeder, also fast jeder, is bei uns willkommen.« Verschmitzt zwinkerte sie ihm zu und versteckte ihr Rad hinter einem Holzschuppen. »Wir müssen da lang«, sagte sie und zeigte Sebastian den Weg.

Sie gingen an der Hofbauernweißach entlang Richtung Siebenhütten.

»Der Bach is ungefähr fünf Kilometer lang und läuft nach Nordwesten«, erklärte Babette.

Zu Beginn war der Wanderweg breit und führte durch einen schattigen Wald. Nach einer Weile erreichten sie auf einem kurzen Abstecher die Herzogliche Fischzucht Wildbad-Kreuth, in der Forellen und Saiblinge gezogen wurden. Danach ging es wieder am Bach entlang.

Die Vögel zwitscherten, und das Rauschen des Baches ließ Sebastian ruhig werden. Eine solche Ruhe hatte er schon lange nicht mehr verspürt, er war sich nicht sicher, ob es an der Natur lag oder an seiner charmanten Begleitung.

»Gibt es eigentlich einen Mann in deinem Leben, Babette?«, fragte er rundheraus, nachdem sie eine Zeit lang schweigend nebeneinanderher gegangen waren.

»Ja, den gibt's ...« Babette strahlte, während Sebastians Miene sich verfinsterte. »Er is der beste, netteste und großzügigste Mann, den i kenn.«

»Und warum bist du dann mit mir unterwegs?«

Sebastian bemühte sich, nicht beleidigt zu klingen, aber Babette entging seine Verstimmung nicht. Es machte ihr Spaß, ihn ein wenig zu foppen. »Ja mei ...« Sie machte absichtlich eine Pause und zögerte die Antwort hinaus. »Weil der Großvater arbeiten muass.«

»Ach so, der Großvater«, schnaufte er erleichtert.

Babette knuffte ihn in die Seite und lachte dabei lauthals.

»Sag mal, stimmt das, was man im Tal munkelt? Dass dein Großvater ein Wundermittel gegen die neue Lungenkrankheit hat?«

Babette schaute angestrengt auf den Waldboden. »Soso, munkelt man des. Ja, es stimmt, sei Medizin hilft ganz guad.«

»Und was ist das Besondere an dem Mittel?«

»Betriebsgeheimnis, des woaß ned amoi i.«

»Er wird die Rezeptur doch irgendwo aufgeschrieben haben, oder?«

Babette blieb abrupt stehen und stemmte energisch ihre Hände in die Hüften. »Hast du's etwa auf der Lunge, oder warum willst des so genau wissen?«

Sebastian merkte, dass er seine Neugier zügeln musste, um es sich nicht gleich mit ihr zu verscherzen. »Nun ja, man weiß nie, ob man diese Krankheit nicht auch bekommt. Dann wäre es gut zu wissen, wo es dieses Mittel gibt.«

Babette lachte und hakte sich bei ihm unter. »Solltest du krank werden, bekommst du's von mir.«

Auf dem Weg zur Siebenhüttenalm erwarteten sie einige Gumpen, kleine Steinbecken mit kristallklarem Wasser, die bei Kindern sehr beliebt waren. Babette zog ihre Schuhe aus und stieg in das eiskalte Wasser. Übermütig bespritzte sie Sebastian.

»Na warte …«, entgegnete der, schlüpfte ebenfalls aus seinen Schuhen und tat es ihr gleich.

Lachend fielen sie danach ins Gras, um sich in der Sonne die Füße zu trocknen. Sebastian stützte sich mit einem Ellbogen auf und betrachtete Babette, die ihre Augen geschlossen hatte. Er riss einen Grashalm ab und kitzelte sie an der Nase.

»Machst du des immer so mit deinen Auserwählten?«, fragte Babette, hielt ihre Augen aber geschlossen.

»Hmm … Nur wenn sie so wunderschöne Nasen haben, so veilchenblaue Augen und so süße kleine Ohren wie du.«

Er zeichnete alles mit dem Grashalm nach.

Babettes Atem ging schneller. Sie schalt sich dafür. Eine innere Stimme warnte sie: »Er ist aus Hamburg, was willst du mit ihm, er wird bald wieder verschwinden!«

Sebastian beugte sich über sie, und seine Lippen berührten ganz sanft ihren Mund.

Blitzartig sprang Babette auf. »Des geht mir zu schnell! I kenn di ja gar ned.«

»Wir lernen uns doch gerade kennen«, schmunzelte Sebastian. Ihm war ihr hochroter Kopf nicht entgangen, und er wusste, dass es ihr nicht unangenehm war, von ihm geküsst zu werden. Darin, solche Situationen zu beurteilen, hatte er Routine.

»Lass uns weiter, i muass bald wieder z'ruck zum Großvater.«

Schweigend wanderten sie das letzte Stück bis zur Siebenhüttenalm.

»Woher kommt eigentlich der Name?«, durchbrach Sebastian die unangenehme Stille.

Babette erklärte ihm, dass hier früher sieben Hütten von sieben Almbauern aus Kreuth betrieben wurden, deshalb Siebenhüttenalm. Nach und nach verschwanden alle Hütten bis auf eine. Außerdem sei das Gebiet zu Beginn des 19. Jahrhunderts Wittelsbacher Besitz geworden und ist es bis heute geblieben.

Sebastians Handy klingelte. Er sah auf das Display, der Name und das Foto seines Chefs erschienen.

»Such doch schon mal einen schönen Platz fürs Picknick, ich muss schnell telefonieren«, meinte er zu Babette gewandt. »Moin, Herr Jansen«, meldete er sich förmlich und bemühte sich, leise zu sprechen.

»Grewe, konnten Sie schon einen Erfolg verbuchen? Es eilt, wir müssen vor der Konkurrenz damit auf den Markt.«

»Chef, ich bin dran«, flüsterte Sebastian mit vorgehaltener Hand. Aus dem Augenwinkel sah er erleichtert, dass Babette nichts mitbekommen hatte. Sie breitete zehn Meter entfernt an einer Waldlichtung eine Picknickdecke aus und winkte zu ihm herüber.

»Das hoffe ich für Sie, Grewe! Es steht einiges für Sie auf dem Spiel.«

Sebastian wurde es heiß und kalt. »Sie bekommen Ihr Mittel, versprochen!«

Ohne ein Wort des Grußes beendete Jansen das Gespräch.

»Was is mit dir? Schlimme Nachrichten?«, fragte Babette erschrocken, als er sich zu ihr auf die Picknickdecke setzte. Sebastian war kreidebleich geworden.

Mit einer Handbewegung wiegelte er ab. »Nein, nur ein Freund, der ziemlich unverschämt ist«, schwindelte er. »Aber jetzt zu meinem Menü, wertes Fräulein.« Sebastian holte aus seinem Rucksack Fleischpflanzerl, Brezen, einen Obatztn, Radieserl und zwei Flaschen Tegernseer Bier. Josefa hatte ihn beraten, was man zu einer Bergtour am besten mitnimmt. In Hamburg hätte er zwei Rundstücke, Matjes und ordentlich Zwiebeln eingepackt, aber man musste sich ja den Sitten und Gebräuchen des jeweiligen »Landes« anpassen.

Babette öffnete die Bierflaschen und nahm mit einem tiefen Seufzer einen kräftigen Schluck. Dann tauchte sie ihre Breze in den Obatztn und biss ein großes Stück davon ab. Mit vollem Mund nuschelte sie: »Der Herrgott muass a Bayer sein, sonst hätt er uns ned solche Köstlichkeiten g'schenkt.«

»Und er hätte sonst die schönsten Mädchen nicht in Bayern auf die Welt kommen lassen«, ergänzte Sebastian. Er spulte sein Anmachprogramm ab, was bisher bei jeder Frau funktioniert hatte.

Babette schien es aber kaltzulassen, stattdessen fragte sie ihn: »Was treibst du eigentlich, wenn du ned in Bayern Urlaub machst?«

»Och, nichts Besonderes«, antwortete Sebastian ausweichend. »Ich arbeite im Büro einer größeren Import-, Exportfirma.«

»Was importiert und exportiert ihr alles?«

Sebastian wurde es nun ein wenig mulmig. Er nahm einen Schluck Tegernseer Bier. »Alles Mögliche, wir sind ziemlich breit aufgestellt. Ich wickle das Ganze ab und suche nach neuen Wegen im In- und Ausland.«

»Und in welchem Bereich?« Babette ließ nicht locker. Die Neugierde hatte sie gepackt.

»Im Gesundheitsbereich«, erwiderte er zögernd. Es wurde langsam brisant. Bis jetzt hatte er noch nicht gelogen, er musste sich was einfallen lassen. Da kam ihm ein kleiner Fuchs zu Hilfe, der am Waldrand stand und tapsig seine Umgebung erkundete. »Schau, ein Fuchsbaby!« Sebastian sprang auf, um ihn besser sehen zu können.

»Mei, is der liab!« Babette erhob sich ebenfalls. »Hoffentlich findet der sei Mama wieder!«

»Bestimmt.« Sebastian legte tröstend seinen Arm um ihre Schultern. »Der kleine Rabauke ist sicherlich nur kurz ausgebüxt, um die große, weite Welt zu erkunden.«

Sie betrachteten das Tierchen noch eine Weile, bis es kurz darauf in den dichten Wald verschwand.

Sebastian griff zu seiner Breze und schrie plötzlich auf. »Autsch! Verdammt!« Er hielt seinen Daumen hoch.

Babette sah sofort, was geschehen war. Eine Biene hatte ihn gestochen, der Giftsack baumelte noch am Daumen. »Ned bewegen«, rief sie und nahm vorsichtig seinen Daumen in die Hand, der schon leicht anschwoll. Geschickt entfernte Babette mit Daumen und Zeigefinger den Stachel samt Giftsack. Dann blickte sie sich auf der Wiese um, pflückte ein paar Blätter vom Spitzwegerich und zerquetschte sie zwischen den Fingern.

»Was machst du da?«, fragte Sebastian entgeistert.

Nach ein paar Sekunden formte sie aus dem Blattbrei ein längliches Naturpflaster und klebte es auf die geschwollene Einstichstelle. »Halt dei Hand still, damit sich des Gift ned so schnell verteilt. Bist du allergisch auf Bienengift?«

»Ich glaube nicht«, stammelte Sebastian. »Ich bin zuletzt als Kind gestochen worden.«

Babette schaute auf ihre Armbanduhr. »O mei!«, rief sie erschrocken. »I hob dem Großvater versprochen, nur zwoa Stund weg zu sein, weil sich für den Nachmittag aa wieder so vui Menschen ang'meldet haben.« Sie packte ihre Sachen zusammen und lief den Berg hinunter.

»Hey, warte auf mich, ich begleite dich.«

Eilig verstaute Sebastian die Picknicksachen in seinem Rucksack und rannte Babette hinterher. Beide kamen zeitgleich auf dem Wanderparkplatz an, und Babette sperrte das Schloss ihres Rades auf.

»Servus, Sebastian! Jetzt pressiert's.«

»Warte!« Er stellte sich ihr in den Weg. »Ich bin mit dem Auto da, wir packen dein Rad in den Kofferraum, dann bist du schneller. Außerdem weiß man nie, ob sich nicht doch noch ein Allergieschock einstellt.« Er hob demonstrativ seine Hand.

Babette zögerte kurz. »Also guad, 15 Minuten bringt's auf jeden Fall.«

Sebastian hievte ihr Rad in den Kofferraum, und Babette nahm auf dem Beifahrersitz Platz.

Während der Fahrt tönte der Nachrichtensprecher mit stereotyper Stimme über das Radio: »Die neue Viruserkrankung«, es folgte ein komplizierter Name, »verbreitet sich in Lichtgeschwindigkeit über Deutschland und die ganze Welt. Der Bundesgesundheitsminister rät, größere Menschenansammlungen zu meiden und Hygieneregeln einzuhalten wie Hände waschen und in die Ellenbeuge niesen und husten!«

Mit quietschenden Reifen bog Sebastian in die Hofeinfahrt, wo sich zahlreiche Besucher versammelt hatten. Babette kam es so vor, als ob es von Tag zu Tag mehr wurden.

Sebastian hielt sie kurz an der Hand fest, bevor sie die Tür öffnete. »Pass auf dich auf, Babette! Mit diesem Virus ist nicht zu spaßen.«

»Koa Angst, Sebastian, es is gegen jede Krankheit a Kraut g'wachsen, des hod der liebe Gott oder die Natur, wie du's nennen magst, so eing'richtet. Und i hob den besten Lehrmeister der Natur bei mir dahoam. Der Großvater woaß, was er tut.«

»Sehen wir uns wieder?«, fragte Sebastian.

Babette lächelte, nahm einen Stift und schrieb ihre Handynummer in seine Hand, als plötzlich ein stämmiger Bursche auftauchte und die Tür ruckartig öffnete.

»Alles in Ordnung, Babette?«, knurrte der Hüne ins Wageninnere.

»Alles in Ordnung, Xaver. Des is der Sebastian aus Hamburg, er war so nett, mi herzufahren, weil i auf dem Berg die Zeit vergessen hob.«

»Dann is es ja guad«, murmelte Xaver milder und fixierte Sebastian mit stechendem Blick.

Sebastian mochte sich gar nicht vorstellen, diesem Baum von einem Mann in der Nacht zu begegnen oder ihn zum Feind zu haben.

Babette schenkte ihm ein Lächeln und lief dann schnurstracks zum Großvater ins Behandlungszimmer.

Xaver hielt die Autotür noch immer in der Hand.

»Mach die Tür zu!« Sebastian wurde ungeduldig.

»Fahr so schnell nach Hamburg z'ruck, wie du kannst, sonst …« Xaver streckte seinen Kopf ins Wageninnere.

Sebastian hatte keine Lust, sich auf eine Diskussion einzulassen. »Mach die Tür zu!«, wiederholte er eine Spur schärfer. »Sonst lernst du mich kennen!«

»I warn di! Finger weg von Babette!« Xaver knallte die Tür mit Nachdruck zu und sah Sebastian hinterher, wie dieser in Richtung Seestraße davonfuhr.

Der Großvater zeigte kurz auf eine Flasche, als Babette das Zimmer betrat, und bat sie, sich damit im Gesicht einzusprühen. Babette kannte das Mittel, es roch nach Zimt und Nelken und vielen weiteren heilenden Kräutern. Es war eine Kräuterrezeptur aus dem Mittelalter, die damals bei der Pest wahre Wunder gewirkt haben soll. Babette musste sich auf Anweisung des Großvaters nun jeden Tag mehrmals damit einsprühen.

Sie setzte sich wie immer an die Seite ihres Großvaters und wickelte sich den Rosenkranz um die Hand. Sie nahm die erste große Perle und begann stumm das Vaterunser zu beten, gefolgt von drei kleinen Perlen mit dem »Gegrüßet seist du Maria«.

Verquollene, rote Augen und ein ständiges Hüsteln begleiteten jedes Wort des neuen Klienten. Ein Herr aus München, Babette schätzte ihn auf Mitte 40, berichtete von ständigen Hustenattacken, vor allen Dingen nachts, mit kaltem Schweiß. Er wisse nicht mehr aus noch ein, denn die Erkrankung ziehe sich nun schon seit mehr als acht Wochen und es trete keine Besserung ein, eher das Gegenteil. Er könne nicht mehr arbeiten, und jeden Tag habe er am Abend Fieber und das Gefühl, eine Betonplatte läge auf seiner Lunge.

Babette war sich sicher, dass ihr Großvater den Befund bereits wusste, das Ganze aber noch mal mit der Augen- und Zungendiagnose überprüfen wollte.

Anton setzte gerade an, nach der Farbe des Auswurfs zu fragen, als er plötzlich innehielt, lauschte und dann sagte: »Bring des Zerwürfnis mit deiner Mutter wieder in Ordnung, sie is die Wurzel deiner Beschwerden. Solang du des ned geklärt hast, helfen aa meine Kräuter ned.«

Der Herr sah ihn entgeistert an. »War meine Mutter bei Ihnen? Das kann doch gar nicht sein. Sie lebt in Frankreich.«

»Nein. Und trotzdem is sie do«, schmunzelte der Großvater. »In dir. Sie nimmt dir die Luft zum Atmen. Sie versteht dei Schweigen ned, und du tust ihr Unrecht. Gib dir an Ruck. Ohne dei Mutter wärst heid ned do. Mach dir a Liste mit den positiven Eigenschaften deiner Mutter. Erinner di an dei Kindheit, wer di 'tröstet hod, wenn du krank warst, wer dir des Gehen, Laufen, Sprechen g'lernt hod. Des kann man doch ned alles ignorieren!« Der Großvater hatte sich in Rage geredet.

Kleinlaut saß der Mittvierziger ihm gegenüber.

»Die Knoten-Maria wird dir dabei helfen.« Anton zog ein Foto aus der Schublade, auf dem die Mutter Gottes zu sehen war, die einen Faden mit vielen kleinen Knoten in beiden Händen hielt. »Der Faden«, fuhr Anton fort, »symbolisiert den Lebensfaden mit den Knoten und Aufgaben, die einem des Leben bietet, die es aber aa zu entwirren und zu lösen gilt. A ›Entwicklung‹ im wörtlichen Sinn. Bete zur Knoten-Maria, sie wird dir helfen.«

Er ging zum Schrank, nahm den Schlüssel vom Bund seiner Lederhose und sperrte diesen auf.

»Und wenn du des alles getan und di mit deiner Mutter versöhnt host, dann wirken aa meine Kräuter. Denk immer dran, man muass Körper, Geist und Seele heilen, nur wenn alle drei geheilt san, is oder wird man g'sund.«

Zielsicher griff er zu einer Tinkturmischung und gab ihm den Rat wie vielen vor ihm: dreimal täglich 20 Tropfen dieser Mischung in ein halbes Glas Wasser träufeln und das Ganze auf nüchternen Magen trinken. Außerdem empfahl er ihm, keine Milchprodukte und die nächsten Wochen nur pflanzliche Nahrung zu sich zu nehmen, am besten roh oder in Form von Säften. Zusätzlich gab er ihm mit auf den Weg, viel stilles Wasser zu trinken, damit das Blut nicht verdicke. Dann zeigte er ihm, wie er die Thymusdrüse aktivieren könne, und machte gemeinsam mit ihm die Klopfübung oberhalb des Brustbeines.

»Aber«, Anton hob mahnend den Finger, »des alles nützt nix, wenn du dei Seelenaufgabe ned g'löst host. Ruf dei Mutter an. Sie wartet drauf. A Mutter vergibt immer!«

Der Mann bedankte sich, stand schwerfällig auf und bewegte sich, wie Babette es schien, in Zeitlupe nach draußen. Er vergaß zu fragen, was die Behandlung kostete, aber das war dem Großvater egal, er wusste, alles im Leben findet seinen Ausgleich.

Babette legte den Rosenkranz in das Schmuckkästchen, öffnete alle Fenster und entfachte ein getrocknetes Salbeibüscherl aus dem Garten. Salbeirauch reinigte die Räume und vertrieb alle unerwünschten Energien.

So ging es den ganzen Nachmittag. Fast alle Besucher kamen mit den gleichen Beschwerden. Einige berichteten sogar von Verwandten, die im Krankenhaus lagen und beatmet wurden.

Am Abend, als der letzte Besucher versorgt war, war Babette so erschöpft, dass sie sich sofort ein Badetuch aus ihrer Kammer holte und zum See lief.

Der See war schon immer ein Lebenselixier für Babette. Sie hatte das Gefühl, dass alles von ihr abfiel, sobald sie in das weiche Wasser eintauchte. In der Seestraße gab es ein kleines Grundstück mit privatem Seezugang. Der Besitzer war ein guter Spezl von ihrem Großvater und hatte ihm vor Jahren einen Schlüssel für das Gartentor gegeben. Babette genoss es, alleine und unbeobachtet zu schwimmen.

Sie steckte den Schlüssel ins Schloss, und das Gartentor gab quietschend nach. Schnell entledigte sie sich ihrer Sachen und tauchte, wie Gott sie geschaffen hatte, in die zu dieser Jahreszeit noch kühlen Fluten. In der Ferne sah sie den schwarzen Schwan, der auf dem Wasser einsam seine Kreise zog, und es fielen ihr die Worte der alten Luidlin ein, dass es kein gutes Omen sei, wenn der schwarze Schwan an den See zurückkehrte.

Babette schwamm weit hinaus. Mit jedem Zug übergab sie die Anspannung und die Sorgen der Klienten, die sie sich tagtäglich anhören musste, dem See und wurde freier und freier. Es tat ihr gut, das kühle Wasser auf ihrer nackten Haut zu spüren, eins zu werden mit dem See.

Doch etwas ließ sie nicht los. Wieder einmal schob sich Sebastian in ihre Gedanken, und sie fragte sich, warum er sie so beschäftigte.

8

SALBEI

Als Sebastian um 8 Uhr früh vom Krähen des Hahns geweckt wurde, wanderte sein erster Gedanke zu seinem Chef. Jansen hatte ihm schon wiederholt Sprachnachrichten geschickt, die sich Sebastian aber gestern nicht mehr hatte anhören wollen. Er wusste ja, was das Ansinnen seines Chefs war.

Er ging ins Bad und rasierte sich, als sein Handy erneut klingelte. Sebastian drückte bemüht lässig den grünen Annehmen-Button.

»Moin, Chef!«

Anstelle eines Morgengrußes ließ Jansen eine Schimpftirade los und die Drohung, der nächste Erste werde sein letzter sein, wenn er nicht endlich in die Pötte komme. »Legen Sie die Kleine flach, von der Sie sich die Rezeptur erhoffen. Gütiger Himmel, das kann doch nicht so schwer sein! Muss ich das auch noch für Sie erledigen?«

Sebastian merkte, wie eine immense Wut in ihm hochkroch, aber er riss sich am Riemen. Er ballte eine Hand zur Faust, bis das Weiße der Knöchel hervortrat. »Sie bekommen die Rezeptur nächste Woche, versprochen, Chef.«

»Das hoffe ich für Sie, Grewe«, schnaubte Jansen. »Die Konkurrenz arbeitet ebenfalls an einem Naturheilmittel, wir müssen schneller sein. Die Welt steht Kopf mit diesem Virus. Das ist ein Geschenk Gottes, an dem wir uns dumm und dämlich verdienen können. Jeder Mensch wird zuerst zu einem Naturheilmittel greifen, bevor er sich eine Chemiebombe reinzieht. Eine Impfung ist noch nicht in Sicht, und wenn das Mittel wirklich so gut wirkt, wie alle erzählen, und der alte Waldschrat zu dämlich ist, um es sich schützen zu lassen, dann machen wir das. Haben Sie mich verstanden, Grewe?«

»Ja, Chef. Ich kümmere mich darum.«

Das Gespräch war beendet. Am liebsten hätte er jetzt mit einem Salbeibüscherl das Zimmer von der Energie seines Chefs gereinigt. Babette hatte ihm davon erzählt, aber er wusste ja nicht mal, wie Salbei aussah.

Sebastian wusch sich den Rasierschaum aus dem Gesicht und ging danach ins Freie, um durchzuatmen. Er bemerkte dabei nicht den großen Haufen Hundescheiße, der direkt vor der Tür lag, und trat prompt barfuß hinein.

»Verdammte Scheiße!«

Ihm wurde schlecht von dem Gestank, und er ging auf Zehenspitzen in die angrenzende Wiese, um das Gröbste abzustreifen. Von einem Hund war weit und breit nichts zu sehen. Sebastian beschlich eine Ahnung, wer ihm den Haufen vor die Tür gelegt haben könnte. Er stapfte zu einem nahe gelegenen Holzfass, in dem Regenwasser fürs Blumengießen gesammelt wurde, und reinigte notdürftig mit einer Gießkanne seine Füße.

»Ich bring ihn um«, murmelte Sebastian. »Ich bring ihn um!«

Da bog Josefa, seine Hauswirtin, um die Ecke. »Guten Morgen, Herr Grewe. Was machen S' denn da?«

Sebastian deutete stumm auf den Boden vor der Tür.

»Oh mei, was für a Köter hod denn den großen Haufen g'macht? Des muass a Bernhardiner g'wesen sein.«

»Wer hat hier einen so großen Hund?«, fragte Sebastian, eine Spur patziger als gewollt.

»Mei, do gibt's einige. Hier wohnen vui Millionär und Milliardär mit großen Anwesen, von den FC-Bayern-Profis ganz zu schweigen. Vui Anwohner halten sich an großen Hund für die Sicherheit. Aber es läuft eigentlich koaner frei rum. Des is scho merkwürdig.«

Josefa holte den Gartenschlauch aus dem angrenzenden Schuppen und spritzte mit einem Strahl die Hinterlassenschaft in die angrenzende Wiese.

»Danke!«, sagte Sebastian. »Aber der Appetit auf ein Frühstück ist mir vergangen.«

»Ach Schmarrn«, wiegelte Josefa ab. »I hob grad frische Weißwürscht und Brezen g'liefert bekommen. Sie machen jetzt erst amoi a zünftigs Weißwurstfrühstück, danach schaut die Welt gleich anders aus.«

»In Ordnung«, knurrte er versöhnlicher, »ich bin in zehn Minuten bei Ihnen.«

»Na also, geht doch«, lachte Josefa und rauschte ab in ihre Küche.

Als Sebastian vor ihrem Geschäft auf der Holzbank Platz nahm, war alles gedeckt, nur die Weißwürste fehlten noch. Weißbier, Brezen und der gute Händlmaiersenf standen auf dem Tisch. Es galt als grober Fauxpas, wenn man einen anderen Senf zu den Weißwürsten wählte. Und es gab genau zwei korrekte Arten, eine Weißwurst zu essen. Entweder man zuzelte sie – dazu tauchte man die Wurst in den süßen Senf, steckte sie dann bis zu einem Drittel in den Mund, presste die Lippen auf die Wurst und saugte das Brät aus der Haut. Das sah nicht besonders schön aus, weil die Pelle nach dem Zuzeln lustlos herunterhing. Nach der Hälfte wendete man die Wurst und zuzelte nun von der anderen Seite, bis nichts mehr drin war. Oder man ritzte die Wursthaut der Länge nach an und zog sie ab. Das Schlimmste aber, was man in Bayern beim Weißwurstessen tun konnte, war, Ketchup zu den Würsten zu bestellen. Da konnte es passieren, dass man im Bräustüberl von den resoluten Bedienungen des Platzes verwiesen wurde.

Sebastian kannte sich in Sachen Weißwurst aus. Normalerweise wendete er die zweite Variante an, doch als er sah, dass neben seinem Teller kein Besteck lag, wusste er, dass er zuzeln musste.

Josefa kam mit einer weißen Küchenschürze bekleidet zu ihm an den Tisch, in den Händen eine große Keramikschüssel mit fünf Paar Weißwürsten, die auf der dampfenden Wasseroberfläche schwammen, garniert mit Petersilie und einer Zitronenscheibe. So habe es der Kochguru Alfons Schuhbeck im Fernsehen gepredigt, erklärte sie ihm.

Sebastian hob abwehrend seine Hände, als er die vielen Würste in der Schüssel sah. »So viele esse ich aber nicht!«

»Koa Angst.« Josefa lachte. »Der Leonhard kimmt gleich zur Brotzeit, die müssen S' ned allein essen.«

Sebastian sah, wie gegenüber Leonhard, gut gekleidet mit blauer Jeans, lässigem Sakko und einem Seidentuch um den Hals, über die Straße lief. Seine Füße steckten ohne Socken in modischen Slippern. Er sah mit seinen etwas längeren braunen Haaren aus wie ein italienischer Geschäftsmann, was vielleicht auch an den vielen Aufenthalten in Italien lag. Von dort kam seine große Liebe, mit der er seit über 30 Jahren glücklich verheiratet war, wie ihm Josefa verraten hatte.

»Servus«, grüßte Leonhard, als er am gedeckten Tisch Platz nahm. »I bin da Leo, und do bin i dahoam.« Er lachte laut.

»Moin, ich bin Sebastian.«

»Bist du der Hamburger?«

»Jo!«

»Dann pack ma's.«

Und ehe Sebastian reagieren konnte, hatte er zwei Würste auf dem Teller liegen. Er machte es Leonhard nach und steckte sich ein Wurstende in den Mund. Auch wenn es ihn ein wenig Überwindung kostete, musste er zugeben, dass das Geschmackserlebnis beim Zuzeln unübertroffen war.

Es entspann sich ein philosophisches Gespräch zwischen den beiden. Sebastian bemerkte, dass Leonhard hochintelligent und sehr belesen war. So leicht konnte man dem nichts vormachen.

»Sag mal, Leonhard«, setzte er nach einer Weile wie nebenbei an, »hast du was von dem neuen Lungenvirus gehört, das die Welt gerade erobert?«

Leonhard biss von seiner Breze ab und nuschelte: »Ja, freilich, hier in der Gegend haben sich scho einige damit infiziert. Aber wir haben ja unseren Toni, der macht uns wieder g'sund.«

»Meinst du den Kräuterheiler vom Klaslhof?«

»Genau den mein ich. Der Toni kriegt fast jeden g'sund. Ob durchs Beten oder durch seine Kräutermixturen – i woaß es ned. Auf jeden Fall hilft's.«

Sebastian wurde nervös, versuchte es aber vor Leonhard zu verbergen. »Weißt du zufällig, was für ein Mittel er gegen das neue Virus hat?«

»Niemand kennt die Rezepturen von Tonis Mischungen. I glaub, des woaß ned amoi die Babette. Wir alle hier im Tal hoffen, dass er's irgendwo aufg'schrieben oder bei einem Notar hinterlegt hat.«

»Kennst du einzelne Bestandteile der Tinktur?«

Leonhard nahm sich eine dritte Weißwurst aus dem Topf. »Hmm, i woaß, dass der Toni vui seltene Wurzeln oder Rinden und Harze von den Bäumen verarbeitet. I treff ihn oft in aller Herrgottsfrüh auf dem Berg beim Sammeln und Wurzelnstechen.«

Sebastian lehnte sich zurück. »Das wäre schade, wenn er sein Wissen nicht weitergibt.«

»Mei, vielleicht woaß es die Theres, sei Haushälterin, des is die Schwester seiner verstorbenen Frau. Aber warum willst des eigentlich wissen?«

»Nur so …«, wiegelte er ab. »Ich finde es spannend, wenn jemand mit der Natur Heilerfolge hat.«

»Ja, die hat er. Toni woaß aa, zu welchen Mondphasen man die Kräuter und Wurzeln sammeln muass, damit sie die größte Heilkraft entfalten«, erwiderte Leonhard und wischte sich mit der Serviette die letzten Weißwurstreste aus dem Mundwinkel. »Des wissen ned mehr vui Leut.«

Eine rundliche Frau mit Faltenrock, geblümter Bluse und derben Halbschuhen kam auf sie zu. An der Leine führte sie einen ebenfalls sehr rundlichen Mops. Der Hund röchelte, als ob sein letztes Stündlein geschlagen hätte, und streckte vor Leonhard alle viere von sich.

»Erna!«, begrüßte Leonhard die ältere Dame mit Handschlag, beugte sich zu dem Mops und tätschelte ihn am Bauch, der daraufhin vor Freude furzte. »Na, Ganghofer, seids wieder auf Verbrecherjagd?«

Erna erwiderte: »Er hasst Streife gehen, aber ab und zu fällt ihm a Leckerli zu, und dann geht's wieder a Stück weiter. Gott sei Dank is es zurzeit ruhig am See, anscheinend machen auch die Verbrecher Urlaub.« Sie rückte ihr braunes Kassengestell auf der Nase zurecht.

Leonhard griff in den Weißwurstkessel, schnitt ein Stück Wurst ab und gab es Ganghofer, der es schnell hinunterschluckte.

»Also dann, Leo, wir sehen uns hoffentlich bald mal wieder, spätestens auf dem Seefest in a paar Wochen.«

»Pfiat di, Erna! Ja, spätestens do sehen wir uns.«

Erna zerrte an der Leine, und Ganghofer erhob sich nur sehr widerwillig. Der Weißwurstkessel roch zu verführerisch.

Bereits vor Erna hatten fast alle, die an der Straße vorbeigegangen waren, Leonhard zugewinkt. Sebastian hatte den Eindruck, dass er hier sehr beliebt war.

Kurz nachdem Erna gegangen war, kam ein Mann in Schreinerkluft zu Leonhard und schlug ihm zur Begrüßung freundschaftlich auf die Schulter.

»Geh schon amoi rüber und setz di vors G'schäft, Thomas. I kimm gleich nach«, sagte Leonhard zu ihm. Er erklärte Sebastian, der Schreiner komme jede Woche bei ihm vorbei, um einen kurzen Ratsch zu halten und einen schnellen Espresso zu trinken. Dies war seit Jahren zu einem lieb gewordenen Ritual geworden. »Also dann ...« Leonhard stand auf und klopfte dreimal auf den Tisch. »Mir sehn uns! Vielleicht auf dem Waldfest heid Abend in Kreuth?«

Sebastian hob die Hand zum Gruß. »Ja, man sieht sich.«

Leonhard nahm eine Breze aus dem Korb, lief über die Straße zu dem Schreiner, der bereits auf einem der Stühle vor Leonhards Geschäft Platz genommen hatte, und drückte ihm die Breze in die Hand.

Sebastian hatte eine Idee. Er nahm sein Handy und tippte auf WhatsApp eine Nachricht an Babette: »Lust, heute Abend mit mir aufs Waldfest zu gehen?«

Es dauerte keine fünf Minuten, da erschien auf seinem Display: »Klar, gern. Hast du die passende Kleidung?«, begleitet von zwei lachenden Emojis.

»Besorge ich noch. Hole dich um acht ab, okay?«, antwortete er.

Es folgte ein Daumen, der in die Luft zeigte. Sebastian war zufrieden. Mit etwas Glück durfte er vielleicht sogar bei Babette übernachten. Er trug die Teller und die Schüssel zurück zu Josefa in die Küche.

»Mei, dankschön, des is liab.«

»Sagen Sie mal, Josefa, wo bekomme ich hier eine zünftige Tracht her?«

Josefa stemmte die Hände in die Hüften und lachte. »Wenn Sie Tracht tragen, dürfen S' aber ned den Mund aufmachen. Oder lernen S' noch schnell Bayrisch? Also …«, Josefa überlegte kurz. »Die schönsten, bodenständigsten Trachten kaufen S' beim Trachten Huber in Rottach. Aber i muass Sie warnen, so a Lederhosn kost vui Geld.«

»Des passt schon!«, feixte Sebastian.

Er ließ sich den Weg von Josefa erklären, schnappte sich ihr Rad und fuhr zum nahe gelegenen Trachtengeschäft.

Eine sehr nette Verkäuferin im rosafarbenen Dirndl empfing ihn und legte ihm nach knappem Gespräch und

Abmessen seiner Figur eine kurze Hirschlederhose, ein weißes Trachtenhemd und eine braune Lodenjacke in die Kabine. Unter dem zugezogenen Vorhang schob sie kurz darauf noch ein paar braune Haferlschuhe hindurch, nachdem sie Sebastian nach seiner Schuhgröße gefragt hatte.

Sebastian trat vor den Spiegel, drehte und wendete sich. Es gefiel ihm, was er sah. Ohne nach dem Preis zu fragen, wies er die Verkäuferin an: »Bitte packen Sie mir alles ein.«

Das freundliche Mädchen im Dirndl rechnete alles zusammen und nannte den Preis: »Des macht dann 2.350 Euro, bittschön.«

Sebastian zuckte zusammen. »2.350, sagten Sie?«

»Ja, genau.« Das Mädchen tippte mit ihren langen Fingernägeln zur Kontrolle die Summen noch mal ein. »1.750 die Hirschlederhosn, 400 die Lodenjacke, 150 die Haferlschuh und 100 das Hemd. Des macht 2.400, aber als Erstkunde bekommen S' 50 Euro Rabatt bei dieser Summe.«

Sebastian dachte, als er seine Kreditkarte zückte: Ich werde auch Erstkunde bleiben!

9

LÖWENZAHN

Babette musste sich eingestehen, dass sie sich darauf freute, den Abend mit Sebastian zu verbringen. Schnell legte sie ihr Handy weg, denn der Großvater führte die nächste Besucherin ins Zimmer. Babette begann mit ihren Gebeten.

Eine blasse Frau, Mitte 30, setzte sich ihnen gegenüber. Sie war extra aus der Nähe von Nürnberg gekommen, da sie über Umwege vom Kräuterheiler vom Tegernsee gehört hatte. Sie berichtete, die Ärzte seien ratlos, keiner wisse genau, was sie habe. Leber- und Nierenwerte seien katastrophal, außerdem leide sie seit Kurzem zusätzlich an Atembeschwerden.

Der Großvater schaute sich die Patientin lange und gründlich an und fragte nach einer Weile: »Welche Laus is dir über d'Leber g'laufen, was bedrückt di?«

Die Frau fing plötzlich an zu schluchzen. Babette hob erschrocken ihren Kopf, aber die Frau schien sie nicht zu bemerken.

»Mein Mann hat mich verlassen wegen eines blutjungen Mädchens«, brach es aus ihr heraus. »Gerade mal 18 ist diese ... Wir haben drei kleine Kinder, die jeden Tag nach ihrem Papa fragen, während er ...! Mein ganzes Leben ist eine einzige Herausforderung. Als ich noch ein Kind war, hat mich mein Vater misshandelt. Und jetzt das! Ich kann nicht mehr. Gestern hab ich meinem Vater alles ins Gesicht gebrüllt, was ich als Kind erleiden musste. Und nun hab ich so einen Mann! Ich hab ihm gestern die Koffer vor die Tür gestellt.« Sie weinte mittlerweile hemmungslos.

Anton reichte ihr ein Taschentuch. »Weine nur …«, sagte er mit gütiger Stimme. »Tränen reinigen die Seele. Es war guad, des Problem an der Wurzel zu packen und dein Vater anzubrüllen. G'witter reinigen die Luft. Du kannst des Geschehene ned ung'schehen machen, aber du kannst lernen, es als Chance zu nutzen. Schließ mit der Vergangenheit ab und richt den Blick nach vorn. Irgendwann wirst du aa mit deim Ex-Mann Frieden schließen können, wenn die seelische Wunde verheilt is. Koa Mensch woaß, was der liebe Gott no mit dir vorhod. In zehn Jahr wirst vielleicht verstehen, warum er dir diese Prüfung auferlegt hod. Aber bis es so weit is, müssen wir uns um dei Psyche und dei Leber kümmern. I geb dir a pflanzlichs Beruhigungsmittel und mei Leberelixier mit. Wohnst du zufällig in der Näh von aner Löwenzahnwiesn?«

Die Frau schaute ihn verwundert an. »Ja, warum fragen Sie? »Wir … also ich habe einen großen Garten mit viel Löwenzahn. Den lasse ich immer stehen, weil meine Kinder die Pusteblumen so lieben.«

»Dann, meine Liebe, gehst jeden Tag auf diese Wiesn, sammelst a Handvoll Löwenzahnblätter und mixt sie mit Wasser zu einem Pflanzensaft. Des trinkst ein- bis zweimal am Tag. Die Bitterstoffe werden dir guttun. Einmal am Tag isst a kloans Stück vom Stängel. Oder machst dir a Löwenzahnmilch. I geb dir des Rezept mit. In vier

Wochen kimmst wieder, dann seng ma weiter und kümmern uns um dei Niere.«

»Ja, das mach ich. Ich danke Ihnen. Vergelt's Gott.«

»Segne's Gott«, antwortete Anton und begleitete sie zur Tür.

Babette öffnete alle Fenster, entzündete ein Salbeibüscherl und wedelte damit den ganzen Raum aus. Salbei klärt und neutralisiert die Energien, so hatte es ihr der Großvater gelehrt.

Ein Besucher nach dem anderen kam. Anton und Babette widmeten sich jedem Einzelnen mit ihrer ganzen Aufmerksamkeit und machten nur über Mittag eine halbe Stunde Pause.

Gegen 17 Uhr fragte Anton: »Wie vui Leut warten no?« Er sah müde aus.

»Nur no der Herr Lell.«

Ferdinand Lell war ein Industrieller aus Düsseldorf, der in Tegernsee wohnte.

»Führ ihn rein, sei so guad, Babl.«

Beim Bergheiler gab es keinen Unterschied, egal ob Bauer, Landstreicher oder Industrieller, es wurden alle gleich behandelt und jeder musste warten.

Babette rief Herrn Lell und sah, wie sein Bodyguard, der sich immer in seiner Nähe befand, aufhorchte. Sie bemerkte die Pistole an seinem Gürtel und erschauerte. Herr Lell hatte schreckliche Angst vor einer Entführung. Beinahe wäre das bereits einmal passiert, nur das beherzte Eingreifen von Passanten am Tegernsee hatte Schlimmeres verhindert. Alle Medien hatten darüber berichtet. Herr Lell hatte das damals sehr großzügig belohnt. Jeder der Helfer hatte eine Eigentumswohnung von ihm geschenkt bekommen. Seine Kinder, die zu dem Zeitpunkt noch klein waren, mussten daraufhin einen Chip mit Peilsender im Ohr tragen, sodass die Security sie für den Fall der Fälle orten konnte.

Herr Lell begrüßte Babette mit leiser, angenehmer Stimme und folgte ihr ins Behandlungszimmer.

»Servus, Ferdinand«, sagte Anton. »Was führt di zu mir? Setz di, bittschön!« Anton deutete auf den Stuhl ihm gegenüber, während Babette neben ihrem Großvater Platz nahm.

»Anton, ich grüße dich«, sagte er mit müder Stimme. »Ich glaube, der Herrgott holt mich bald zu sich.«

»Red koan Unsinn, Ferdinand«, entgegnete Anton resolut. »So schnell holt er di ned. Wo fehlt's dir denn?«

Babette hatte mit ihren Gebeten begonnen.

»Meine Ängste rauben mir noch den letzten Verstand. Ich hab wirklich alle Vorkehrmaßnahmen getroffen, die es gibt, und trotzdem beruhigt es mich nicht.«

Auf Lells Stirn stand kalter Schweiß, wie Babette aus den Augenwinkeln heraus erkennen konnte, während sie den Rosenkranz in den Händen hielt und Perle für Perle abbetete.

»Mein Essen lasse ich mittlerweile vorkosten, so paranoid bin ich schon.« Er klang sehr verzweifelt.

Der Großvater stand auf, nahm seine Stirnlampe und prüfte mit einem speziellen Mikroskop Lells Iris. »Die Augen san der Spiegel des Körpers«, erklärte er. »Dei Körper is in am extremen Stresszustand, Ferdinand, des kann i an den gelblichen Einfärbungen erkennen. Und dei Cholesterin is aa zu hoch. Host zusätzlich zu deiner Angst beruflichen Stress?«

»Eigentlich nicht, aber die kleinste Unregelmäßigkeit bringt mich schon aus dem Takt und löst Panik in mir aus. Meine Frau braucht sich nur fünf Minuten zu verspäten und ich habe Herzrasen.«

Der Großvater knipste seine Stirnlampe aus. Dann nahm er sein Pendel, holte eine Flasche aus seinem Schrank und hielt sie Lell an den Bauch. »Ferdinand, i kann dir a Mittel gegen dei Angst geben, des hilft aa guad. Trotzdem muasst des Übel an der Wurzel packen. Bearbeite dei Angst, schließ Frieden mit den Männern, die di damals entführen wollten, nur so kannst wieder a normals Leben führen. Angst is irrational.«

Das Pendel fing an zu kreisen.

»I mach dir, weil wir scho so lang befreundet san, an Vorschlag. Du kimmst zwoamoi die Woch mit mir zum Kräutersammeln. Die Natur nimmt einem den Kummer ab. Und i geb dir mei Rosenwurzwurzel-Tinktur mit, die hebt deinen Serotoninspiegel und du wirst ruhiger. I hob des große Glück, dass sie oben auf meiner Alm wächst, man findet sie kaum bei uns. Und für dei Leber und des Cholesterin geb i dir aa was.« Anton legte seine Hand auf Ferdinands. »Es wird alles guad, alter Freund. Vertrau auf deinen Glauben und die Natur. Sie san die Stützpfeiler für dei Gesundung. Übermorgen um 7 Uhr früh gehen wir auf die Alm, dann zeig i dir, wie schön des Leben sein kann. Und deim Wachhund do draußen«, Anton zeigte durchs Fenster auf den Bodyguard, der gelangweilt an der Scheune lehnte, »dem gibst frei. Den brauchen wir ned.«

Ferdinand stand auf und drückte mit beiden Händen Antons Hand. »Ich danke dir. Ich bin übermorgen um sieben bei dir, ausgemacht.«

Babette legte den Rosenkranz beiseite, während der Großvater die Fenster öffnete und zusah, wie Ferdinand, begleitet von seinem Bodyguard, in die gepanzerte Limousine stieg.

Seufzend meinte er: »Babl, für heid machen wir Feierabend, i glaub, es kimmt koaner mehr.«

»Is recht, Großvater, i wollt eh aufs Waldfest nach Kreuth.«

»Wer begleitet di? Der Xaver?«

»Nein.« Babette zögerte, sie wusste, dem Großvater konnte man nichts vormachen. »I zeig einem Urlauber, wie es auf einem Waldfest zugeht.«

»Soso«, brummte Anton mürrisch. »Dann vui Spaß, und kimm ned zu spät heim, morgen haben wir sicher wieder viel zu tun.«

»Mach i.«

Babette ging in ihre Kammer und holte ihr schönstes Dirndl aus dem bunt bemalten Tölzer Bauernschrank. Das himmelblaue Gewand mit altrosafarbener Schürze unterstrich ihre strahlend blauen Augen. Ihre langen dunkelbraunen Haare kämmte sie sorgfältig und bändigte sie mit einem zum Dirndl passenden Haarreif. Von ihrer Mutter hatte sie noch wunderschöne Amethystohrringe, die das Gesamterscheinungsbild vollendeten. Zufrieden drehte und wendete sie sich vor dem Spiegel.

Sie nahm ihr Handy und tippte eine Nachricht für Sebastian ein, da sie nicht wollte, dass der Großvater ihn sah. »Warte bitte kurz vor 19 Uhr vor dem Moschner auf mich. Ich bestelle uns ein Taxi, dann können wir was trinken. Zurück nehmen wir den kostenlosen Shuttlebus.«

Es folgten prompt ein in die Höhe gestreckter Daumen und ein »Ich freue mich«.

Babettes Herz machte einen kurzen Aussetzer, und gleichzeitig ärgerte sie sich über diese Gefühlsregung.

Das Weinhaus Moschner kannte jeder. Wenn man gesehen werden wollte, ging man ins Moschner, das war seit jeher so.

Sie schnappte sich ihr Rad und fuhr das kurze Stück zum Weinhaus, wo Sebastian bereits auf sie wartete. Beinahe hätte Babette ihn in der schneidigen Tracht nicht erkannt. Zeitgleich kam das Taxi. Sebastian gab ihr ein Küsschen auf die Wange. Babette konnte es nicht verhindern, dass ihr die Röte ins Gesicht stieg. Galant hielt er ihr die Autotür auf.

»Danke!« Babette ließ sich in den weichen Autositz fallen.

»Lasst mi raten, Waldfest? So wie ihr ausschaut?«, fragte der Taxler verschmitzt.

»Jackpot!«, konterte Babette keck.

Nach zehn Minuten Autofahrt setzte der Taxler den Blinker links zum Festplatz am Leonhardstoana Hof. Schon von Weitem hörten sie die Blaskapelle, und je näher sie kamen, umso mehr Menschen sahen sie, die in prächtige Trachten gewandet waren. Sebastian bezahlte den Taxler, der ihnen »Vui Spaß« zurief, bevor er weiterfuhr.

Überall roch es nach gegrilltem Fleisch und Würsteln. Die Steckerlfische thronten einer neben dem anderen aufgereiht auf dem Grill. Auch die Bar war in den frühen Abendstunden schon gut besucht. Außerdem wurden Kaffee und selbst gebackener Kuchen, von den Müttern der Vereinsmitglieder gesponsert, angeboten, einer schöner als der andere. Sebastian lief das Wasser im Mund zusammen. Babette schob ihn durch die Reihen. Biertische und Bänke säumten die Getränke- und Essensausgabe, und in der Mitte war ein großer Tanzboden errichtet worden, auf dem später die Trachtengruppen und Goaßlschnalzer auftreten würden.

Babette zerrte an Sebastians Ärmel, da sie einen freien Platz erspäht hatte.

»Is do no frei?«, fragte sie in die Runde.

»Ja, freilich, hock di nur her.« Ein Mittzwanziger rückte ein wenig zur Seite, um Babette Platz zu machen.

»Do muass aber no oaner hin.« Babette grinste, als sie auf Sebastian zeigte.

»Ach so, dann ruck ma halt z'samm«, antwortete der junge Mann mit grimmigem Blick auf Sebastian. Sie nahmen beide auf der Bierbank Platz.

»Soll ich uns was zu essen holen?«, fragte Sebastian.

Babette antwortete: »Lass mi des machen, i kenn die alle von der Schul und bekomm an Einheimischenrabatt. I hol uns zwoa Maß Bier. Magst an Steckerlfisch oder a Grillfleisch?«

»Grillfleisch und Bier hört sich gut an«, antwortete Sebastian und zückte seinen Geldbeutel. »Aber ich bezahle, da bin ich von der alten Schule.« Er zog einen 50-Euro-Schein aus dem Geldbeutel.

»Wie du moanst. Der Schnaps geht aber auf mei Rechnung«, konterte sie charmant.

Babette kam nur mühsam durch die Reihen, weil sie ständig jemanden begrüßen oder auf einen kurzen Ratsch stehen bleiben musste. Als Enkelin vom Bergheiler war sie überall bekannt, und oft kam es vor, dass sie beim Metzger oder im Kramerladen kurz eine Diagnose stellen sollte, weil die Leute ihr diverse Wehwehchen anvertrauten. Seit Wochen wurde sie jedoch fast nur noch zu der neuen Lungenkrankheit befragt und ob der Großvater genügend Vorrat habe von der Tinktur, die so gut half.

Babette stellte sich in die Reihe vor der Bierausgabe.

Bei den warmen Temperaturen wollte jeder ein kühles Bier haben. Der Großvater hatte von einem Besucher Biermarken geschenkt bekommen, die sie jetzt gegen zwei Maßkrüge Tegernseer Bier eintauschte. Mit den vollen Krügen bahnte sie sich den Weg zurück und stellte sie so schwungvoll auf den Tisch, dass ein wenig Schaum herausschwappte.

Sebastian sprang hoch, seine neue, sündhaft teure Lederhose hatte ein paar Spritzer abbekommen.

»Des macht nix, Sebastian«, lachte Babette. »Des nennt man bei uns Patina. Wenn deine Enkel erst amoi dei Lederhosn tragen, wird sie eh ganz anders ausschauen.«

Babette machte erneut kehrt und steuerte die Grillstation an. Dort holte sie zwei Teller voll Grillfleisch, Kren und Kartoffelsalat. Beim Zurückgehen umfasste sie plötzlich jemand an der Taille. Entrüstet drehte sie sich um, und beinahe wäre ihr das Grillfleisch vom Teller gerutscht.

Vor ihr stand Xaver und schenkte ihr ein, wie er meinte, verführerisches Lächeln. »Host noch an Platz für mi, mei Schöne?«

Babette zuckte mit den Schultern. »Tut mir leid, Xaver, aber i bin mit Sebastian do. Vielleicht beim nächsten Waldfest.«

Xaver blickte zornig in Sebastians Richtung. »Was willst denn mit dem Preißn?«, echauffierte er sich und ballte seine Hände zu Fäusten. »San dir die Einheimischen ned guad g'nug?«

»Mein Gott, Xaver«, wiegelte sie leise ab, weil die ersten Leute schon auf sie aufmerksam geworden waren. »Was host denn? I zeig ihm nur unser Waldfest. Er is auf Urlaub hier und fährt bald z'ruck nach Hamburg.«

»Des will i ihm aa raten.«

»Es reicht, Xaver! Du spinnst ja! Lass mi vorbei, des Fleisch wird kalt.«

Widerwillig wich Xaver ein Stück zurück und setzte sich in einiger Entfernung mit Blickrichtung zu den beiden hin.

Sebastian und Babette prosteten sich zu und nahmen einen großen Schluck von dem süffigen kühlen Bier.

»Es geht doch nix über des gute Tegernseer Bier.«

Sebastian schmunzelte.

»Was gibt's da zu lachen?« Babette sah ihn forsch an. »Hab i etwas an mir, des du lustig findest?«

»Darf ich?« Sebastian beugte sich zu ihr rüber und entfernte ihr zärtlich den Schaum von der Oberlippe. Er machte es sorgfältiger, als es vonnöten war.

Xaver konnte sich vor Wut kaum noch auf seinem Sitz halten und bestellte sich eine weitere Maß Bier, die er in einem Zug leerte und mit einem lauten Knall auf den Tisch stellte.

Babette blickte argwöhnisch auf Sebastians Gabel. »Pass mit dem Kren auf. Nimm ned z'vui, der steigt dir sonst in die Nasn und ins Gehirn.«

Sebastian lachte sie aus und packte nun extra viel Kren samt Grillfleisch auf seine Gabel.

»Sag ned, i hätt di ned g'warnt.«

Sebastians Augen wurden nach einigem Kauen plötzlich größer und größer, und er fasste sich an seine Nase. »Was ist das denn für ein Teufelszeug?« Seine Augen tränten.

Babette konnte sich vor Lachen nicht mehr halten.

»Aber g'sund is es, Sebastian. Guad für die Nebenhöhlen, die werden jetzt aus'brannt.«

Sebastian zog sein Taschentuch raus und versuchte vergeblich, die Schärfe mit kräftigem Schneuzen aus der Nase zu bekommen.

Nachdem sie beide gegessen hatten, holte Babette Kaffee und Kuchen. Sie ratschten über Gott und die Welt. Sebastian erzählte ihr von Hamburg, und Babette weihte ihn in die Tegernseer Bräuche ein wie zum Beispiel das Tabakschnupfen.

Nach der zweiten Maß Bier fragte er Babette: »Wo kann man hier für kleine Hamburger Jungs?«

Babette deutete in eine Richtung. Sebastian hatte bereits etwas Schräglage nach zwei Liter Bier, steuerte aber zielgenau durch die Reihen zum Klohäusl.

Nachdem er sich erleichtert hatte, trat er ins Freie, und zwei starke Arme packten ihn unverhofft und zerrten ihn hinter den Hof. Ehe er sich versah, hatte er eine Faust im Gesicht.

»Spinnst du?« Sebastian hielt sich seine blutende Nase, als ihn ein weiterer Schlag traf und er zu Boden ging. Seine Nase gab ein fürchterliches Geräusch von sich. Über ihm stand drohend Xaver.

»I hob di g'warnt, Hände weg von Babette! Sonst kimmt des nächste Mal der Krankenwagen und du kriegst a Freifahrt«, drohte er und verschwand in der Menge.

Sebastian versuchte, so gut es ging, mit seinem Taschentuch die Blutung zu stillen.

Mittlerweile hatte Babette ihn erblickt und eilte zu ihm. »Um Gottes willen, was is denn passiert?«

»Jemand hat was dagegen, dass ich mit dir hier bin.«

»Xaver, so a Depp!«, entfuhr es Babette. »Der wird was von mir hören. Was du jetzt brauchst, is a Schnaps, oder zwoa oder drei, dann san die Schmerzen ned so schlimm.« Sie fasste ihn unter dem Arm und führte ihn zur Bar.

Dort bekam er etwas Eis zum Kühlen und einen Schnaps, dem noch etliche folgen sollten.

Gegen 22 Uhr brachte Babette ihn zum Shuttlebus.

»Wir fahren jetzt hoam, der Großvater soll sich dei Nasn anschauen. Die schaut gar ned gut aus. An Schönheitswettbewerb g'winnst heid nimmer. A Obstbrandnarkose host ja Gott sei Dank scho.«

»Alles halb so schlimm«, lallte Sebastian und ließ sich von Babette auf den Sitz des Shuttlebusses drücken.

In Rottach angekommen, hatte Babette alle Mühe, den schwankenden Sebastian zum Hof zu bringen. Sie setzte ihn auf der Hausbank ab und klopfte ans Fenster vom Großvater.

Nach kurzer Zeit kam Anton im Nachtgewand heraus. »Babl, was is denn mit dem Preißn passiert? Wem is der in die Faust g'laufen?«

»Dem Xaver, dem eifersüchtigen Depp«, schnaubte Babette. »I bin so narrisch auf ihn.«

Sebastian lag bereits waagrecht auf der Bank und drückte das Kissen, auf dem normalerweise Giacomo thronte, wie eine Geliebte an sich und busselte es ab. Seine Nase stand etwas schief zur Seite und war stark geschwollen, vom blauen Auge ganz zu schweigen. Sie hievten ihn gemeinsam hoch in den Stand und schleiften ihn ins Behandlungszimmer.

Der Großvater tastete vorsichtig die gebrochene Nase ab und murmelte: »Des kriegen wir hin, do brauchen wir koan Doktor. Babl, hol Eis, mei Arnikasalbe und Verbandszeug.«

Nachdem Babette alles bereitgestellt hatte, flüsterte

der Großvater ihr zu: »Wenn i ›jetzt‹ sag, packst ihn von hinten, sodass er sich nimmer bewegen kann.«

»Muass des sei?« Sie wusste von früheren Behandlungen, was er vorhatte.

»Es muass!« Breitbeinig stellte Anton sich vor Sebastian: »I muass dei Nasn noch amoi kurz abtasten, bitte ganz stillhalten.« Dann rief er: »Jetzt!«

Babette umschlang Sebastian mit ihren Armen von hinten, während der Großvater seine Nase packte und sie mit einem beherzten Ruck geraderückte. Es krachte scheußlich. Babette war sich sicher, dass man Sebastians Schrei bis in die Seestraße gehört haben musste. Es folgte eine gelallte Schimpftirade, während Babette ihm sofort den Eisbeutel auf die Nase drückte.

»Versorg du ihn weiter, Babl, i geh wieder ins Bett. Richt ihm die Kammer her. Er soll heid Nacht hierbleiben für den Fall, dass er noch Beschwerden hod. In dem jämmerlichen Zustand kann man ihn ned heimschicken.«

»Is recht, Großvater, guad Nacht.«

»Den Prozess gewinne ich! Wenn ich ihn verklage, krieg ich ganz schön viel Schmerzensgeld«, schimpfte Sebastian lallend.

Babette lachte. »Aber dafür host wieder a schöne Nasn.« Unter Protest trug sie vorsichtig etwas Arnikasalbe auf und führte ihn anschließend in die Gästekammer.

Obwohl Sebastian einiges getrunken hatte, konnte er sein Glück nicht fassen, dass er heute Nacht eventuell die Gelegenheit bekommen würde, das Geheimnis der Tinktur zu ergründen. »Bringst du mich ins Bett?« Sebastian setzte einen treuherzigen Blick auf, bei dem schon so manche Damenherzen geschmolzen waren.

Babette prustete los. Er sah einfach zu komisch aus mit dem Verband auf der Nase und den geschwollenen Augen. »Des, denk i, kannst allein. I hob dir ins Bad Handtücher und a Zahnbürste g'legt. Wenn was is, ruafst mi. I kimm dann.«

»Bleib doch, dann muss ich nicht rufen.«

Babette lachte lauthals. »Des würd dir so passen. Guad Nacht.« Sie machte das Licht aus und schloss die Tür.

Sebastian hatte einige Mühe, aus seinem blutverschmierten Hemd herauszukommen. Als er es endlich geschafft hatte, schlüpfte er unter das warme Daunenbett, stellte sich aber vorher seinen Handywecker auf 3 Uhr früh. Drei Stunden Schlaf, das wusste er von früheren Sauftouren, müssten reichen, um einigermaßen fit zu sein.

Punkt 3 Uhr ertönte ein wiederkehrendes leises Summen. Sebastian stieg vorsichtig aus seinem Bett. Der hölzerne Dielenboden knarrte ein wenig. Sein Kopf hämmerte fürchterlich. Er konnte sich nicht erinnern, jemals solche Kopfschmerzen gehabt zu haben. Nur mit der Unterhose bekleidet und dem Licht seiner Handytaschenlampe versuchte er, so leise wie möglich die Tür zu öffnen.

Er stand im Flur, als plötzlich etwas Weiches seine Beine streifte. Sebastian unterdrückte einen Schrei, doch schon im nächsten Moment erkannte er im dünnen Strahl des Handylichts Giacomo. Entlang der rauen Wand tastete er sich vor bis zum Behandlungszimmer. Vorsichtig drückte er die geschmiedete Klinke nach unten. Sebastian konnte sein Glück kaum fassen, die Tür war nicht abgesperrt.

Im Schein der Handytaschenlampe blickten ihn die 14 Nothelfer vorwurfsvoll von den Wänden an, zumindest kam es ihm so vor. Sebastian wusste, dass der Tinkturenschrank links vom Schreibtisch stand. Dieser war allerdings verschlossen. Giacomo folgte ihm neugierig ins Zimmer und strich wieder um seine nackten Beine.

»Scheißvieh!«, schimpfte er leise und trat nach dem Kater.

Giacomo fuhr mit seinen Krallen an Sebastians Wade entlang.

»Verdammt noch mal!«, fluchte Sebastian und merkte nicht, wie ein paar Tropfen Blut auf den Boden fielen. Er versuchte sich zu erinnern, wo der Alte den Schlüssel zum Tinkturenschrank aufbewahrt hatte. Auf dem Schreibtisch und in der Schublade fand er nichts. Da fiel es ihm ein: Der Bergheiler trug den Schlüssel an seiner Lederhose. Die lag bestimmt in Antons Kammer. Da konnte er jedoch nicht hinein, überlegte Sebastian, denn Menschen in Antons Alter hatten generell einen sehr leichten Schlaf.

Er zog die Tür hinter sich wieder leise ins Schloss und übersah dabei Giacomo, der noch im Raum war. Sebastian dachte fieberhaft nach. Er wusste von Babette, dass der Alte seine Tinkturen irgendwo in großen gläsernen Bottichen ansetzte. Er ging zur Holztreppe, die hinauf zum Speicher führte. Knarrend gab auch sie bei jedem seiner Schritte nach.

Auf dem Speicher angelangt, starrten ihn kurz zwei Augen an. Gleich darauf sah er gerade noch, wie ein Marder in die hinterste Ecke verschwand. Jetzt war ihm mulmig zumute. Marder waren zwar klein und wirkten possierlich, waren aber Raubtiere mit sehr langen und scharfen Zähnen, die bevorzugt in alten Höfen ihre Behausung suchten.

Er ließ die Taschenlampe kreisen. Kräuterbüschel und Wurzeln hingen an Schnüren von den Balken und warteten auf Verarbeitung. Am Fenster standen verschiedene Bottiche mit aufgesetzten Pflanzen, die jeden Tag geschüttelt werden mussten. Die Bottiche wurden an den Vollmonden im Sommer ins Freie gestellt, hatte Babette ihm erklärt, und nach sechs Wochen wurde der Inhalt in kleine Tinkturenfläschchen abgefüllt und etikettiert, die Aufgabe von Theres.

Sebastian ging im fahlen Licht des Handys die einzelnen Bottiche ab. Außer den angesetzten Tinkturen fand er Gefäße mit getrockneten Wurzeln, Pflanzenteilen und Rinden, andere mit Blüten. Einige der Gefäße waren beschriftet mit Lunge, Leber, Niere, Gelenke, Herz.

Auf der anderen Seite des Raumes standen Regale voller Tiegel, gefüllt mit der berühmten Antoniussalbe für Gelenkserkrankungen aller Art.

Sebastian nahm sich ein kleines, leeres Tinkturenfläschchen, hielt es in den Bottich mit der Aufschrift »Lunge« und hoffte, das richtige Mittel erwischt zu haben. Er füllte es und schraubte den kleinen Deckel drauf.

Wie einen Goldschatz hielt er das Fläschchen in der Hand und trat den Rückweg an, dabei stolperte er über einen Besen, der mit einem lauten Knall zu Boden fiel. Sebastian löschte das Licht und lauschte, ob Babette oder der Großvater von dem Lärm aufgewacht waren. Er versteckte sich hinter einem Schrank und wagte sich erst auf den Rückweg, als er nach zehn Minuten noch immer nichts vernommen hatte.

Nachdem er endlich die Tür in seiner Kammer hinter sich verschlossen hatte, fiel die Anspannung von ihm ab.

Er tippte eine kurze Nachricht an seinen Chef: »Hab das Gewünschte. Komme morgen nach Hamburg.«

Sebastian buchte sich online ein Flugticket. Er wollte nur für einen Tag nach Hamburg und anschließend zurück an den Tegernsee. Er hatte sich den Urlaub redlich verdient, fand er, was auch mit Babette zu tun hatte. Dann fiel er in einen tiefen Schlaf und wachte erst gegen 8 Uhr auf, als Theres mit lautem Gezeter den Kater schimpfte, weil er sein Geschäft im Behandlungszimmer verrichtet hatte.

Von dem Geplärre kamen auch Anton und Babette angelaufen. Babette rümpfte die Nase und öffnete alle Fenster.

»Wie kimmt Giacomo ins Behandlungszimmer? Jetzt kann i den ganzen Dreck sauber machen und schauen, wie i den G'stank aus dem Zimmer bekomm. Was werden die B'sucher sagen, wenn's hier so erbärmlich nach Katzenscheiße stinkt?«, schimpfte Theres.

Der Großvater schlich durch seinen Arbeitsraum, blickte auf seinen Schreibtisch, sah dann die Blutstropfen auf dem Boden und prüfte sofort den Tinkturenschrank, der aber unversehrt war. Nur auf dem Schreibtisch lagen ein paar Briefe nicht mehr so, wie er sie hingelegt hatte.

»Oh mei, oh mei ...« Kopfschüttelnd verließ er das Zimmer und murmelte so leise, dass keine der beiden Frauen es hören konnte: »I hätt ihm die Nasn ausreißen sollen, dem Preißn, dem Elendigen.«

10

ALANTWURZEL

Es herrschte typisches Hamburger Schmuddelwetter. Sprühregen peitschte bei starkem Wind durch die Gassen. An einen Schirm war nicht zu denken, es sei denn, man nahm in Kauf, dass dieser zerfetzt wurde oder man damit abhob. Möwen kreischten und warteten auf Passanten, die mit einem Fischbrötchen unterwegs waren, um es ihnen im Sturzflug zu entreißen. Und Passanten gab es trotz des Wetters etliche. Überall ertönte das obligatorische »Moiiin«. Es wurde oft sehr lang gezogen, wenn man geschwätzig unterwegs war. Bei Mürrischen klang das »Moin« hart und abgehackt. Daran konnte man bei einem Hanseaten die morgendliche Stimmung ablesen, denn an und für sich neigte er zu keinen größeren Gefühlsausbrüchen.

Sebastians Nase schmerzte immer noch höllisch, und mit dem Verband sah er alles andere als gut aus. Babette hatte ihm nach einem kurzen gemeinsamen Frühstück eine Arnikasalbe vom Großvater mitgegeben, bevor er bei strahlendem Sonnenschein zum FJS-Flughafen nach München aufgebrochen und nach einer Stunde Flug in Hamburg gelandet war. Er hatte Babette versprochen, so schnell wie möglich zurück an den Tegernsee zu kommen. Irgendwie ging sie ihm nicht mehr aus dem Kopf.

Egal, an was er dachte, ständig schob sich ihr wunderschönes Gesicht mit den himmelblauen Augen in den Vordergrund.

Er war sich am Morgen nicht sicher gewesen, ob der Bergheiler etwas mitbekommen hatte. Denn der Alte hatte ihn auf die Kratzwunde an der Wade angesprochen, die ihm Giacomo zugefügt hatte. Aber Sebastian hatte abgewiegelt, es sei während der Rauferei mit Xaver passiert. Er hatte bemerkt, dass der Alte ihm nicht glaubte.

Egal, er hatte, was er wollte, sein Chef würde mehr als zufrieden mit seiner Arbeit sein und seinen Aufwand hoffentlich gebührend entlohnen.

Nach einem kurzen Abstecher ins Alsterhaus, wo er für Babette süße Möweneier erstand, marschierte er zu Fuß weiter zu seiner Firma. Er ging am Portier vorbei, begrüßte die Damen am Empfang mit einem charmanten Lächeln und fuhr mit dem gläsernen Lift hoch in die Chefetage.

»Moin, Chef«, begrüßte er den mürrischen Jansen nach einem kurzen Klopfen an der geöffneten Tür.

»Wo ist es?«, fragte dieser muffig und wippte aufgeregt in seinem Ledersessel hin und her.

Triumphierend zog Sebastian das braune Fläschchen aus seiner Sakkotasche.

»Ab ins Labor damit, wir dürfen keine Zeit verlieren!«

Jansen schnappte sich das Fläschchen und stürmte ins gegenüberliegende Labor. In der Schleuse zogen sich beide die Schutzkleidung an und stülpten sich zu guter Letzt Plastiküberzieher über ihre Schuhe.

Jansen hielt seinen Finger an den Scanner, und die Tür zum Labor öffnete sich wie von Zauberhand. Nebenbei fragte er mit lüsternem Blick: »Haben Sie die Kleine flachlegen müssen, um an das Kräutergold zu kommen?«

Sebastian gefiel das respektlose Verhalten seines Chefs nicht. Er merkte, wie Zorn in ihm hochstieg. »Es ging auch so«, entgegnete er kurz angebunden.

»Mensch, Grewe, wieso lassen Sie sich so eine Gelegenheit entgehen? Schön blöd. So eine bayrische Maid kriegt man nicht alle Tage ins Bett. Sie soll ja sehr hübsch sein, hat man mir gesagt. Vielleicht sollte ich doch selbst auf Recherche gehen.«

Sebastian konnte sich einen bissigen Kommentar nicht verkneifen. »Da werden sich Ihre Frau und die Kinder freuen, wenn Sie mit ihnen Urlaub in Bayern machen. Ich kann Ihnen eine sehr schöne Ferienwohnung empfehlen.«

Bevor Jansen eine Antwort geben konnte, waren sie beim zuständigen Leiter der Forschungsabteilung angelangt. Jansen drückte ihm das Fläschchen in die Hand. »Analysieren Sie das gründlich, ich brauche jeden einzelnen Inhaltsstoff. Und setzen Sie die Pflanzen so schnell wie möglich an. Danach beginnen Sie unverzüglich mit den Testreihen. Wir müssen schneller sein als die Konkurrenz. Notfalls korrigieren wir die Studie ein wenig. Sie verstehen, was ich meine?«

Der Mann im weißen Schutzanzug nickte und begann sofort mit seiner Analyse.

Jansen legte jovial seinen Arm um Sebastians Schulter. »Wenn das dabei herauskommt, was ich mir erhoffe, Grewe, dann sind Sie ein gemachter Mann. Dann können wir über eine Erhöhung Ihres Gehaltes reden.«

Sebastian sah ihn ungläubig von der Seite an. »Ganz ehrlich Chef, eine Gehaltserhöhung ist mir für dieses

Risiko zu wenig. Ich dachte eher an eine einmalige Zahlung in sechsstelligem Bereich.«

»Lehnen Sie sich nicht zu weit aus dem Fenster, Grewe«, schnaubte Jansen wütend.

»Überlegen Sie es sich, Herr Jansen. Wenn die Probe hält, was sie verspricht, möchte ich beteiligt werden.«

Jansen wusste, dass er, sollte der Diebstahl zu ihrem Gewinn führen, auf Sebastians Verschwiegenheit angewiesen war. Deshalb entgegnete er versöhnlicher: »Kommt Zeit, kommt Rat, eins nach dem anderen, Grewe. Warten wir die Analyse ab.«

Sie gingen zurück in sein Büro. Jansen holte aus seinem Humidor zwei dicke kubanische Zigarren und reichte eine davon Sebastian. »Sie wissen, dass die auf den nackten Oberschenkeln einer Kubanerin gerollt wurden?«

Jansen schnitt mit einem Zigarrencutter das obere Ende ab, Sebastian tat es ihm nach. Jansen entzündete mit seinem goldenen Feuerzeug, auf dem in großen Lettern seine Initialen prangten, die Zigarre und drehte sie leicht zwischen Daumen und Zeigefinger, damit das Feuer alle Tabakschichten erreichen konnte. Fachmännisch nenne man das »toasten«, erklärte er Sebastian, der es ihm wieder nachtat.

Nach einer halben Stunde, Jansen hatte zur Zigarre noch einen zwölf Jahre alten Highland-Whisky eingeschenkt, klingelte das Telefon, die Forschungsabteilung war dran. Jansen drückte die Lautsprechertaste. Das Büro war mittlerweile vollkommen vernebelt.

»Sorry, Chef, aber die Tinktur muss erst vor Kurzem angesetzt worden sein. Die Pflanzen haben kaum etwas an die Flüssigkeit abgegeben, und ich konnte nur wenige Inhaltsstoffe ermitteln. Feststellen konnte ich Alantwurzel und ein Baumharz, könnte Lärche oder Fichte sein oder eine andere Kiefernart. Das war's, mehr habe ich nicht herausgefunden.«

Jansen knallte den Hörer auf die Gabel, bekam einen hochroten Kopf und brüllte Sebastian an: »Sie verdammter Idiot! Sie haben uns fast nichts außer Alkohol mitgebracht. Auf die Idee, das Datum zu überprüfen, wann die Tinktur angesetzt worden ist, sind Sie nicht gekommen, Sie Vollidiot!«

Sebastian wurde leichenblass und fing an zu stottern: »Es … es war so … so dunkel. Ich hatte nur eine Taschenlampe.«

»Sie fliegen auf der Stelle zurück nach München und bringen mir die Rezeptur in schriftlicher Form, und wenn Sie das ganze Haus auf den Kopf stellen. Es ist jedes Mittel erlaubt, Grewe! Haben Sie mich verstanden? Jedes!« Jansen hatte sich mittlerweile fast heiser geschrien.

Sebastian blieb nichts anderes übrig, als betroffen zu nicken und das Büro augenblicklich zu verlassen, bevor Schlimmeres geschah. Er fuhr auf direktem Weg zum Flughafen, um die nächste Maschine nach München zu nehmen.

11

ENGELWURZ

Jeden Tag gegen 6 Uhr kamen jetzt die ersten Besucher zum Klaslhof. Sie zogen eine Nummer und blieben entweder auf der Hausbank sitzen oder gingen, wenn sie eine spätere Nummer gezogen hatten, wieder nach Hause und kehrten nach ein oder zwei Stunden zurück. So ging es den ganzen Tag. Die Hofeinfahrt war gesäumt mit Autos, die teilweise von weit her kamen, und mit Rädern der Einheimischen. Theres brachte den Wartenden immer mal wieder Kiefernnadeltee und Gebäck. Das Virus war endgültig im Tal angekommen und in jedem zweiten Haus zu Gast. Es war unberechenbar. Mal kam es als harmloser Schnupfen daher, oder es entwickelte sich zu einer bedrohlichen Lungenentzündung, mit der nicht zu spaßen war.

An ein ruhiges Frühstück wie früher mit Theres im Garten war in diesen Zeiten nicht zu denken. Ein kleiner Schluck Tee in der Früh und ein Bissen in eine Butterbreze war das höchste der Gefühle, bevor die Konsultationen begannen.

Anton überprüfte die Vorräte seiner Tinkturen. »Langsam wird's knapp, Babl.« Er kratzte sich am Kinn und setzte ein sorgenvolles Gesicht auf. »Wir haben nur no 25 Stück.«

»Was moanst, Großvater?« Babette bereitete alles für den ersten Besucher vor.

»In den letzten Wochen haben wir so vui Ratsuchende g'habt wie in zwoa Jahr ned. Mei Lungentinktur neigt sich dem End zu, und die neue braucht no fünf Wochen, bevor wir sie abfüllen können.« Er nahm eine Flasche aus dem Schrank und gab sie Babette. »Wir b'halten oane für uns, für den Fall, dass es oanen von uns erwischt. Wir müssen für die Menschen do sei. Versteck sie guad, es darf sie niemand finden. In a paar Wochen haben wir wieder genügend Vorrat.«

Babette nahm die Tinktur an sich, trug sie in ihre Kammer und legte sie unter ihre Matratze. Danach ging sie zurück ins Behandlungszimmer.

»Großvater, host du eigentlich deine Rezepturen aufg'schrieben? Es wär schad, wenn i nach deim Tod die Heilmittel ned mehr herstellen könnt.«

Der Großvater betrachtete sie prüfend. Dann seufzte er tief. »Oh mei, Babl, mei Rezeptbuch hob i scho vor langer Zeit guad verwahrt. Wenn i sterb, wird sich jemand mit dir in Verbindung setzen. I selbst hob alle Rezepturen in meim Kopf.« Er deutete auf seine Stirn. »Und des Rezeptbüchl is guad auf meiner Alm am Riederstein versteckt, des findet niemand, außer man hat die Anweisung, wo man suchen muass.« Er sah sie traurig an. »Des is mei Vermächtnis an di, so wie i es von meiner Großmutter bekommen hob.« Er nahm schwerfällig auf seinem Stuhl Platz. »I kann dir im Moment ned mehr sagen. Verschiedene Mächte werden versuchen, gerade in der jetzigen Zeit, an mei Lungentinktur zu kommen.«

»Ach, Großvater.« Babette wiegelte mit einer Handbewegung ab. »Die Schulmedizin hod doch koa Interesse an den paar Kräutern und Wurzeln.«

Antons Blick schweifte ins Leere. »Die Mächte san näher, als du denkst, mei Mädl. Verlier also koa Wort über unsre Arbeit. An niemanden, herst?«

»Vor wem soll i denn Angst haben, Großvater? I kann mi scho wehren, und i hab ja di.« Sie schlang ihre Arme um seinen Hals und gab ihm einen herzhaften Kuss auf die Wange.

Theres öffnete nach einem kurzen Klopfen die Tür. »Ihr müsst anfangen, draußen warten scho vui Leut.«

Babette merkte an ihrem unruhigen Blick, dass sie sich Sorgen machte, und auch sie musste sich eingestehen, dass das Virus ihr zunehmend Kopfzerbrechen bereitete. Es waren schon fünf Leute aus dem Tal gestorben, aber die fünf waren keine Patienten vom Großvater gewesen, was sie wiederum etwas beruhigte. Sie glaubte zu 99 Prozent an die Heilkräfte der Kräuter und an die Fähigkeiten ihres Großvaters, die Zusammenhänge zu erkennen und Körper, Geist und Seele gleichzeitig zu sehen und richtig zu behandeln. Doch es blieb dieses winzige eine Prozent, das sie verunsicherte. Sie erinnerte sich, wie er früher zu ihr gesagt hatte: »Wenn du denkst, es geht nicht mehr, kommt von irgendwo ein Lichtlein her.«

Diese Worte hatte sie ihr Leben lang verinnerlicht. Auch als ihre Eltern gestorben waren und sie unsäglich traurig gewesen war, hatte es dieses kleine Lichtlein gegeben, das ihr aus der Dunkelheit geholfen hatte. Hoffnung und Glaube vertrieben die Dunkelheit. Daran hatte sie sich heute früh erinnert, als im Tegernseer Kurier schon wieder Panik machende Schlagzeilen die Titelseite beherrscht hatten.

Der Großvater hatte die Kerzen entzündet und die Fenster weit geöffnet, damit die Luft zirkulieren konnte.

Er reichte ihr das Kräuterspray, nachdem er es sich in Mund und Nase gesprüht hatte, um den Viren den Eintritt zu verwehren.

»Pack ma's, Theres, bitte den Ersten zu uns rein.«

Babette nahm Platz, griff nach ihrem Rosenkranz und fing an zu beten.

Ihnen gegenüber setzte sich der Besitzer mehrerer Hotels am See.

»Franzi, was fehlt dir?« Anton kannte ihn, seit er ein kleiner Bub war.

»Toni, mir geht's gar ned guad. Seit Tagen hob i Fieber, und mein ganzer Körper schmerzt, als ob i geprügelt worden wär.«

Babette erschauerte, während sie im Stillen betete. Sie wusste, dass es die gleichen Symptome waren wie bei allen anderen auch.

»Geht's deiner Familie aa schlecht?«

»Nein, i hob mi in oans von unsren Hotelzimmern z'ruck'zogen, als i die ersten Symptome bekommen hob.«

»Sehr guad! I geb dir mei Kräutertinktur mit.« Anton reichte ihm einen Zettel, auf dem stand, wie er die Tropfen einnehmen musste.

Die Zettel hatte Babette geschrieben, um Zeit für Erklärungen zu sparen.

»Vermeide Milchprodukte. Trink drei bis vier Liter am Tag, am besten mein Kräutertee. Und hier, den Hollersaft aa, den trinkst heid, morgen und übermorgen lauwarm und verdünnt über den Tag verteilt. Beim Imker holst dir Propolis, davon nimmst ebenfalls a paar Löffel über den Tag verteilt. Nach drei Tag müsst's besser werden. Wenn's dir schlechter geht, dann rufst an.«

»Vergelt's Gott, Toni!«

»Passt scho, Franzi. Guade Besserung! Und dei Familie soll die Tropfen vorbeugend nehmen.«

Es blieb keine Zeit mehr für einen längeren Ratsch. Babette und Anton arbeiteten mittlerweile im Akkord.

Babette ging hinaus, um den nächsten Gast zu holen. Xaver stand vor ihr. Er roch nach Alkohol, obwohl es früh am Morgen war.

»Was willst du hier? Verschwind! Du host scho g'nug Unheil ang'richtet.«

Xaver packte sie hart am Handgelenk, als sie an ihm vorbeigehen wollte, und zog sie an sich. »Woaßt du eigentlich, dass i des alles nur für di g'macht hab?«, zischte er wütend, während sich seine Augen bedrohlich zu Schlitzen verengten.

»Aua, lass mi sofort los!« Babette befreite sich aus Xavers Griff.

Die anderen Leute wurden nun auf sie aufmerksam.

Sie schrie ihn an: »Verschwind auf der Stell! I will di hier nie wieder sehen. Such dir an anderen, der dir bei deinen fadenscheinigen Krankheiten hilft. Des is mei letztes Wort! Schleich di!«

»Des wirst no bitter bereuen! Denk an meine Worte.«

Mehrere der Wartenden kamen auf Babette zu, um im Notfall einzugreifen. Xaver blieb nichts anderes übrig, als sich nach Hause zu trollen. Babette rieb ihr schmerzendes Handgelenk und bat gleichzeitig den nächsten Besucher zum Großvater.

Eine Dame aus München betrat die Stube. Babette sah ihr an, dass sie schreckliche Angst hatte. Sie zitterte leicht, und ihre Augen waren geweitet wie bei einem erschreckten Kaninchen.

»Ich habe solche Angst vor dieser Seuche«, schluchzte
sie, bevor der Großvater sie fragen konnte. »Meine Nachbarin ist bereits daran gestorben, und ich geh nur noch
für die allernötigsten Besorgungen aus dem Haus. Können Sie mir irgendetwas geben, das gegen die Angst hilft?
Hierherzukommen hat mich die allergrößte Überwindung gekostet, hier sind ja all die Kranken und warten auf
Ihre Behandlung. Aber so kann es nicht weitergehen ...«

Der Großvater stand auf, ging um den Tisch und setzte
sich neben sie. Er umschloss mit beiden Händen ihre
Hand und sah ihr dabei tief in die Augen. Babette war
immer wieder aufs Neue erstaunt, wie sanftmütig er sein
konnte und welch positiven Einfluss er auf die Menschen
hatte.

»Es stimmt, die Krankheit verläuft bei manchen Men-
schen sehr schlimm. Bei anderen is es aber ned mehr als a
Erkältung. Was uns auf jeden Fall krank macht, des is die
Angst. Die Angst schwächt den Menschen und macht ihn
angreifbar. Halt di fern von allen Medien, geh stattdessen in die Natur, des is der beste Ratgeber. I geb dir mei
Engelwurztinktur mit, die wird deinen Geist beruhigen.
Die Engelwurz is früher sogar als Pestmittel eing'setzt
worden. Die Legende erzählt, dass ein von Gott gesandter
Engel den Menschen die Engelwurz 'bracht hod, um sie
vor der Pest zu beschützen. Angelika, wie die Engelwurz
aa g'nannt wird, verbindet des Innere mit dem Äuße-
ren und bildet a schützende Hülle gegen alles, was von
außen kimmt.«

Der Großvater hielt weiterhin ihre Hand, und Babette
bemerkte, wie die Frau ruhiger wurde.

»Meine Mutter hieß Angelika«, sagte sie leise, und ein
paar Tränen liefen über ihr Gesicht.

»Sie wird dir helfen. Vertraue! Dei Mutter is bei dir, du muasst koa Angst haben. Alles wird guad.«

Mit Tränen in den Augen verabschiedete sich die Frau. »Gott segne Sie, Bergheiler.«

»Gott segne auch di.«

Babette bat die nächste Dame herein, sie war keine Unbekannte im Tegernseer Tal. Erna Salvermoser, Hauptkommissarin, war zuständig für die Sicherheit. Erna stand kurz vor ihrer Pensionierung und hatte, bis auf zwei Morde in den letzten vier Jahrzehnten, einen ruhigen Job. Der letzte Mord war allerdings aufsehenerregend gewesen. Der reiche, um einiges ältere Mann einer Rumänin, im Tal auch die »Diamantenlady« genannt, kam durch die Verabreichung von Gift zu Tode. Die Frau hatte ihre Schuld stets bestritten. Erst nach einem langwierigen Indizienprozess wurde die »Diamantenlady« zu lebenslänglicher Haft verurteilt. Besonders pikant an diesem Fall war, dass sie die Urne ihres verstorbenen Mannes vom Friedhof gestohlen und seine Asche im Schlafzimmer neben ihrem Bett aufbewahrt hatte.

Erna Salvermoser humpelte in das Besprechungszimmer und ließ sich ächzend auf dem Stuhl nieder. In den letzten 15 Jahren war sie etwas fülliger geworden. Man sah ihr an, dass sie die gute bayrische Küche bevorzugte und nicht zur veganen Fraktion gehörte. Ihre grauen halb langen Haar sahen aus, als ob sie noch nie eine Bürste gesehen hätten, was an ihrer Naturkrause lag. Die habe sie von ihrer Mutter geerbt, betonte sie immer wieder. Das braune Kassengestell mit den dicken Brillengläsern auf der Nase trug nicht unbedingt zu einem besseren Erscheinungsbild bei. Mit ihren altmodischen Faltenröcken, den geblümten Blusen und den derben Halbschuhen passte sie absolut nicht in das Bild der schillernden Weiblichkeit am See. Aber man achtete sie. Wenn sie irgendwo auftauchte, wurde sie bevorzugt behandelt. Man wollte es sich nicht mit ihr verscherzen. Sie fuhr noch immer den alten hellblauen VW Käfer, den sie zu ihrem 18. Geburtstag von ihrem Vater geschenkt bekommen hatte, und das war 44 Jahre her.

»Erna!« Anton erhob sich. »Lang ned mehr g'sehn. Wie kann i dir helfen?«

»Die Hex is mir wieder reing'schossen.« Sie deutete auf ihren Rücken. »Bergheiler, du muasst mi einrenken, des halt i ned aus.«

»Leg di mit dem Rücken auf die Liege, wir schauen erst amoi, ob du gerade bist. Lass deine Schuh an«, wies er sie an, als sie den Schnürsenkel ihrer Halbschuhe lösen wollte.

Ächzend hievte sie ihren Körper auf die halb hohe Liege. Anton streckte ihre Beine in die Luft, sodass der herabfallende Faltenrock ihre braune Stützunterhose freilegte, was Erna nicht sonderlich störte.

Anton überprüfte ihre Beinlängen. »Do hammas scho, du bist auf oaner Seitn um zwoa Zentimeter verkürzt. Aber des kriegen wir hin. Bitte steh auf, zieh dei Blusn aus und stell di mit dem rechten Fuaß auf des Brettl.« Er schob ihr ein vier Zentimeter hohes Brett unter den rechten Fuß. »Stell di seitlich hin, halt di mit der rechten Hand an der Liege fest und schwing locker deinen linken Fuß hin und her. Schnauf tief ein und aus.«

Anton tastete ihren unteren Rücken ab und drückte sanft den Dornfortsatz oberhalb des Kreuzbeines, während Erna ihren Fuß hin und her schwang. Nach einer Weile sagte er: »So, jetzt leg di noch amoi auf die Liege.«

Er hob erneut ihre Beine an, und diesmal waren sie gleich lang.

»Des war's, was dir Schmerzen bereitet hod. Dei Becken war schief. Leg di jetzt mit dem Bauch auf die Liege«, bat er sie, holte selbst angesetztes Johanniskrautöl aus dem Schrank und rieb damit Erna Salvermosers Rücken ein. »Johanniskraut is scho in vorchristlicher Zeit als Sonnenpflanzn verehrt worden, host des g'wusst, Erna? Es soll ois Böse vertreiben und Licht ins Dunkel bringen. Bereits die alten Druiden haben Johanniskraut verwendet.«

»Licht ins Dunkel bringen ...«, murmelte Erna mit dem Kopf auf die Liege gepresst. »Die perfekte Pflanzn für mi und mein Beruf.«

»Ja, Johanniskraut is a wahres Wundermittel, i pflück's traditionell um Sonnwend herum. Es soll Dämonen abwehren und sogar den Teufel, sagt man. Also wie für di g'macht, Salvermoserin«, lachte Anton, während er das Öl in ihren fleischigen Rücken einknetete. »Verliebte haben es früher sogar als Orakel verwendet. Wenn der Saft des Johanniskrauts rot war, war es die wahre Liab. Wenn der Saft a graue Farb g'habt hod, dann hod des Pech in der Liab bedeutet.«

»Gott bewahre«, stöhnte Erna, als Anton an einer besonders empfindlichen Stelle massierte. »Bleib mir mit den Mannsbildern vom Leib, die Zeiten san vorbei! Die machen nur Dreck und Arbeit. I nehm Männer nur noch ambulant auf, nicht mehr stationär.«

»Sag niemals nie«, unkte Anton und gab ihr einen leichten Klaps auf den Rücken. »So, Salvermoserin, jetzt bist einbalsamiert wie a Mumie. Du wirst dein Rücken noch oan bis zwoa Tag a bissal spüren, aber dann is es guad. Und wenn du koane Verrenkungen machst, müsst es aa so bleiben. Dann kannst wieder Räuber und Gendarm spielen.«

Erna richtete sich mit einem Ächzen auf, knöpfte ihre Bluse zu und strich ihren Faltenrock glatt. Sie drehte und wendete sich vorsichtig im Stehen. Ein Lächeln huschte über ihr Gesicht. »Du bist a Zauberer, Bergheiler!«

»Bin i ned, des nennt man Dorn-Breuß-Methode, i hab's nur übernommen. Du kaufst dir jetzt an Weißkohlkopf im Kramerladen, löst die einzelnen Blätter und fährst mit dem Nudelholz über die Blattrippe, bis sie leicht gequetscht is. Die bindest dir über Nacht auf dein Rücken und legst a Wärmflaschn drauf. Morgen bist wieder wie neu, Salvermoserin.«

»Mei, Bergheiler!« Sie drückte dem verdutzten Anton einen Kuss auf die Wange, was ihm sichtlich unangenehm war.

Babette musste sich auf ihre Gebete konzentrieren, um nicht loszuprusten bei dem erschrockenen Gesicht ihres Großvaters.

»Vergelt's Gott, i spend wieder was dem heiligen Antonius, wenn's recht is.«

Als Erna aus dem Zimmer gegangen war, wischte er sich energisch mit der Handfläche über die Wange.

Jetzt endlich konnte Babette lachen. »I glaub, Großvater, bei der Erna hättest Chancen …«

»Gott bewahre!«, knurrte Anton und wischte sich zur Bekräftigung nochmals über die Wange.

So ging es bis in die späten Abendstunden. Ein Besucher reihte sich an den anderen. Erst weit nach Sonnenuntergang war auch der letzte Wartende versorgt. Babette und der Großvater fielen in ihre Betten. Sie wussten, die nächsten Tage würden nicht anders verlaufen.

12

WEISSDORN

»Willkommen auf dem Flughafen München, bitte bege-
ben Sie sich direkt zum Ausgang oder zu Ihrem Gepäck-
band und beachten Sie die geltenden Hygieneregeln und
den Mindestabstand«, quäkte es aus dem Lautsprecher.
Die Stewardess sprühte jedem Gast vor dem Aussteigen
ein Desinfektionsmittel in die Hände.

Sebastian marschierte zielstrebig Richtung Ausgang,
er war nur mit kleinem Gepäck geflogen. Er hob die
Hand, und kurz darauf hielt ein Taxi vor ihm. Mit den
Öffentlichen wollte er in diesen Zeiten nicht fahren, zu
hoch war die Ansteckungsgefahr. Und sein Chef zahlte
schließlich alles.

»Griaß Gott«, empfing ihn der freundliche Taxifahrer in
tiefstem bayrischen Dialekt. »Wo soll's denn hingehen?«

Sebastian war versucht zu sagen: »Mache ich, wenn
ich ihn treffe«, aber sicher hatte der Taxifahrer diesen
Witz schon tausendmal gehört. Stattdessen erwiderte er:
»Moin, bitte nach Rottach-Egern in die Seestraße.«

Ein Lächeln zog über das Gesicht des Taxifahrers, und
Sebastian konnte förmlich seine Gedanken lesen: endlich
eine Fahrt, die sich lohnt.

»Rottach-Egern, sehr gern«, antwortete der Fahrer
höflich.

Während der Fahrt berichtete der Radiomoderator von stark ansteigenden Infektionszahlen und dass die Krankenhäuser an ihre Kapazitätsgrenzen kamen.

»I bin im Übrigen der Sepp«, sagte der Taxifahrer und blickte in den Rückspiegel.

Sebastian dachte, dass in Bayern wahrscheinlich 50 Prozent der männlichen Bevölkerung so hieß, und antwortete kurz: »Angenehm!«

»San S' aus Hamburg? I moan wegen dem ›Moin‹?«

»Ja, genau, Hamburg.« Sebastian zog sein Handy aus der Tasche und betrachtete konzentriert das Display. Er hatte keine Lust auf ein Gespräch.

Der Fahrer verstand und fuhr auf die Salzburger Autobahn. Nach 45 Minuten setzte er an der Ausfahrt Holzkirchen den Blinker. Die Berge leuchteten rot in der Abenddämmerung, das sogenannte Alpenglühen. Links auf der Weide grasten glückliche, braun-weiß gefleckte Kühe, zumindest sahen sie sehr zufrieden aus. Vorbei an Warngau passierten sie nach einer weiteren halben Stunde den Gmunder Berg. Der Tegernsee glitzerte in der Abendsonne. Am See entlang ging es weiter durch St. Quirin, Tegernsee und schließlich nach Rottach-Egern. Noch ein kurzes Stück an der berühmten Seestraße entlang, und schon waren sie bei seiner Ferienunterkunft angelangt. Sepp drückte auf seinen Taxameter – 130 Euro.

Sebastian rundete auf 150 Euro auf, schließlich zahlte sein Chef, und ließ sich eine Quittung aushändigen. Mit einem »Servus« verabschiedete er sich vom Sepp. Sebastian hatte mit Josefa vereinbart, dass sie den Schlüssel zur Alm in den Geranien auf der Terrasse deponierte.

Was für ein Versteck, dachte er kopfschüttelnd, da kommt mit Sicherheit kein Einbrecher drauf, schmunzelte er in sich hinein, schüttelte die Erde vom Schlüssel und steckte diesen ins Schloss.

Sein erster Weg führte zum Kühlschrank. Die fürsorgliche Josefa hatte den Kühlschrank mit genügend Tegernseer Bier, Leberkäse, einem Obatztn und Radieserl für ihn bestückt. Die Welt war für einen kurzen Moment in Ordnung.

Nach einer ausgedehnten Brotzeit und zwei Bierchen schrieb Sebastian eine WhatsApp-Nachricht an Babette. Ein Lächeln huschte über sein Gesicht, als er ihr Profilbild sah. Es zeigte sie in einem leichten Sommerkleid mit offenem Haar in der Abendsonne am See sitzend. Ein wärmendes Gefühl durchzog sein Herz. »Bin wieder da. Sehen wir uns morgen? Meine Nase muss versorgt werden«, tippte er.

Kurz danach ploppte es zweimal, sein Klingelton für Nachrichten. Ein Emoji mit Tränen in den Augen erschien, und dann: »Hier ist die Hölle los, kann den Großvater nicht alleine lassen. Aber ich geh morgen um 5 Uhr früh auf den Berg, um Fichten- und Kiefernnadeln zu sammeln. Kommst du mit?«

Sebastian verdrehte die Augen. Um fünf? Das bedeutete, um 4.30 Uhr aufzustehen. Seufzend antwortete er: »Ich wüsste nicht, was ich lieber täte.«

»Ich komm mit dem Rad um 5 Uhr zum Bootsverleih in der Seestraße, der Großvater muss nicht alles mitbekommen.«

Sebastian schrieb: »Ich freu mich!« und versah seine Nachricht mit einem Herz.

Er ging zeitig ins Bett, fand jedoch nicht in den Schlaf. Der Druck seines Chefs lastete enorm auf ihm. Er wälzte sich von einer Seite auf die andere und überlegte fieberhaft, wie er an die Rezeptur gelangen könnte. Es fiel ihm keine andere Lösung ein, als es über Babette zu versuchen, was in ihm mittlerweile tiefstes Missbehagen auslöste. Aber es half nichts, es musste sein, wenn er nicht ohne Job auf der Straße stehen wollte. Gegen 2 Uhr schlief er endlich ein, bevor sein Handywecker ihn zweieinhalb Stunden später aus den Träumen riss.

»Wake me up before you go go«, trällerte »Wham!« den Hit aus den 80ern.

Schlaftrunken packte Sebastian einen kleinen Rucksack mit den Resten aus dem Kühlschrank, stolperte ins Bad und wusch sich den Schlaf aus den Augen. Leise ging er hinüber zum Fahrradschuppen. Er wusste, dass Josefa ihr Schlafzimmer zum Hof hinaus hatte, und wollte sie nicht wecken, vor allen Dingen, weil ihr Fenster weit offen stand und er ihr lautes Schnarchen bis auf den Hof hörte. Er schnappte sich das Rad und überquerte die Straße, wo Babette bereits auf ihn wartete.

Sie legte ihren Finger auf die Lippen, um ihm zu signalisieren, leise zu sein, da zu viele Fenster bei den lauen Temperaturen geöffnet waren.

Schweigsam radelten sie die Seestraße entlang. Keine Menschenseele war unterwegs, nur die Fischer hatten auf dem See ihre Netze und Angeln ausgeworfen. Das entfernte Brummen der Fischerboote drang bis zu ihnen. Sie bogen auf die nördliche Hauptstraße und nach 350 Metern in die Riedersteinstraße. In der Nähe des Wanderparkplatzes schlossen sie ihre Räder ab.

»Guten Morgen, schöne Maid vom Tegernsee! Ich müsste lügen, wenn ich sagen würde, ich hätte mich nicht gefreut, dich heute zu sehen.«

Babette winkte lachend ab und flüsterte: »Ach geh,

hör auf mit dem Schmarrn. Do fällt vielleicht in Hamburg oane drauf rein, aber bei mir muasst dir scho was anderes einfallen lassen.«

Sebastian lachte und zog sie neckisch an ihrem Pferdeschwanz.

»Hör lieber auf des Zwitschern der Vögel und lass uns jetzt losgehen, i muass später dem Großvater helfen.«

Sebastian schulterte seinen Rucksack und hatte Mühe, Babettes schnellem Schritt zu folgen. Der Himmel war bedeckt mit ein paar schwarzen Wolken, die sich am Horizont tummelten. Sie wanderten eine Weile schweigend nebeneinander, um das anrührende Erwachen des Waldes nicht zu stören. Ein Fuchs, der um diese Uhrzeit noch nicht mit Wanderern gerechnet hatte, sprang erschrocken in den Wald hinein, als er die beiden sah.

Plötzlich blieb Babette stehen, legte ihren Finger auf den Mund und deutete nach links. Dort äste auf einer Waldlichtung eine Gruppe Rehe. Der Wind stand günstig, sodass die Tiere sie nicht wittern konnten. Erst ein lautes Niesen von Sebastian ließ die Tiere hochschrecken. Fluchtartig rannten sie in das Dickicht.

»Na, des üben wir aber noch amoi mit dem Stillsein«, ermahnte Babette ihn scherzhaft und knuffte ihn in die Seite.

»’tschuldigung«, erwiderte er mit treuherzigem Blick.

An einem Strauch zog Babette vorsichtig einen Ast mit Blüten unter Sebastians Nase. »Riech amoi, an was erinnert di des?«

»Igitt, das riecht wie auf dem Fischmarkt in Hamburg.«

Babette lachte. »Des is der Weißdorn, a sehr heilkräftige Pflanzn für Herz und Kreislauf. Die Blüten riechen stark nach Fisch. Der Großvater verwendet sie als Tee für seine herzkranken Besucher. Es gibt a Legende, wonach

Josef von Arimathäa, der den Kelch Jesu nach England 'bracht hod, sein Wanderstab in den Boden g'rammt haben soll, der daraufhin g'wurzelt und zwoamol im Jahr 'blüht hod, zu Ostern und zu Weihnachten. Bis zu ihrem Tod hod die Queen an Weihnachten an blühenden Weißdorn- zweig aus Glastonbury erhalten, als Erinnerung an die Ankunft des heiligen Grals in England.«

Sebastian sah sie bewundernd von der Seite an. »Was du alles weißt, faszinierend!«

»Red ned so lang, wir nehmen a paar Blüten für den Großvater mit, da kann man ned genug davon haben.« Sie drehte vorsichtig die Blüten ab und gab sie in einen Behälter, den sie aus ihrem Rucksack geholt hatte.

Sebastian tat es ihr nach und schrie plötzlich laut: »Aua!« Ein Tropfen Blut quoll aus seinem Daumen.

»Oh mei, i hob vergessen, dir zu sagen, dass der Weiß- dorn ned umsonst Weißdorn heißt, er hat Dornen.«

Sebastian lutschte an seinem Daumen und schmollte. »Das hab ich jetzt auch bemerkt.«

»Was hob i dir bei unserer letzten Wanderung g'sagt, was du machen sollst, wenn du blutest?« Babette stemmte wie eine strenge Lehrerin ihre Hände in die Hüften, konnte sich aber ein Grinsen nicht verkneifen.

»Irgendwas mit Spitz ...«

Sebastian schaute sich um, ob er im Gras das Kraut wiederfand. Er riss ein Blatt aus und präsentierte es stolz Babette.

»Des is a Breitwegerich, den kannst dir in die Schuh legen, aber er hilft aa bei Entzündungen. Bevor du ihn wegwirfst, verwende des Blatt.« Babette bückte sich und zeigte Sebastian den Unterschied zum Spitzwegerich. »Schau, der Spitzwegerich hod spitze Blätter, der Breitwegerich, wie der Name scho sagt, breite.« Sie breitete freudestrahlend ihre Arme aus und drehte sich übermütig im Kreis. »Is unsere Natur ned wunderbar? Für jede Krankheit hod sie oder Gott a Kraut erschaffen.«

Sebastian blickte sie skeptisch an. »Na ja, für jede nun auch nicht. Was ist mit Krebs?«

»I bin mir ganz sicher, dass es a Kraut dagegen gibt, es is bloß no ned g'funden worden. Die Pharmaindustrie hod aa no koa endgültige Lösung, oder?«

Sebastian wurde das Thema zu heiß. »Was wollten wir jetzt sammeln?«

»Kiefernnadeln oder Fichtennadeln. Wenn man die Nadeln als Tee abkocht, hilft er sehr guad bei Grippe und der derzeitigen Lungenkrankheit. Großvater und i trinken jeden Tag in der Früh oa oder zwoa Tassen. Man muass nur aufpassen, dass man koa Eibe erwischt, sonst war des unter Umständ dein letzter Tee.«

»Aha. Und warum?«

Babette ging ein wenig abseits des Weges. »Weil Eibe giftig is und sehr stark die Leber schädigt. Früher hat man Eiben aa als Tötungsgift verwendet.«

»Dann sollte ich mich besser gut mit dir stellen?« Sebastian legte seinen Arm um Babette, was ihr nicht unangenehm war, wie er bemerkte.

»Ja, des solltest du, i kenn mehrere Giftkräuter, die man ned nachweisen kann.«

»Oh, là, là, Madame sind eine Giftmischerin!« Sebastian hob abwehrend seine Hände. »Ich werde ab jetzt alles, was du mir vorsetzt, vorkosten lassen.«

»So schlimm is es aa ned. Kimm, gemma weiter. Vielleicht schaffen wir's no bis zur Riedersteinkapelle, dort is die Aussicht wunderschön.«

Sebastian schaute gen Himmel. »Hast du dir den Wetterbericht angesehen? Es ziehen so dunkle Wolken auf.«

»Du Angsthase, i bin ja bei dir. Es soll heid no a G'witter geben, do host recht. Aber a schlechts Wetter gibt's ned, nur schlechte Kleidung. Schau, do vorne san schöne Fichten mit grünen Trieben, lass uns die sammeln, damit wir wenigstens des erledigt haben.«

Babette ging schnellen Schrittes zur Lichtung und knipste geschickt mit ihren Fingern die hellgrünen Triebe der Fichten ab. Immer nur ein paar, um dem Baum nicht zu schaden. Nach einer halben Stunde war ihr Leinenbeutel voll und duftete herrlich.

»Aus einem Teil der Triebe macht die Theres einen Fichtenhonig, der is sehr g'sund und hilft bei hartnäckigem Husten.«

»Ach ja?«, staunte Sebastian. »Ich hole mir Schleimlöser aus der Apotheke.«

»Oh mei, ihr Stadtleut habt einfach keine Verbindung mehr zur Natur. Auf, gehen wir hoch zur Riedersteinkapelle, bevor des G'witter kimmt.«

Sie passierten den Berggasthof Galaun. Babette blieb kurz stehen und wartete auf den sichtlich mitgenommenen Sebastian.

»Schau, da oben müssen wir hin.« Sie zeigte auf eine Kapelle, die hoch über ihnen thronte.

Sebastian folgte ihrem Fingerzeig und dachte: Wenn wir in diesem Tempo weitergehen, bin ich tot, bis wir da oben ankommen. »Warst du in deinem früheren Leben eine Bergziege?«, fragte er und stützte sich mit den Händen auf den Knien ab. Schweißperlen standen auf seiner Stirn.

»Des sagt der Großvater aa immer! Lass uns gehen, sonst werden wir wirklich no nass«, antwortete Babette.

Sie folgten dem rot markierten Weg und anschließend dem Kreuzweg mit 550 Stufen und 14 Gedenktafeln, die das Leiden Christi darstellten. Sie kamen rechterhand an der Lourdes-Grotte vorbei und dem Fundort des Wildschützen Leonhard Pöttinger. Eine Marienstatue wachte über die Grotte, und eine Gedenktafel erinnerte an den Wildschützen.

»Weiß man, warum er gestorben ist?« Sebastian nutzte jede Gelegenheit, um durchzuatmen. Seine Gesichtsfarbe war mittlerweile von hellrot in dunkelrot übergegangen. Er bereute in diesem Moment jede Zigarette, die er in seinem Leben geraucht hatte.

Babette bekreuzigte sich vor der Rosenkranz-Maria. »Man vermutet, dass der Wilderer Schittler Hartl, wie man ihn g'nannt hod, vom Förster und seim Jagdgehilfen erschossen worden is, man hod es ihnen aber nie nachweisen können. Seine Gebeine san erst rund 30 Jahr nach seim Verschwinden von einem Arbeiter entdeckt worden, hier an diesem Ort, während man sein Hut am Wallberg g'funden hod. Vermutlich haben die beiden die Tat vertuschen wollen. Aber g'nuag jetzt von den traurigen G'schichten, lass uns hochgehen zur Kapelle.«

Babette sprang von einer Stufe zur anderen, während Sebastian sich von Stufe zu Stufe kämpfte. Er hatte nach der 200. Stufe aufgehört zu zählen. Babette stand schon auf dem Felsen, auf dem die neugotische Kapelle thronte, eingerahmt von einem schmalen Zaun, als endlich auch er das Ziel erreichte.

»Soll i dir die Legende dieser Kapelle erzählen?«

»Ich bitte darum«, schnaufte Sebastian schwer und stützte sich nach vorn gebeugt auf seinen Knien ab.

»Ein Jäger, seinen Namen woaß i ned, hod eines Tages

auf diesem Felsen an angriffslustigen Bären 'troffen, den er mit am einzigen Schuss außer G'fecht g'setzt hod. Der Bär is vom Felsen g'fallen, und der Jäger is aa g'stürzt, weil er des Gleichgewicht verloren hod. Allerdings is er sehr weich auf dem toten Bären g'landet, der ihm so des Leben g'rettet hod. Daraufhin hod der Jäger den Bau dieser Kapelle auf dem Felsen gelobt.« Babette hatte einen verklärten Blick. »Schöne G'schicht, oder?«

»Ja, wirklich schön, du kleine Romantikerin.« Sebastians Puls hatte sich etwas beruhigt, und er konnte jetzt auch die wunderschöne Aussicht wahrnehmen. »Wow, der Ausblick ist fantastisch!« Er tastete sich vor zum besten Aussichtspunkt auf den See. Er war nicht schwindelfrei und sehr dankbar für den Zaun um die Kapelle. Er zückte sein Handy und winkte Babette zu sich. »Komm, lass uns ein Selfie machen zur Erinnerung.«

Babette stellte sich neben ihn, er legte eng den Arm um sie und drückte mit der anderen Hand auf den Auslöser.

Das Foto war längst gemacht, als Babette bemerkte: »Host ned was vergessen?«

»Ich?« Sebastian setzte seinen Unschuldsblick auf. »Was meinst du?«

»Deinen Arm.«

»Ach so, ja, stimmt.« Sebastian grinste und löste widerwillig seinen Arm von ihren Schultern.

Mittlerweile hatte der Wind etwas aufgefrischt und die dunklen Wolken wurden dichter und dichter. In der Ferne hörte man Donnergrollen.

»Sollten wir nicht langsam zurückgehen?« Auch wenn Sebastian es nie zugegeben hätte, aber die Naturgewalten in den Bergen rangen ihm gehörigen Respekt ab.

Babette schaute auf ihrem Handy in die Wetterapp. Erschrocken blickte sie hoch. »Ja, du host recht, beeil di, es wird gleich sehr ung'mütlich. Da drüben die Wolke, siehst die?« Babette zeigte über den See. Am Horizont stand eine bedrohlich wirkende Wolke.

»Die sieht aus wie ein Amboss.«

»Genau, sie bringt oft vui Regen, Hagel oder Sturm mit sich. Schnell, beeil di, wir müssen zur Alm vom Groß-vater, die liegt a Viertelstund von hier. Bis ins Tal schaf-fen wir's ned mehr, des is zu gefährlich. Gleich werden uns die Äst um die Ohren fliegen.«

Babette fing an zu laufen und sprang über die Stu-fen hinab. Sebastian hatte große Mühe, ihr zu folgen. Er musste sich sehr konzentrieren, damit er nicht ins Stol-pern kam. Mittlerweile hatte der Wind auf Orkanstärke zugenommen, und die ersten kleineren Äste flogen durch die Gegend. Blätter wirbelten durch die Luft, gefolgt von dicken Regentropfen, die nach wenigen Sekunden in ein Prasseln übergingen. Im Wald rauschte es gehörig, und Sebastian vernahm das erste Knacken von dünneren Bäu-men. Sein Puls beschleunigte sich.

Babette blieb kurz stehen und wartete auf ihn. Die Haare fielen ihr triefend nass über die Schultern. Sie wischte sich Blätter aus dem Gesicht, immer den Blick auf den Wald gerichtet, ob irgendwo ein Baum fallen könnte. Blitze durchzuckten das Geschehen, begleitet von tiefem Donnergrollen. »Beeil di!«, rief sie ihm durch das Getöse zu. »Es wird gleich no schlimmer. Wir müssen's bis zur Alm schaffen, in fünf Minuten haben wir sie erreicht.«

Sebastian rutschte kurz auf den nassen Stufen aus, berappelte sich aber wieder und lief weiter, als ein Blitz keine 50 Meter von ihnen entfernt in einen Baum einschlug. Ein Knall ertönte, der beide fast zu Boden warf. Sebastian konnte die ganze Kraft dieser Urgewalt spüren. Jetzt stieg Panik in ihm auf. Babette trieb ihn weiter an. Sie liefen über ein freies Feld, als golfballgroße Hagelkörner auf sie niederprasselten und die Wiese in Sekunden in ein Schneefeld verwandelten. Sebastian gab Babette seinen Rucksack, den sie sich schützend über den Kopf hielt, während er sein Haupt mit bloßen Händen zu schützen versuchte.

Endlich tauchte wie aus dem Nichts eine kleine Hütte auf. Sie lag versteckt im Wald. Schwer atmend kamen beide an der Alm an. Babette zitterte am ganzen Leib. Mit klammen Fingern tastete sie den Türrahmen ab, auf dem der Großvater den Schlüssel deponierte. Sie steckte den Schlüssel ins Schloss und öffnete die Tür. Drinnen sanken beide erschöpft auf den Boden, erleichtert, die rettende Alm erreicht zu haben. Es dauerte ein paar Minuten, bis sie sich beruhigt hatten, während der Hagel unaufhörlich gegen die Fassade donnerte. Babette hielt sich die Ohren zu. Schon als Kind hatte sie Angst vor Gewittern gehabt und sich unter ihrem Bett verkrochen. Sebastian zog sie zu sich und legte beschützend seine Arme um sie. Sie zitterte wie Espenlaub.

»Habt ihr hier Tee?« Sebastian blickte sich suchend um.

Ein Holzofen stand im Raum, daneben ein Korb mit Feuerholz. Babette nickte und deutete auf einen Bauernschrank mit aufgemalten roten Rosen und Motiven aus dem kirchlichen und bäuerlichen Leben, ein sogenannter Tölzer Schrank.

»Ich mach mal Feuer.« Sebastian holte eine Decke aus dem Schrank. »Wir sollten die nassen Sachen ausziehen.«

Babette streifte ihr T-Shirt über den Kopf und schlüpfte aus der nassen Jeans. Sebastian drehte sich währenddessen gentlemanlike um. Er reichte ihr eine wärmende Decke. Danach legte er Holzscheite in den Ofen und bestückte sie mit ein paar Zeitungsresten, die danebenlagen. Mit Streichhölzern entzündete er das Papier, und nach kurzer Zeit loderte ein Feuer im Kamin, über das er wärmend seine Hände hielt. Ein altmodischer Teekessel aus Gusseisen stand auf dem Ofen. Sebastian sah sich nach dem Wasserhahn um.

Babette konnte sich ein Kichern nicht verkneifen. »Suchst du fließend Wasser? Du muasst zum Brunnen gehen, was i dir aber jetzt ned raten würd.«

Sebastian grinste. »Ich habe eine andere Idee!« Er öffnete die Tür einen Spalt weit und füllte den Kessel mit Hagelkörnern, die sich davor aufgetürmt hatten. Anschließend stellte er den Kessel auf die mittlerweile heiße Ofenplatte. »Survival-Training in Hamburg«, erklärte er mit stolz geschwellter Brust.

»Dann kann uns ja nix mehr passieren, du muasst nur noch an Bär erlegen.« Babette hatte ihren Humor wiedergefunden.

Sebastian zog nun ebenfalls seine nassen Klamotten bis auf seine Boxershorts aus und hängte sie zusammen mit Babettes Sachen auf eine Stange über dem Ofen. Das Pfeifen des Teekessels durchdrang die peinliche Stille. Im Schrank fand Sebastian ein Glas mit getrocknetem Salbei. Er legte ein paar Blätter in die Tassen und goss das Wasser auf.

»Im Schrank müssen aa no Fichtenhonig von der Theres und Kekse sein, die hod der Großvater immer auf Vorrat da, falls Wanderer, so wie wir, in Not geraten und

Unterschlupf in der Hütte finden. Des Versteck vom Schlüssel is deshalb sehr simpel.«

»Ich habe da mal was vorbereitet ...« Sebastian öffnete seinen Rucksack und präsentierte Babette stolz die Überreste vom gestrigen Abendessen. »Es ist zwar kein Sterne-Menü, aber hilft gegen den Hunger.« Aus dem Schrank holte er eine Kerze und zündete sie an. »Voilà! Haben Madame sonst noch einen Wunsch?«

Babette kicherte. »An Bordeaux, bittschön!«

Er legte sich ein Geschirrtuch über den Unterarm, deutete eine kleine Verbeugung an und reichte ihr den Tee. »Unser bester Jahrgang, Madame. Gereift im Barriquefass. Vollmundig, würzig im Geschmack und rund im Abgang.« Er setzte sich neben sie. »À votre santé!« Er stieß mit seiner Teetasse an ihre.

Babette umklammerte die Tasse und wärmte ihre Hände daran.

»Bei schönem Wetter ist es hier auf der Alm mit Sicherheit sehr romantisch«, sinnierte Sebastian und breitete das Essen vor ihr aus.

»Ja, des isses. Der Großvater is oft auf der Alm. Hier hod er früher vui Zeit und jedes Wochenende mit meiner Großmutter verbracht. Von hier aus haben sie mit meiner Mutter, als die no klein war, vui Bergtouren g'macht.«

Sebastian rückte ein Stück näher an sie heran und strich ihr ein paar nasse Strähnen aus dem Gesicht. »Mischt er hier auch seine Rezepturen?«

»Ab und zu. Des meiste macht er allerdings bei uns am Hof. Aber er hod hier des Rezeptbuch meiner Urgroßmutter versteckt. Sie war auch a Heilerin. Genau woaß i's ned, er hod letztens nur g'meint, dass sich nach seinem Tod jemand mit mir in Verbindung setzt und mir

Anweisung gibt, wo i nach dem Buch suchen muass. Ohne Anleitung findet es niemand, hod er g'sagt.«

Sebastian hörte aufmerksam zu und ließ seinen Blick durch den Raum schweifen. »Und du kennst keines eurer Rezepte? Ich dachte, du bist die Giftmischerin.« Er versuchte dem Gespräch einen scherzhaften Touch zu geben.

»I kenn zwar alle Pflanzen und die Teemischungen, aber die heilenden Tinkturen bereitet der Großvater allein zu. Die Rezeptur gegen die Lungenseuche hütet er wie seinen Augapfel. I werd erst nach seim Tod erfahren, mit was sie ang'setzt wird. I hob aa ned die geringste Ahnung, wer sich mit mir in Verbindung setzen wird.« Sie schaute ihn erschrocken an. »Aber eigentlich derf i mit niemandem darüber reden. Vergiss also bitte alles, was i g'sagt hob.«

Sebastian bemühte sich um einen lockeren Ton. »Gott behüte! Du hast es ja nur mir erzählt. Und was soll ich mit ein paar Kräutern anfangen, wenn ich nicht mal den Spitzwegerich vom Breitwegerich unterscheiden kann?«

Babette musste lachen. »Des leuchtet ein!«

Sebastian legte seine Stirn in Falten. »Aber spannend ist das schon. Wenn diese Rezeptur wirklich hier auf der Alm sein sollte, dann dürfte es doch nicht schwer sein, sie zu finden.«

»Der Großvater wird sich was dabei 'dacht haben, warum er des Buch hier aufbewahrt. Aber lass uns von was anderem sprechen.«

Sebastian rückte nun ganz nah an sie heran. »Ich würde dich jetzt sehr gerne küssen ... Darf ich?«, flüsterte er. Ohne eine Antwort abzuwarten, liebkosten seine Lippen ihr Ohr. Sanft knabberte er an ihrem Ohrläppchen, bevor er ihre Lippen berührte. Er bemerkte den Schauer, den er bei Babette auslöste. Er schaute ihr für einen Moment tief in die Augen, bevor er sie leidenschaftlich an sich drückte, während seine Hände an ihrem Körper hinunterwanderten. Mit einem geschickten Kniff, den er schon tausendmal praktiziert hatte, öffnete er ihren BH und streifte ihn langsam über ihre Schultern.

Babettes Atem wurde schneller.

»Ma grande beauté«, flüsterte er heiser. »Du bist so wunderschön!« Seine Lippen berührten kaum wahrnehmbar die Kuhle unterhalb ihres Halses. Er konnte ihre Erregung spüren und streichelte sanft die Innenseite ihrer Oberschenkel. Als seine Finger sich zu ihrem Spitzenhöschen vortasteten, beschleunigte sich Babettes Atem noch mehr.

»I hob no ned so vui Erfahrung mit …«

Sebastian legte einen Finger auf ihren Mund. Seine Lippen wanderten über ihren Körper. Mit einem geübten Griff hatte er Babette das Höschen ausgezogen.

Sie lag nun vor ihm, wie Gott sie geschaffen hatte. Ihre Wangen waren gerötet, und sie blickte ihn zärtlich an, bevor sie ihm half, sich seiner Boxershorts zu entledigen.

»Bist du dir ganz sicher?«, fragte Sebastian.

»Ganz sicher!«, entgegnete Babette heiser.

Plötzlich hämmerte jemand mit voller Wucht an die Tür und schrie aus Leibeskräften: »Babette!«

Babette schreckte fürchterlich zusammen. Sebastian sprang auf, schnappte sich seine Unterhose, mit der er das Nötigste verdeckte, und ging zur Tür, als schon die Klinke heruntergedrückt wurde. Xaver stand vor ihm und schaute ihn an, als hätte er den Leibhaftigen vor sich. Hinter Xaver sah Sebastian drei weitere Männer mit roten Jacken von der Tegernseer Bergwacht. Einer davon hielt zwei bellende Hunde an der Leine.

Als Xaver im Hintergrund nun auch noch Babette bemerkte, wie sie sich eiligst eine Decke über ihre Blöße zog, konnte er eins und eins zusammenzählen. Er ballte seine Hände zu Fäusten und wollte sich auf Sebastian stürzen, doch seine Kameraden zogen ihn rechtzeitig zurück und brachten ihn ein Stück von der Hütte weg.

Ein anderer von der Bergwacht, der sich als Korbinian vorstellte, entschuldigte sich bei Sebastian. »Der Bergheiler hod uns g'rufen, weil er g'wusst hod, dass die Babette beim Kräutersammeln war, als der Sturm los'gangen is. Und weil sie no ned heim'kehrt is, hod er sich fürchterliche Sorgen g'macht. Er hod g'meint, dass Babette es vielleicht bis zur Hütte g'schafft haben könnt, womit er recht g'habt hod«, fügte er grinsend hinzu und sah über Sebastian hinweg zu Babette, der das alles sichtlich unangenehm war. Sie zog die Decke bis über das Kinn.

Ein Stück entfernt keifte Xaver: »I bring ihn um, und sie dazu. I bring sie um!«

»Xaver, beruhig di«, hörte man die beschwichtigenden Worte seiner Kameraden. »Sie will nix von dir, kapier des endlich.«

Korbinian entschuldigte sich nochmals bei den beiden und zog die Tür hinter sich zu. Über Funk gab er in der Zentrale Bescheid, dass der Einsatz beendet sei und der Helikopter nicht starten müsse.

Babette nahm die mittlerweile trockenen Sachen ab, die über dem Ofen hingen, und schlüpfte in ihre Jeans. »Schlechtes Timing, Sebastian«, sagte sie und streifte sich ihr T-Shirt über. »Sehr schlechtes Timing. Leider!«, fügte sie noch hinzu. »I muass zum Großvater.«

Sebastian zuckte resignierend mit den Schultern und zog sich ebenfalls an. Sie löschten das Feuer und räumten alles auf. Babette legte den Schlüssel wieder rechts auf den Türrahmen. Der Sturm hatte sich gelegt, die Sonne schien, und wenn man nicht die herumliegenden Bäume, Äste und Blätter gesehen hätte, wäre es einfach ein herrlicher Tag gewesen.

Vorsichtig gingen sie über das Hagelfeld, das langsam in der Sonne zu schmelzen begann. Unten am Wanderparkplatz angekommen, radelten beide wortlos zurück nach Hause.

In der Seestraße blieb Sebastian stehen. »Sehen wir uns heute noch?«

»I woaß ned, kimmt drauf an, wie vui Menschen bei uns san. Vielleicht morgen.« Sie warf ihm eine Kusshand zu und fuhr weiter zum Klaslhof. In ihrem Kopf drehte sich alles.

13

STINKENDER
STORCHSCHNABEL

Babette lehnte ihr Rad an die Bank und begrüßte mit einem Nicken die wartenden Besucher. Sie wollte so schnell wie möglich zum Großvater, denn der hatte sich bestimmt große Sorgen gemacht. Sie hoffte, dass die Bergwachtleute ihm nicht erzählt hatten, mit wem sie unterwegs gewesen war. Um dies herauszufinden, ging sie zuerst kurz in die Kuchl zu Theres. »Griaß di, Theres!«

Theres drehte sich um und schlug die Hände zusammen. »Mein Gott, Mädl, guad, dass dir nix passiert is. Wir haben uns solche Sorgen g'macht! Geh nur gleich rein zum Großvater, er behandelt scho.«

»Hod die Bergwacht mit ihm g'sprochen?«

»Ja, sie haben ang'rufen und g'sagt, dass sie di g'funden haben.«

Da Theres nichts mehr hinzufügte, murmelte Babette nach kurzem Zögern: »Dann is ja guad.«

Sie wollte gerade zur Tür hinaus, als Theres schmunzelnd meinte: »Und dass du in Begleitung warst.«

Babette ließ den Kopf sinken, sie wusste, dass der Großvater den Preißn nicht mochte, warum auch immer. Sie huschte ohne Anklopfen in das Behandlungszimmer.

Anton hatte seine Brille auf und betrachtete gerade die Iris einer Dame. Babette setzte sich an den Tisch und begann mit ihren Gebeten.

Nach einer Weile fragte der Großvater die Frau: »Wie lange versuchst du scho schwanger zu werden?«

»Seit zwei Jahren«, antwortete die Dame mit verzweifelter Stimme. »Die Zeit läuft mir davon. Ich werde nächstes Jahr 40, und die Ärzte finden keine Ursache, weder bei meinem Mann noch bei mir. Alles in bester Ordnung, sagen sie. Ich soll meinen Kopf ausschalten.«

»Do haben die Ärzte recht, aa wenn i des ned gern zugeb. Du muasst den psychischen Druck rausnehmen, überlass es der Natur. Es san Schwermetalle in deim Körper, die müssen wir ausleiten, des is oftmals der Grund für Unfruchtbarkeit. Host du Amalgamfüllungen in deine Zähn g'habt?«

»Ja, aber die habe ich schon vor 15 Jahren entfernen lassen.«

»Is des Amalgam ausg'leitet worden?«

»So genau weiß ich das nicht, der Zahnarzt hat sie einfach rausgenommen.«

Anton kratzte sich am Kinn. »Du nimmst jetzt für vier Wochen mei Tinktur zum Entgiften, denn nur in am g'sunden Körper kann neues Leben entstehen.«

Er hielt ein Tinkturenfläschchen an ihren Bauch und ließ das Pendel kreisen. »Dreimal zehn Tropfen täglich, danach trinkst mehrmals am Tag mein fruchtbarkeitsfördernden Tee vom Stinkenden Storchschnabel und vier weiteren Kräutern. Den Stinkenden Storchschnabel nennt man aa des Gottesgnadenkraut. Schon im Mittelalter hod man den für d'Fruchtbarkeit verwendet. Die Frauen haben sich jeden Abend a Blüte von derer Pflanzn unters Kopfkissen g'legt. Aber do nutzt's nix«, lachte der Bergheiler. Anton zeigte der Frau ein Foto von der meist lila blühenden Pflanze.

Die Frau setzte sich ihre Brille auf und betrachtete das Foto genauer. »Das gibt es ja nicht!«, rief sie aus, »die Pflanze wächst in meinem Garten überall, sie wuchert regelrecht.«

Anton setzte ein zufriedenes Lächeln auf. »Tja, meine Liebe, des is die Natur. In jedem Garten wächst des Kraut, des der Mensch braucht. I kenn a Kräuterkundige aus dem Tölzer Raum, die hod wunderschönen Fingerhut im Garten g'habt, seit Jahren. Der Fingerhut is oane der giftigsten und tödlichsten Pflanzen in unsrer Region. Als ihr erstes Enkelkind zur Welt 'kommen is, hod sie sich im Herbst vor den Fingerhut g'setzt und mit ihm g'sprochen. Sie hod ihm g'sagt, wie wunderschön sie ihn findet, und hod ihm gedankt, dass er ihr all die Jahre so viel Freude mit seine Blüten bereitet hat. Jetzt wär es ihr aber recht, wenn er nächstes Jahr nimmer kommen würd, weil's ihr mit ihrem Enkelkind zu g'fährlich is. Und was soll i sagen, seitdem is der Fingerhut nie wieder im Garten der Kräuterkundigen g'wachsen. Man muass im Einklang mit der Natur leben und auf die Zeichen achten. Es is a guads Zeichen, wenn der Stinkende Storchschnabel bei dir wächst, dann wird mit Sicherheit alles guad werden. Vertraue! Der Tee regt die Lymphe und den Hormonhaushalt an. Früher hod man die Mischung ›Nestreinigungstee‹ g'nannt, der Stinkende Storchschnabel sorgt für den Storchenbiss, verstehst?«, lachte Anton, nahm seine Brille ab und holte drei Päckchen Tee und zwei Fläschchen mit Tinktur aus dem Schrank. »Wenn du nach neun Monaten ned schwanger bist, kimmst noch amoi zu mir.« Augenzwinkernd fügte er hinzu: »Natürlich müsst ihr aa üben, üben, üben, alloa kann der Storchschnabel des ned.« Er hielt kurz inne und lauschte.

Babette betrachtete ihn, während sie im Stillen weiterbetete. Sie kannte den Gesichtsausdruck ihres Großvaters. Wenn er Informationen von der geistigen Welt bekam, wirkte er sehr entrückt.

Anton schloss seine Augen. Plötzlich huschte ein Lächeln über sein Gesicht, er nickte und legte seine Hände auf sein Herz. »A kloans Mädl freut sich auf di, es wird bald zu dir kemma. I glaub, wir werden uns ned wiedersehen.«

Der Frau liefen ein paar Tränen über die Wangen. »Wenn das wahr wird, Bergheiler, dann nenne ich meine Tochter Antonia.«

»Des würd mi sehr freuen.« Anton strahlte und reichte ihr zum Abschied die Hand. »Vielleicht betest noch zum heiligen Antonius, wir haben vor dem Hof a kleine Antoniuskapelle. Wenn du magst, derfst dort gern a Zeit verweilen.«

»Das mache ich sehr gerne«, sagte die Frau gerührt und ging mit einem Lächeln hinaus zur Kapelle.

Babette wollte den nächsten Besucher hereinholen, doch der Großvater gab ihr zu verstehen, sie solle noch einen Moment warten.

»I woaß, du bist mir koa Rechenschaft schuldig«, druckste er herum. »Aber glaubst du, der Preiß aus Hamburg is der Richtige für di?«

Babette verdrehte die Augen. »Waren die Buschtrommeln amoi wieder schneller als i. Lass mi raten, der Xaver?«

»I hob doch nur große Sorge, dass er dir wehtut, nach Hamburg fährt und di unglücklich z'rucklässt.«

Der Großvater machte ein zerknirschtes Gesicht, sodass er Babette leidtat. Sie legte ihre Arme um ihn. »I woaß, Großvater, aber i kann auf mi aufpassen. Und nach Hamburg geh i ganz bestimmt ned, falls des aa a Sorge von dir is. Mei schöne Heimat verlass i ned, und di scho glei zwoamoi ned.« Sie drückte ihm einen dicken Schmatzer auf die Wange, den er sich verlegen abwischte.

»Dann is es ja guad«, murmelte er und wischte sich verstohlen eine Träne aus dem Augenwinkel. »Hol bittschön den Nächsten rein.«

So ging es wieder den ganzen Tag bis spät in den Abend. Die meisten waren wegen der Lungenseuche und dem schrecklichen Husten gekommen. Die Seuche hatte mittlerweile weite Teile Deutschlands fest im Griff, und die Krankenhäuser quollen über. Kein Mittel schien zu helfen. Die Forschungsabteilungen der Pharmaindustrien waren ratlos, gaben lediglich Empfehlungen ab, was helfen könnte, und sagten, dass fieberhaft an einer Lösung gearbeitet werde. Das Gesundheitsministerium rief zum Maskentragen und zur Einschränkung des gesellschaftlichen Lebens auf.

Nur im Tegernseer Tal war es mit der Seuche nicht so dramatisch. Es waren zwar viele erkrankt, aber alle Menschen, die beim Kräuterheiler in Behandlung waren, kamen glimpflich davon.

Am Abend, als der letzte Besucher gegen 21 Uhr gegangen war, saßen Babette und ihr Großvater mit einem Glas Rotwein draußen im Garten. Der Abend war lau und der Mond war gerade aufgegangen. Babette hatte ein paar Kerzen aufgestellt. Theres hatte ihnen eine Wildkräuterquiche mit Brennnessel, Vogelmiere und Giersch, überbacken mit einem leckeren Bergkäse, hingestellt. Babette verteilte kleine Stücke davon auf zwei Teller. Die Quiche war noch lauwarm.

»Die Theres verwöhnt uns wirklich. Guad, dass wir sie haben«, resümierte Babette und führte die Gabel mit der Quiche in den Mund. »I kenn koa bessere Köchin als die Theres. Hod mei Mama aa so guad kochen können?«

Immer wenn die Sprache auf Antons verstorbene Tochter kam, wurde er melancholisch und bekam wässrige Augen. »Ja, Babl, sie hod sehr guad kochen können, Theres und dei Mama haben es beide von der Oma g'lernt. Als dei Oma jung war, war ja Krieg und es hod ned vui zum Essen 'geben. So haben s' g'lernt, mit dem, was die Natur uns schenkt, zu kochen. Leider können des ned mehr vui Leut.«

»Hod die Oma die Rezepte aufg'schrieben?«

»Ja, des hod sie. Theres aa, wär ja schad, wenn's verloren ginge.«

Babette drückste ein wenig herum. »Großvater ... do ... gibt's was ... I hob an großen Respekt vor der neuen Lungenseuche. Was machen wir, wenn es oan von uns erwischt?«

»Des wird's ned, Babl, die Gefahr kimmt woandersher.« Er nahm einen Schluck Rotwein.

»Was moanst du, Großvater?«

»Kind, i kann dir ned mehr dazu sagen, i woaß nur, dass wir sehr wachsam san müssen.«

»Du machst mir Angst, Großvater.« Babette zog ihre Strickjacke enger um sich.

Aaron ließ sich vor ihren Füßen nieder und erbettelte ein paar Streicheleinheiten, auch in der Hoffnung, dass sich Essensreste zu ihm auf den Boden verirrten. Bereitwillig kraulte Babette ihn hinter den Ohren.

»Du muasst koa Angst haben, Babl, nur wachsam sein, wem du wann was anvertraust.«

Babette verdrehte die Augen. »I woaß, dass du den ›Preißn‹, wie du ihn nennst, ned magst, aber gib ihm doch a Chance. Er is nur auf Urlaub hier im Tal und verschwindet bald wieder. Er is ganz nett, und i war froh, dass i heid bei dem Unwetter ned alloa auf dem Berg war.«

Giacomo kam um die Ecke geschlichen, sprang auf Babettes Schoß und forderte ebenfalls ihre Aufmerksamkeit, was wiederum Aaron nicht gefiel, der leise zu knurren begann. Giacomo wischte ihm mit der Tatze durchs Gesicht, worauf Aaron nach Giacomo schnappte. Babette hatte genug von den beiden Streithähnen, warf Giacomo vom Schoß und befahl Aaron, ins Haus zu gehen. Beide trollten sich mit gesenktem Köpfen Richtung Hof.

»I hob a unguads G'fühl bei ihm. Was macht er? Hat er Familie? Wo arbeitet er? Woaßt du des alles?« Anton legte seine Stirn in Falten, und die Sorge stand ihm ins Gesicht geschrieben.

»Ach, Großvater.« Babette kuschelte sich in seinen Arm. »I woaß ja ned amoi, ob i den Preißn mag. I woaß ned, ob i irgendeinen Mann mag, wenn es solche Affen wie den Xaver gibt.«

Jetzt musste Anton laut lachen. »Des is aa ned unbedingt der Mann, den i mir für di vorstell. Aber der heilige Antonius wird's scho richten«, fügte er verschmitzt hinzu, »i hob ihm an Haufen Geld versprochen, wenn der Richtige für di kimmt.«

»Ach, Großvater«, lachte Babette. »Do muasst ihm aber vui zahlen bei meine Ansprüch.«

14

JUDASOHR

Als Sebastian in seiner Ferienwohnung ankam, war er sehr aufgewühlt. Zum einem wegen Babette, zum anderen, weil das Rezepturenbuch so nah war. Das Gewitter auf dem Berg hatte ihm einen gehörigen Schrecken eingejagt, und die Drohungen von Xaver ließen ihn ebenfalls nicht kalt. Er musste auf der Hut sein.

Er griff nach seinem Handy und wählte die Nummer seines Chefs in Hamburg. Nach dem es fünfmal durchgeläutet hatte, meldete sich Jansen mit einem unwirschen »Ja«.

Sebastian hasste es, wenn man sich nicht mit Namen meldete, auch wenn der Angerufene sehen konnte, wer dran war. Es war eine Form der Höflichkeit, fand er, aber das konnte er seinem Chef nicht sagen.

»Grewe. Moin, Chef.«

»Hört man auch mal wieder was von Ihnen? Sie sollen da unten nicht Urlaub machen, sondern das Zeug heranschaffen.«

»Chef, ich bin dran!« Sebastians Stimme wurde laut. Er bebte innerlich. Sein Blutdruck musste schwindelerregende Höhen erreichen, war er sich sicher.

»An was? An der Kleinen oder an der Rezeptur?«

»Ähm ... an beidem, ich komme nur über Babette an

die Rezeptur. Ich weiß jetzt, wo der Alte das Buch mit den Rezepturen versteckt hat.«

»Dann beschaffen Sie es. Auf was warten Sie?«

»Ich kenne das Versteck nur ungefähr.«

»Ungefähr nützt uns nichts, Sie Idiot«, brüllte Jansen. Sebastian hielt sein Handy ein Stück vom Ohr weg, er befürchtete sonst einen Tinnitus. »Die Rezeptur ist auf einer Alm versteckt. Babette erfährt erst nach dem Tod des Alten, wo genau.«

Es herrschte Stille am anderen Ende.

»Chef?« Sebastian sah auf sein Handy, die Verbindung stand noch.

»Nehmen Sie die Alm auseinander. Irgendwo muss das Buch ja sein. Ich erwarte einen Zwischenbericht.« Jansen legte auf.

Sebastian konnte es nicht glauben. Jansen hatte ihn tatsächlich zu einer Straftat aufgefordert! Allerdings … Er könnte heute früh auf der Alm auch etwas vergessen haben, zum Beispiel seinen Geldbeutel. So könnte ihm niemand eine böse Absicht unterstellen, wenn er sich deswegen dort oben nochmals umsah.

Sebastian blickte auf seine Uhr. Es war früher Nachmittag, Babette und der Alte waren mit ihren Besuchern beschäftigt, sodass er ungestört erneut zur Alm gehen konnte. Das Wetter hatte sich auch beruhigt.

Er schnappte sich das Rad von Josefa und fuhr zum Wanderparkplatz. Diesmal versteckte er es hinter einem Gebüsch, falls Xaver oder jemand anderer des Weges kam. Er zog seine Kappe tief in die Stirn, um unerkannt zu bleiben.

Es waren jetzt einige Wanderer unterwegs, die sich nach dem Sturm aus dem Haus getraut hatten. Über ihm kreiste ein Steinadlerpärchen. Fasziniert schaute er ihnen eine Weile zu, wie sie ihre Kreise immer höher und höher zogen. Seufzend dachte er, wie schön es wäre, auch so frei zu sein und nicht seinen Chef im Nacken zu haben. Seine Existenz hing von der Sache ab.

Vorbei am Weißdornstrauch, der immer noch seinen fischigen Geruch verströmte, kam er nach einer Dreiviertelstunde zu der einfachen Holzhütte, die sich etwas abseits des Weges befand. Wenn man nicht wusste, wo sie war, konnte man sie vom Weg aus nicht erkennen.

Er betrat die hölzerne Veranda und tastete den Türrahmen ab. Der Schlüssel lag an seinem Platz auf der rechten Seite oberhalb der Tür. Er schloss auf und drückte die Türklinke runter. Knarrend gab die Tür nach. Er war sich der Straftat durchaus bewusst, auch wenn er es sich schönredete. Aufregung befiel ihn.

Es war alles so wie in den frühen Morgenstunden, als er mit Babette hier beinahe … bis dieses Monster von Xaver aufgetaucht war und alles zerstört hatte. Es hätte so schön sein können.

Die Feuerstelle war noch warm. Wie gerne wäre ich jetzt mit Babette hier, schwelgte Sebastian kurz in träumerischer Erinnerung, ging dann aber schnell an die Arbeit. Man wusste ja nie, wer plötzlich auftauchte. Im Geiste sah er immer noch Xaver im Türrahmen stehen.

Sebastian öffnete den Tölzer Bauernschrank, räumte Bettwäsche, Tischdecken, Geschirrtücher raus und stapelte alles auf dem Holztisch. Im oberen Regal befanden sich Konserven, Kaffeepäckchen, Teevorräte, Zucker, Müsliriegel, Kekse, aber kein Rezeptbuch weit und breit.

Dann kroch er auf allen vieren über den Holzfußboden und suchte nach einem lockeren Brett, das zu einem Kellerraum führen könnte. Auch nichts.

Er ging zur Schlafkammer, hob die Matratze hoch, schaute hinter die Bilder, die an den Wänden hingen. Nichts. Er nahm das Hängeschränkchen ab, in dem ein paar Tassen und Gläser untergebracht waren. Eine Tasse mit Edelweißmotiv fiel zu Boden und zerbarst.

»Schiete!«, flüsterte Sebastian. »Auch das noch.«

Er kehrte die Scherben zusammen und packte sie in seinen Rucksack. Er durfte keine Spuren hinterlassen. Er suchte nach einem doppelten Boden in der Truhe, die an der Wand stand, nachdem er alles ausgeräumt hatte. Unten am Boden der Truhe war ein Hund aufgemalt.

Witzig, dachte er, und erinnerte sich an einen Bericht über alte Truhen aus dem 18. Jahrhundert, den er in einer Zeitung gelesen hatte. Die jungen Mädchen bekamen zur Hochzeit eine Truhe mit in die Ehe, die gefüllt war mit ihrer Mitgift. Leinen, Bettwäsche, Tischwäsche, Geld, alles, was man für die Ehe benötigte. Wenn die Mitgift aufgebraucht war, kam ein Hund am Boden der Truhe zum Vorschein. Daher stamme die Redewendung: »Der oder die ist auf den Hund gekommen.« Man war quasi mittellos.

Verzweifelt ließ er sich auf der Eckbank nieder, als er plötzlich eine Eingebung hatte. Vielleicht konnte man die Sitzfläche hochheben und darunter befand sich ein Stauraum. Er legte die karierten Sitzauflagen beiseite. Tatsächlich, die Sitzbank ließ sich aufklappen. Er wühlte in den darin aufbewahrten Dingen, aber außer Decken, Kissen und Sitzkissen für die Veranda fand er nichts. Doch, ein kleines Fotoalbum kam zwischen den Kissen zum Vorschein.

Sebastian schlug es auf. Auf vielen Fotos war Babette als kleines Mädchen mit kecken Zöpfen zu sehen, meist in Begleitung ihrer Eltern, die vor Glück nur so strahlten. Die Mutter hatte nette Anekdoten und Sprüche von Babette dazugeschrieben und Herzen gemalt. Ab dem achten Lebensjahr von Babette waren keine Fotos mehr eingeklebt worden. Die restlichen Seiten waren leer. Sebastian konnte sich gut vorstellen, wie groß der Verlust ihrer Eltern für Babette gewesen sein musste. Vorsichtig legte er das Album zurück an seinen Platz.

Resignierend setzte er sich auf den Boden.

Wo könnte der Alte das Rezepturenbuch versteckt haben, überlegte Sebastian abermals, als er Stimmen aus der Ferne vernahm. Er lugte vorsichtig durch das Fenster. Zwei Wanderer waren vom Weg abgekommen und bewunderten die schöne kleine Hütte mit den grünen Fensterläden. Sebastian fiel ein Stein vom Herzen. Er schaute aufs Handy, hier oben hatte man keinen Empfang.

In der Schlafkammer stand ein Himmelbett. Eine weitere Redewendung fiel ihm ein, die ebenfalls in dem Artikel über Truhen erläutert worden war: »Sein Geld auf die hohe Kante legen.« Sowohl in Truhen als auch auf dem hohen Bettrahmen gab es Geheimfächer, in denen Geld und Kostbarkeiten aufbewahrt wurden. Er überlegte kurz, stieg dann auf den Bettrahmen und prüfte, ob es oben ein Fach oder etwas Ähnliches gab. Er fand jedoch nichts.

Sebastian vergewisserte sich, dass die Wanderer weitergegangen waren, und erkundete die Hütte nun von außen. Auch hier überprüfte er die Holzverschalung auf lose Bretter, ohne Erfolg. Langsam war er genervt.

Im Brunnen kann er es schlecht versteckt haben, dachte er, warf aber vorsichtshalber einen Blick in den tiefen Schacht, der mit einem Gitter abgedeckt war.

Wieder hörte er die Wanderer und drehte sich schnell um. Sie standen in einiger Entfernung vor einem Baum und betrachteten etwas. Ihn hatten sie nicht gesehen.

»Schau mal, Isolde«, sagte der Mann gerade, »hier am Baum wächst ein Judasohr.«

Die Frau erwiderte: »Was soll das denn sein?«

»Ein Pilz, schau, hier. Er sieht aus wie ein großes Ohr. Der wäre gut gegen dein hohes Cholesterin.«

Sebastian seufzte. Judas? So fühlte er sich auch gerade. Judas, der Jesus mit einem Kuss verriet. Er wischte die Bedenken beiseite. Sobald er das Buch gefunden hätte, stünde ihm die ganze Welt offen. Außerdem würde Babette ihren Großvater nie verlassen. Er wusste nicht einmal, ob sie überhaupt etwas für ihn empfand. Er dachte an die teure Breitling und an die Malediven. Alles Wünsche, die wahr werden könnten.

Sebastian schüttelte sein schlechtes Gewissen ab, ging zurück in die Hütte und suchte weiter. Er stülpte jedes Kissen um und fingerte den Inhalt nach etwas Hartem oder Buchähnlichem ab.

Nach zwei Stunden intensiver Suche gab er auf. Es musste einen anderen Weg geben. Er musste Babette so weit bringen, dass der Alte ihr das Versteck verriet. Vielleicht war ihm aber auch das Glück hold und der Alte segnete demnächst das Zeitliche, schließlich war er nicht mehr der Jüngste. Dann bekäme Babette das Buch. Der Rest wäre ein Leichtes für ihn …

Sebastian versuchte, alles so zu hinterlassen, dass niemand Verdacht schöpfen konnte. Er schloss die Tür und legte den Schlüssel auf die linke Seite des Türrahmens.

Die Sonne stand bereits tief, als er sich auf den Rückweg machte.

15

RINGELBLUME

Erna Salvermoser hatte endlich Feierabend. Seit 35 Jahren war sie Chefin der Polizeidienststelle im Tegernseer Tal. Vor fünf Jahren hatte man ihr zwei junge Kollegen zugeteilt. »Frischfleisch«, wie ihr scherzhaft von der Zentrale in Rosenheim mitgeteilt worden war. Sie hatte darüber nicht lachen können. Gott sei Dank war es meist ruhig im Tal, bis auf ein paar Fälle im Monat. Meist hatten sie mit Ruhestörung, Nachbarschaftsstreitigkeiten oder zu schnellem Fahren zu tun. Die lästigen Schreibarbeiten überließ sie dem »Frischfleisch«.

Erna hievte ihren fülligen Körper aus dem in die Jahre gekommenen Chefsessel, drückte mit der Computermaus auf »Herunterfahren« und verstaute ihre »Revolverblätter«, die Klatschzeitungen, in die unterste Schublade, wo sie hingehörten. Sie liebte den Klatsch und Tratsch rund um den See. Erna musste immer lachen, wenn sie der Polizei bekannte Kandidaten in den schillernden Blättern sah, wie sie sich zurechtgemacht hatten, glänzten und glitzerten, Kusshände in die johlende Menge warfen, mit Rosen überhäuft wurden. Wenn man aber bei denen zu Hause erschien, sah die Welt ganz anders aus. Die Frau eines Schlagerstars beispielsweise beherbergte über 30 Katzen im Haus, der beißende Geruch kam einem schon durch die Haustür entgegen. Ein besonders empfindlicher Kollege hatte sich bei einem Einsatz auf dem Fußabstreifer der Villa übergeben. Seitdem würfelten die Kollegen, wenn ein Anruf von den Nachbarn wegen Geruchsbelästigung einging. Wer die niedrigste Zahl würfelte, musste hinfahren. Wenn man den Schlagerbarden im Fernsehen trällern sah, konnte man sich beim besten Willen nicht vorstellen, was hinter den Mauern der vornehmen Villa ablief.

Auch wenn Erna es nicht gerne offiziell zugab, sie liebte ihre »Revolverblätter«. Sie musste ja schließlich am Puls der Zeit sein, und in diesen Zeitungen stand viel über die örtliche Prominenz. Es war quasi Fortbildung, rechtfertigte sie sich im Geiste. Vielleicht könnte man die Zeitschriften sogar als Fachliteratur absetzen, überlegte sie kurz, verwarf den Gedanken jedoch. Sie hatte schon viele solcher skurrilen Einsätze bei der sogenannten Schickeria vom See gehabt. Über einen lachte die Dienststelle heute noch, und bei jeder Weihnachtsfeier wurde davon erzählt.

Es handelte sich um einen Diebstahl in einem Industriellenhaushalt. Sie waren durch das weitläufige Gelände hochgefahren, vorbei an den Pferdeställen und dem angrenzenden 9-Loch-Golfplatz. An dem herrschaftlichen Gebäude angekommen, öffnete das Au-Pair-Mädchen der Kinder und erklärte, was geschehen war. Der Stallbursche werde verdächtigt, etwas aus dem Haus gestohlen zu haben. In dem Moment kam der Hausherr dazu und wollte ebenfalls erzählen, was geschehen war.

Ernas junger Kollege, der noch unerfahren war, wollte sich besonders hervortun und sagte zu dem Industriellen: »Wir wissen Bescheid, Ihr Callgirl hat uns alles berichtet.«

Er hatte Au-Pair mit Callgirl verwechselt, warum auch immer. Erna wäre damals am liebsten vor Scham im Erdboden versunken. Als sie aber bemerkte, dass der Industrielle Contenance bewahrte und über den Fauxpas ihres jungen Kollegen hinwegsah, verkniff sie sich, diesen vor dem Mann zu tadeln.

Zurück im Streifenwagen hatte Erna losgeprustet und ihren Kollegen aufgeklärt, was er gerade gesagt hatte. Bis heute wurde der Arme in der Dienststelle damit aufgezogen.

Ein anderes Mal wurden sie zu einer prachtvollen Jugendstilvilla direkt am See gerufen. Eine Mittvierzigerin hatte dieses traumhafte Anwesen geerbt und ließ es von den örtlichen Handwerkern umbauen. Diese Frau war der Albtraum jeder Handwerksfirma. Nach und nach weigerten sich alle, bei ihr zu arbeiten. Ihr armer Mann wurde oft im Beisein der Handwerker von der Cholerikerin in Grund und Boden geschrien, sodass die Arbeiter Mitleid mit ihm bekamen. Sie waren sich sicher, dass er einer der wenigen Männer war, die von ihren Frauen verprügelt wurden, aber Beweise hatten sie keine. Hie und da deutete ein blaues Auge darauf hin, doch angeblich habe er sich am Türrahmen gestoßen. Das glaubte ihm natürlich keiner. Die Polizei musste mindestens einmal die Woche zu dem Anwesen ausrücken, weil immer irgendetwas nicht passte. Wenn die Telefonnummer der Dame auf den Apparaten der Dienststelle erschien, weigerten sich die Kollegen, abzunehmen, denn das bedeutete, die Dame stundenlang am Telefon beruhigen zu müssen oder, wenn das nicht reichte, vor Ort zu erscheinen.

Aber es gab auch so etwas wie höhere Gewalt. Denn seit Kurzem baute eine Richterin a. D. auf dem Nachbargrundstück ein Haus, und die beiden befanden sich in einem schier unendlichen Rechtsstreit, was zur Folge hatte, dass jetzt nicht mehr die Polizei, sondern die Rechtsanwälte beschäftigt wurden.

Erna ging ins Nebenzimmer, dort lag friedlich ihr Mops Ganghofer und röchelte vor sich hin. Ein Fremder hätte meinen können, Ganghofer machte seine letzten Atemzüge. Die Zunge hing ihm aus dem Mundwinkel. Mit blutunterlaufenen Tränensäcken sah er Erna träge an. Ganghofer hatte wie Erna einige Pfunde zu viel auf den Rippen. Außer zweimal am Tag vor die Dienststelle geführt zu werden, kam er kaum zu Bewegung.

Es war ein sehr freundliches Entgegenkommen der Zentrale Rosenheim, dass Erna ihren Mops zur Arbeit mitnehmen durfte. Als Polizeihund war er allerdings nur bedingt geeignet, auch wenn Erna gerne betonte, dass sie einige Fälle nur mit seiner Hilfe gelöst hatte, und damit unglaubliches Staunen hervorrief. Aber irgendwie stimmte es ja, zumindest mithilfe seines Geruchssinns. So fristete Ganghofer sein Dasein in der Dienststelle. Seine innere Uhr sagte ihm genau, wann Feierabend war, dann erwachte er zu neuem Leben. Denn oft gab es nach der Arbeit eine Belohnung für sie beide.

Erna stieg in ihren alten VW Käfer. Ganghofer thronte auf dem Beifahrersitz. Sie hatte heute auch das Gefühl, sich belohnen zu müssen, und steuerte direkt die Eisdiele in Tegernsee an. Dort gab es sehr leckeres Eis in einer frischen, selbst gemachten Waffel.

Als Ganghofer das Ziel erkannte, röchelte er ein wenig lauter als sonst und furzte mal wieder vor Freude.

Erna kurbelte das Fenster herunter und fuhr schwungvoll auf den Parkplatz. Im hinteren Teil des Eisdielengartens nahm sie Platz. Für Ganghofer hatte sie immer ein rotes Kissen dabei, er neigte zu Verkühlungen. Es war eine Berufskrankheit von Erna, alles überwachen zu müssen, deswegen saß sie immer mit dem Rücken zur Wand, von wo aus sie alles überblicken konnte.

Der Chef eilte herbei, und Erna bestellte für sich wie jedes Mal vier Kugeln Eis mit salzigem Karamell, extra viel Sahne und Schokostreuseln. Für Ganghofer eine Kugel Vanilleeis im Becher. Ihr Faltenrock spannte zwar schon etwas über dem Hüftgold, aber das war ihr egal. Sie war nicht mehr auf Männerjagd, und falls sie in die Verlegenheit kommen würde, einem Verbrecher nachzujagen, hatte sie ihre jungen Kollegen, die waren noch spritzig. Es reichte durchaus, wenn sie nach erfolgreicher Jagd die Handschellen anlegte. Nur nicht hudeln, war ihr Motto.

Seufzend löffelte sie das köstliche Eis und knackte mit den Zähnen die Karamellstückchen im Mund, bis diese sich ergaben und einen zarten Schmelz hinterließen. Ab und zu blieb ein Stück in den Zähnen kleben, das sie dann mit den Fingern rauspulte, was nicht unbedingt schön aussah.

Ganghofer schlapperte sein Eis und schob den Becher quer über die Fliesen.

Erna träumte bereits von der Pensionierung in ein paar Monaten. Sie überlegte, mit Ganghofer an den Timmendorfer Strand zu ziehen, weg von der Schickeria hier am See, obwohl sie das gute bayrische Essen schon vermissen würde, da war sie sich sicher.

Ganghofer schleckte mit seiner langen roten Zunge über sein Gesicht, um auch die letzten Reste des Eises zu erwischen. Es folgten ein Furz und ein zufriedenes

Gegrunze, bevor er sich schwerfällig zu Füßen seines Frauchens auf das rote Kissen plumpsen ließ. Erna holte ein Stofftaschentuch aus der Tasche ihres Faltenrockes, spuckte darauf und wischte Ganghofer die Schnauze damit ab. Anschließend verstaute sie es wieder in ihrem Rock.

Am Nachbartisch hatte ein talbekanntes schwules Pärchen Platz genommen. Sie nickten Erna freundlich zu. Man kannte sich. Sie mochte die beiden sehr. Einer von ihnen hatte ein Kosmetikstudio und verschönerte die Prominenz am See.

Schräg gegenüber von Erna hatte sich ein junger Mann am Tisch niedergelassen. Sie hatte ihn schon irgendwo gesehen, kam nur nicht mehr darauf, wo. Sie schätzte ihn um die 30 Jahre alt. Mit geschultem Blick erkannte sie sofort das Imitat einer sehr teuren Uhr an seinem Handgelenk, somit war für Erna klar, dass es sich hier um eine Spezies des typischen Angebers handelte, der gerne mehr sein wollte, als er war. »Mehr Schein als Sein«, murmelte sie und kraulte Ganghofer hinterm Ohr. Solche Artgenossen machten sie immer neugierig.

Er schnippte mit den Fingern, um auf sich aufmerksam zu machen.

Typisch, dachte Erna stirnrunzelnd.

Der Ober nahm bei dem Herrn die Bestellung eines doppelten Espresso auf. Der Angeber machte auf Erna einen nervösen Eindruck, das erkannte sie auf einen Blick – langjährige Erfahrung. Er zitterte leicht, als er eine Zigarette aus der Schachtel herausfingerte und sich diese mit einem goldenen Feuerzeug anzündete. Sie konnte die Initialen erkennen, die eingraviert waren. Hektisch zog er an dem Glimmstängel, rauchte auf Lunge. Sie setzte ihre

dunkle Sonnenbrille auf, die sie für solche Fälle dabeihatte, um ungestört beobachten zu können. Es war zwar
bewölkt, aber das machte nichts. Beim Ober orderte sie
einen Cappuccino. Jeder Italiener würde wahrscheinlich die Hände über dem Kopf zusammenschlagen, wenn
man es wagte, nachmittags einen Cappuccino zu bestellen. Cappuccino trank man nur früh am Morgen, danach
Espresso. Erna war das egal. Die verbleibenden Milch-
reste des Cappuccinos durfte Ganghofer immer aus-
schlabbern, das wusste er.

Der Fremde schaute zum wiederholten Mal auf sein
Handy. Dann tippte er eine Nachricht, als es plötzlich
klingelte. Er meldete sich mit »Moin«, woraus Erna fol-
gerte, dass er aus dem norddeutschen Raum kommen
musste. Anscheinend war es nichts Nettes, was er zu
hören bekam, denn er wurde kreidebleich.

»Ich mach das, Chef, ja, krieg ich hin … Ich lass mir
was einfallen … Geben Sie mir noch etwas Zeit.«

Im nächsten Moment schaute er ungläubig auf sein
Display, anscheinend hatte der andere einfach aufgelegt.

Ganghofer hatte seinen Eisbecher direkt vor den Füßen
des Angebers geparkt, verharrte dort und sah ihn mit
seinen glupschigen Augen an. Der Mann ignorierte den
Hund, hielt stattdessen sein Handy erneut ans Ohr.

Erna hörte, wie er säuselte: »Ich bin es. Schade, ich
hätte dich gerne persönlich erreicht. Ich vermisse dich.
Können wir uns sehen? Bitte melde dich. Ich würde mich
freuen.« Daraufhin fingerte er vier Euro aus seinem Geldbeutel und legte die Münzen auf den Tisch, während er
zeitgleich seine Zigarette im Aschenbecher ausdrückte.
Ganghofer verharrte noch immer vor seinen Füßen. Mit
einer Handbewegung verabschiedete er sich vom Ober,

schwang sich auf sein Fahrrad und fuhr Richtung Rottach-Egern.

Erna kam der Typ merkwürdig vor, und sie tätschelte ihren Mops am Kopf, der zu ihr an den Tisch zurückgekehrt war. »Oder was moanst du, Ganghofer?«

Ganghofer grunzte.

Erna nahm sich vor, den Typen für alle Fälle in ihrem Gedächtnis abzuspeichern. Aus ihrer Handtasche holte sie einen kleinen Tiegel mit Ringelblumensalbe, die ihr der Bergheiler zusammengemischt hatte, und rieb gedankenverloren ihre rauen Hände damit ein. »Wirklich sehr merkwürdig«, murmelte sie.

16
KLATSCHMOHN

Babette hörte ihre Mailbox erst am nächsten Morgen ab. Sie hatte gestern zwar gesehen, dass Sebastian anrief, hatte aber keine Lust gehabt, mit ihm zu sprechen. Es ging ihr alles zu schnell, und es war ihr sehr unangenehm, von Xaver und seinen Kollegen in dieser misslichen Situation erwischt worden zu sein. Sie wusste, wie schnell die stille Post durch das Tal preschte. Wahrscheinlich hatte es bereits jeder gehört. Sie war mit Sicherheit das Klatschthema des Tages. Dafür würden Xaver und die alte Luidlin schon sorgen.

Theres deckte draußen im Garten den Tisch. Es war zwar erst 6 Uhr, aber später war seit mehreren Wochen keine Zeit mehr, um ungestört ein paar Minuten beieinandersitzen zu können.

»Guten Morgen, Theres.«

Theres drehte sich um. »Ja mei, Mädl, was is denn mit dir los? Du schaust aus wie sieben Tag Regenwetter, dabei is es heid so schön!«

Babette zog die Schultern hoch und schob ihre Hände in die hinteren Jeanstaschen. Sie fühlte sich sehr zerknirscht. Giacomo strich um ihre Beine. Sie beugte sich zu ihm und kraulte ihn, woraufhin er sich sofort auf den Rücken legte und eine Ganzkörpermassage einforderte.

»Es is so peinlich, Tante!«

Theres zog die Augenbrauen hoch. Wenn Babette sie Tante nannte, war es etwas Ernstes. »Setz di zu mir, Mädl, dein Großvater is no beim Kräutersammeln. Wir können also ung'stört ratschen.«

Babette setzte sich neben sie, Giacomo sprang sofort auf ihren Schoß, während Theres ihr eine Tasse mit Melissentee reichte.

»Der Tee beruhigt di, i hob noch a bissal Honig rein'tan.« Sie legte die Hand auf Babettes Oberschenkel. »Es is doch nix Tragisches passiert. Ihr seids ins G'witter kemma, wart bis auf d'Haut nass und habts eich in der Hüttn aufg'wärmt.« Theres rollte mit den Augen. »Und was der Xaver dazudichtet, is sei Sach. Er is und bleibt oafach a Depp. Die Leut reden immer, des wirst du nie verhindern können.«

»Ja, i woaß. Trotzdem … Es war so unangenehm, als plötzlich die Bergretter im Türrahmen g'standen san und Sebastian und i mehr oder weniger nackt waren.«

»Es gibt Schlimmeres, oder?« Theres schob ihr einen Teller und Besteck rüber. »Iss was von meim Wildkräuteraufstrich.« Vorsichtig fragte sie: »Magst denn den Herrn Sebastian aus Hamburg?«

»Des is es ja … I woaß es ned.« Babette seufzte. »Dazu kenn i ihn z'wenig. Sebastian kimmt aus a ganz anderen Welt. Er sieht guad aus, ja, aber …«

»Schönheit is vergänglich, Mädl.« Theres strich ihr über die Wange. »Aber do drin«, sie klopfte auf ihr Herz, »do muass es stimmen. Wenn des ned passt, dann nützt dir der schönste Mann nix. Kimmt Zeit, kimmt Rat. Vielleicht gehst amoi wieder in die Kapelle und hältst a Zwiegespräch mit dem heiligen Antonius, dem Patron der Liebenden. Er hilft dir sicher, du muasst's ja ned gleich wie die Brasilianer machen«, lachte Theres.

»Warum, was machen die?« Babette war neugierig geworden.

»Du kennst doch Maria, die Brasilianerin von Bad Wiessee. Maria hod dem Pfarrer von den jungen Mädl in Brasilien erzählt. Die vergraben, wenn s' im heiratsfähigen Alter san, a kloane Antoniusfigur kopfüber in der Erdn, damit er ihnen an guaden Ehemann b'sorgt. Am Tag der Hochzeit wird der arme Heilige wieder aus'graben.«

Jetzt musste auch Babette lachen. »Wenn's hilft, warum ned?«

Von Weitem sahen sie den Großvater mit Aaron über die Wiese kommen. Mittlerweile waren auch die ersten Besucher auf dem Hof eingetroffen. Einige hatten bereits Atemschutzmasken auf und hielten großen Abstand voneinander, das Bundesgesundheitsministerium hatte in den Medien dazu geraten. Es wurde nun täglich über die Anzahl der Toten berichtet. Es gab fast kein anderes Thema mehr. Man konnte bei den Menschen beobachten, wie Angst und Panik um sich griffen. Der Großvater hatte zum wiederholten Mal seine Beruhigungstropfen ansetzen müssen mit Lavendel, Baldrianwurzel und Melisse. Die Sorge um die Gesundheit trieb die Menschen um.

»Stell dir vor, Theres, letzte Woch war i mit Aaron allein im Wald zum Kiefernnadelnsammeln, do is mir a Frau mit Maske entgegen'kemma. Im Wald! Es war weit und breit koa andrer Mensch in Sicht.«

Theres schüttelte den Kopf. »Die reine Luft des Waldes wär wahrscheinlich tausendmal g'sünder.«

»Guten Morgen, Großvater«, rief Babette ihm entgegen. »I glaub, wir müssen anfangen«, mahnte sie und deutete auf die kleine Gruppe, die in einiger Entfernung wartete. Es hatten schon 15 Personen eine Nummer gezogen.

»Anton, guten Morgen«, begrüßte Theres ihren Schwager. »I hob dir wie immer dei Kanne Tee scho ins Behandlungszimmer g'stellt. Magst was essen?«

»Guten Morgen, gern später.« Er reichte Theres einen Leinenbeutel. »I hob dir a paar Klatschmohnknospen und andere Blumenknospen zum Einlegen in Essig mit'bracht, die magst doch so gern.«

»Mei, dankschön. I werd sie gleich einlegen.«

»Habts ihr eigentlich scho g'sehn, was aus der Blattrosette aus unserem Kräuterbeet g'worden is?«

Theres und Babette drehten sich zu der kleinen Mauer am Rand des Grundstückes um, wo unzählige rote Fingerhüte an einem anderthalb Meter langen Stängel um die Gunst der Sonne buhlten.

»So wunderschön und doch so heimtückisch«, sinnierte Babette.

»Sag amoi, Babl, wo host eigentlich den Schlüssel von der Alm hin'tan?«

»Großvater, des woaßt doch.« Babette schüttelte lachend den Kopf. »Des host mir schon als Kind ein'bläut: Der Schlüssel muass immer rechts oben am Türrahmen liegen. I hob extra noch amoi nachg'schaut, ob er aa wirklich dort liegt.«

Anton nickte unmerklich und murmelte: »Is scho recht, Babl. Lass uns anfangen.«

Babette führte den Wirt von Holzkirchen herein. Man sah ihm an, dass er seine eigene Küche sehr zu schätzen wusste.

»Quirin, alter Bazi, hast heid Ruhetag, dass du bei mir bist?«

Sie kannten sich seit Jahrzehnten.

»Ja, sonst ging's ja ned«, feixte der Wirt.

»Wo fehlt's dir denn?«

»Mi druckt's am Bauch.« Er zeigte auf seine Gallengegend.

Anton nahm seine Brille, in die eine Lupe integriert war, und sah sich die Augen des Wirtes näher an. »Des glaub i dir gern, Quirin, dass di dein Bauch druckt. Des is koa Wunder.« Anton baute sich vor ihm auf und drohte ihm scherzhaft mit dem Zeigefinger. »Deine Gerichte san zwar hervorragend für die Gäst, weil sie sie nicht jeden Tag essen, aber ned für di. Es is zu fett. Immer Schweinsbraten, Wammerl und Zwiebelrostbraten is ned g'sund für di. Du muasst a Zeit lang Schonkost essen. Gicht host bestimmt aa, nehm i an?«

»Ja, hin und wieder«, gab Quirin unwillig zu.

Anton drückte seinen Finger in den beträchtlichen Bauchumfang des Wirtes. »Und der muass aa kloaner werden.«

»Dieser Bauch hat was 'kostet«, versuchte der Wirt sich lachend zu verteidigen und klopfte auf seinen Leibesumfang.

»Hilft nix, alter Spezi, wenn du noch öfters mit mir schafkopfen möchtst, muass dei Knödelfriedhof weniger werden. I geb dir mein Magenbitter mit, den nimmst vor dem Essen. Do san vui Bitterstoff drin von Löwenzahn-, Angelika- und Wegwartenwurzel. Die regen die Verdauung an. Wenn's dann ned besser wird, kimmst wieder vorbei. Aber ...«, Anton hob mahnend den Zeigefinger, »abnehmen muasst trotzdem, sonst wird des nix.«

»Wenn du moanst«, knurrte der Wirt. »Probieren muass i mei Essen scho no dürfen.«

Der Großvater setzte sich mit lautem Gelächter in seinen Stuhl. »Wie lang kochst du scho? Du kennst jedes Rezept auswendig und woaßt, wie's schmeckt. Koane faulen Ausreden! In am halben Jahr möcht i di noch amoi sehn, zehn Kilo leichter, und wenn dei Bauch dann immer no druckt, dann seng mer weiter.« Anton gab ihm einen Ernährungsplan nach Hildegard von Bingen in die Hand. »Des probierst jetzt amoi aus. Dei Körper wird's dir danken. Bewegung schad't im Übrigen aa ned.«

»Na guad, i probier's, schaden kann's ja wirklich ned.«

»G'wiss ned.« Anton begleitete Quirin hinaus.

Babettes Handy vibrierte zum wiederholten Male. Sie sah auf das Display, Sebastian hatte schon wieder geschrieben. Sie schaltete das Handy aus.

Als der Wirt draußen war, meinte der Großvater: »Was Wichtigs?«

Babette schüttelte energisch den Kopf. »Nein, nein, völlig unwichtig. I hol den Nächsten rein.«

Die meisten kamen mit Anzeichen der Lungenseuche, es waren nur noch wenige Tinkturen vorrätig. Mittlerweile hatten sie den Inhalt der Fläschchen halbiert, um so lange wie möglich allen Menschen helfen zu können, die zu ihnen kamen. In zwei Wochen konnte der neue Ansatz abgefüllt werden, dann war wieder genügend Vorrat da.

Sie ließen das Mittagessen ausfallen, Theres brachte ihnen nur frischen Tee und eine Kleinigkeit zu essen ins Behandlungszimmer.

Am Abend, der letzte Besucher war gerade gegangen, hatte Babette das Gefühl, sich freischwimmen zu müssen. Das gelang ihr am besten mit einem Bad im See. Es war zwar schon etwas dämmrig, aber Babette liebte diese einsamen Minuten, wenn der See ganz still dalag und sich die Lichter der Häuser im Wasser spiegelten. Sie schnappte sich ein Handtuch und lief hinunter zum See.

Der schwarze Schwan zog wieder seine Kreise. Babette musste an die alte Luidlin denken, die Angst vor diesem majestätischen Tier hatte und an ein böses Omen glaubte. Sie hingegen fand ihn einfach schön und wünschte ihm, dass er bald nicht mehr alleine wäre.

Kein Mensch war weit und breit zu sehen. Im Schutze der Hecke schlüpfte Babette aus ihrer Jeans und streifte ihr T-Shirt ab. Splitterfasernackt watete sie in das kühle Nass. Mit jedem Zug, den sie schwamm, war es ihr, als ob die Probleme des Alltags verschwanden. Das kühle Nass umschmeichelte ihren Körper, sie hatte das Gefühl, mit dem See zu verschmelzen. Das Hotel gegenüber war hell erleuchtet, sie erkannte die Gäste hinter den Fenstern. Babette fragte sich oft, aus welchen Ländern diese Menschen kamen, was sie für Lebensgeschichten hatten, ob sie glücklich waren, den Partner fürs Leben gefunden hatten. Zu gerne hätte sie dort mal Mäuschen gespielt.

Das Wasser war an dieser Stelle des Sees nicht tief. Wenn sie sich hinstellte, reichte es ihr bis zur Brust. Sie legte sich auf den Rücken und ließ sich treiben. Es war faszinierend, die Geräusche des Sees zu hören, wenn man die Ohren unter Wasser hatte. Es fühlte sich an wie in einem Vakuum, ein Gegurgle und Gegluckse, über ihr die ersten Sterne am Himmel. Babette breitete die Arme aus, schloss die Augen und lauschte den Stimmen des Sees. Sie schwebte und war eins mit sich und dem Element Wasser.

Plötzlich drückte jemand von hinten mit brachialer Gewalt ihren Kopf unter Wasser, das ihr sofort in Nase und Mund drang. Sie riss die Augen weit auf und schrie aus Leibeskräften. Doch die Schreie verhallten unter Wasser. Das Adrenalin schoss in Lichtgeschwindigkeit durch ihren Körper. Babette strampelte, schlug um sich, und als sie nach einer gefühlten Ewigkeit wieder an die Wasseroberfläche gezerrt wurde und wie ein Fisch nach Luft japste, drückte jemand hart seine Lippen auf ihre und schob grob seine Zunge in ihren Mund, während eine Hand heftig ihre Brust knetete, die andere sie fest im Nacken hielt. Sie war eingezwängt wie in einen Schraubstock.

Erst jetzt erkannte sie Xaver. Sie spürte seine Erregtheit an ihrem Körper. Außerdem roch er penetrant nach Schweiß. Ekel überkam sie. Ihre Gedanken rauschten durch ihren Kopf.

Xaver war ebenfalls nackt, und sie hörte ihn zischen: »Was dei Preißn-Freund kann, kann i scho lang. Oder g'fällt dir des etwa ned? Des is es doch, was du willst«, stieß er heiser hervor. Sein Blick war wie von Sinnen, und das Haar hing ihm wirr ins Gesicht. »Du g'hörst jetzt mir, ob du willst oder ned! Hier wird di koaner hören. Und wenn es des Letzte is, was i mach.«

Nachdem Babette die ersten Schocksekunden überwunden und ihre Gedanken einigermaßen sortiert hatte, ließ sie intuitiv ihre Hände über seinen Rücken gleiten. »Ja«, stieß sie mit überirdischer Kraftanstrengung zwischen ihren Zähnen hervor, »genau des is es, was i will! Entspann di, Xaver. I will di. I hab mi nur nie 'traut, dir des zu sagen.«

Xaver sah sie zunächst ungläubig an, lockerte aber seinen Griff etwas.

Babette streichelte nun seinen Bauch. »Xaver, i werd di sehr glücklich machen, du wirst diesen Tag nie vergessen.«

Xaver atmete nun schwer. »I hab's g'wusst, dass du mi aa magst. Du ahnst gar ned, wie lang i di scho begehr und davon träum, endlich mit dir zu schlafen«, keuchte er und ließ ihr mehr Bewegungsspielraum für ihre Hände, die Babette immer weiter nach unten wandern ließ.

»Entspann di, Xaver«, flüsterte sie ihm ins Ohr und knabberte leicht an seinem Ohrläppchen.

Xaver ließ sie nun auch im Nacken los.

Blitzartig krallte Babette ihre Fingernägel mit aller Kraft, die sie aufbringen konnte, in seine empfindlichen Weichteile. Xaver schrie gellend auf und krümmte sich vor Schmerzen. Augenblicklich ließ er ganz von Babette ab und hielt sich mit schmerzverzerrtem Gesicht seinen Unterleib.

»Überleg dir genau, was du in Zukunft machst, des nächste Mal bring i di hinter Gitter«, schrie sie ihn mit funkelnden Augen an und schlug ihm zur Bekräftigung mit der flachen Hand ins Gesicht, sodass man jeden Finger einzeln auf der Wange sah.

Xaver war noch immer unfähig, sich zu rühren, und rief ihr wutentbrannt nach: »Des wirst du bitter bereuen! Du entkommst mir ned!«

Babette kraulte, so schnell sie konnte, ans rettende Ufer. Erst als sie festen Boden unter den Füßen hatte, merkte sie, wie sehr sie zitterte. Sie schlang sich das Badetuch um den Körper, nahm ihre Anziehsachen unter den Arm und lief, ohne sich noch einmal nach Xaver umzudrehen, nach Hause.

Aaron schreckte hoch, als Babette zur Tür hineinstürmte. Die Tür fiel etwas lauter als sonst ins Schloss. Als Aaron Babette jedoch erkannte, ließ er sich wieder nieder.

Der Großvater war schon ins Bett gegangen. Babette war sehr aufgewühlt und stellte sich eine halbe Stunde lang unter die Dusche, um den Geruch von Xaver loszuwerden. Sie ging in ihre Kammer, legte sich ins Bett und fiel in einen unruhigen Schlaf.

17

MUTTERKRAUT

Erna Salvermoser hatte Dienst am Wochenende. Einer ihrer jungen Kollegen hielt Wache am Telefon, während sie mit Ganghofer Streife ging. Auf diese Wochenenddienste freute sie sich immer. Ganghofer weniger, er hasste Streife gehen. Zu viel Bewegung! Erna marschierte jedes Mal von Bad Wiessee am See entlang Richtung Rottach-Egern. Eine Waffe trug sie nie. Bis vor ein paar Jahren hatte sie in ihrer Rocktasche ein Pfefferspray dabeigehabt, bis ihr ein sehr schmerzhaftes Missgeschick passiert war.

Bei einem ihrer Streifgänge war ihr eine Mücke ins Auge geraten. Sie hatte ihr Stofftaschentuch aus der Rocktasche genommen und sich damit das Auge ausgewischt, zur Sicherheit gleich auch noch das andere. Plötzlich brannten ihre Augen höllisch und sie sah nur noch verschwommen. Sie stand gerade vor dem Eingang der Laurentiuskirche in Rottach-Egern und tastete sich mehr oder weniger blind bis zum Weihwasserbecken vor. Gott sei Dank war sie alleine in der Kirche. Sie tauchte ihr Taschentuch in das Weihwasserbecken und rieb damit über ihre Augen, was das Brennen noch verstärkte. Erna hangelte sich vor in die erste Reihe der Kirchenbänke und fing inständig zu beten an; sie bat darum, nicht zu erblinden. Mittlerweile waren ihre Augen zugeschwollen wie bei einem Boxer. Dann fiel es ihr ein, ihr Pfefferspray! Es musste undicht geworden sein und hatte ihr Taschentuch durchtränkt. Wie sie damals nach Hause gekommen war, wusste sie nicht mehr. Den restlichen Tag hatte sie liegend im Bett mit einem kalten Waschlappen auf den Augen verbracht. Am nächsten Tag nach dem Gottesdienst hatten viele Einheimische gerätselt, warum so viele Kirchenbesucher einen rötlichen Ausschlag auf der Stirn hatten. Erna hatte zwar eine Ahnung gehabt, es aber nicht für viel Geld jemandem erzählt. Zu peinlich, die Angelegenheit! Stattdessen hatte sie eifrig mit den Kirchenbesuchern mitgerätselt, was die Ursache für diesen Ausschlag sein könnte. Seitdem tauchte sie ihre Finger nicht mehr in einen Weihwasserkessel, man wusste ja nie, was sich da drin alles befand.

Erna ging der Norddeutsche aus der Eisdiele nicht mehr aus dem Kopf. Ganghofer hatte sich auch so komisch verhalten. Meist hatte er einen Riecher für Verbrecher, sie sonderten einen bestimmten Angstschweiß ab, den er sofort erkannte und dann vor ihnen verharrte. Auf sein Gespür war Verlass. Vielleicht konnte sie etwas über diesen ominösen Norddeutschen in Erfahrung bringen.

Auf ihrer Streife wurden sie überall begrüßt, man kannte Erna. Ganghofer nutzte diese Pausen, um durchzuschnaufen, und machte einen auf Mitleid. Ab und zu hatte sogar jemand ein Leckerli für ihn.

Sie kamen am bekannten Seehotel »Malerwinkel« vorbei, das einst dem weltberühmten, gewichtigen Tenor Leo Slezak gehört hatte. Er hatte es sein »Blumenhäusl« genannt. Schon gegen 1900 war Slezak aus Wien zur Sommerfrische angereist, wohl auch, um abzunehmen, was ihm mal mehr und mal weniger gelang. Scherzhaft hatten die Gmunder damals gesagt, wenn das Wasser des Sees über die Ufer trat: »Anscheinend ist der Herr Kammersänger im Tal und badet.« Sein Figurproblem bekämpfte er im Sommer am See mit Schwimmen und Diäten, damit er im Winter wieder in seine Opernroben passte und keine neuen angefertigt werden mussten. Nur am 18. August, seinem Geburtstag, fuhr er ins Tegernseer Bräustüberl und aß einen Kranz Weißwürste. Man erzählte sich, es sollen zwischen 20 und 25 Stück gewesen sein.

In seinem Blumenhäusl hatte er sich gerne mit seinen Freunden Ludwig Thoma und Ludwig Ganghofer getroffen. Die drei standen heute vereint als Bronzeskulptur im Kurpark Rottach-Egern.

Gerne wurde auch die Anekdote erzählt, als ein Bühnentechniker während einer Aufführung von Lohengrin den Schwan zu früh in Bewegung gesetzt und der Tenor es nicht rechtzeitig geschafft hatte, auf den Schwan aufzusteigen. Schlagfertig hatte er daraufhin das verdutzte Publikum gefragt: »Entschuldigung, wissen Sie zufällig, wann der nächste Schwan geht?«

Erna sah auf die Uhr, fast Mittag. Spontan entschloss sie sich, dem Bergheiler einen Besuch abzustatten. Wenn sie so auf Ganghofer schaute, dem die Zunge bis zum Boden hing, hatte der eine Pause auch bitter nötig.

Nach zehn Minuten waren beide am Klaslhof angelangt. Theres stand im Garten und band verschiedene Kräuter zu Buschen zusammen, um sie besser zum Trocknen aufhängen zu können. Der Bergheiler saß auf der Gartenbank und las die Zeitung vom Vortag, er kam vor lauter Arbeit nur noch am Wochenende dazu. Aaron, der zu Füßen seines Herrchens lag, knurrte, als er den Eindringling sah. Doch als er bemerkte, in welch marodem Zustand Ganghofer war, legte er sich wieder hin. Das war keine Konkurrenz für ihn.

»Erna!« Anton legte die Zeitung weg und schob seine Lesebrille auf die Stirn. »Wohin des Weges? Setz di a bissal zu uns.«

»I hob an Johannisbeerkuchen im Ofen, der müsst gleich fertig sein. Bleib doch zum Kaffee«, sagte Theres, während sie sich am Brunnen die Hände säuberte, eine Schüssel mit Wasser füllte und sie Ganghofer hinstellte. »Der kriegt als Erster was zu trinken, so fertig, wie der ausschaut.«

Gierig schlabberte Ganghofer das kühle Nass. Aaron schaute ihm gelangweilt dabei zu.

»Der tut nur so, um Mitleid zu erhaschen«, winkte Erna ab. »Aber i bleib gern auf an Ratsch, so macht Streifegehen gleich vui mehr Spaß.«

Theres breitete umständlich eine Tischdecke aus, sodass Anton nichts anderes übrig blieb, als seine geliebte Sonntagszeitung zähneknirschend wegzulegen.

Bewaffnet mit einem Tablett voller Geschirr, geschlagener Sahne, einem köstlich duftenden Kuchen und einer Kanne frisch gebrühtem Kaffee mit Schaumstofffröllchen als Tropfenfänger auf der Tülle, kam Theres nach ein paar Minuten zurück. Ächzend ließ sie sich neben Erna und Anton nieder, verteilte gleichmäßig geschnittene Kuchenstücke, die mit einer Baiserhaube gekrönt waren, und schenkte Kaffee aus. »I hob heid früh die neuesten Meldungen zur Lungenseuche in den Nachrichten g'hört«, erzählte sie. »In a paar Bundesländern verbieten s' den Leut, sich zu treffen. Sogar Polizeikontrollen werden g'macht. Wer ned dahoam bleibt, bekommt a Geldstraf.«

Erna schüttelte den Kopf. »Was san wir doch für a Insel der Glückseligen. Gott sei Dank is es bei uns im Tegernseer Tal anders. I glaub, Anton, des haben wir deine Fähigkeit' zu verdanken.«

Dieser winkte verschämt ab. »Man muass nur die Sprache der Natur verstehen und schauen, was sie einem bietet. Des is des ganze Geheimnis. Viele machen sich die Mühe nimmer. Mit Chemie und Kranken lässt sich mehr Geld verdienen, so simpel is des. I freu mi, wenn oaner bei mir wieder g'sund wird und der heilige Antonius a Opfergeld für die Armen kriegt. So is jedem g'holfen.«

»Mir im Tal san froh, dass wir di haben, Toni«, sagte Erna und klopfte ihm mit der flachen Hand auf den Oberschenkel, dass die Lederhose nur so staubte.

Theres schenkte ihnen Kaffee nach und fragte nebenbei: »Und, Erna, was macht der Untergrund am See? Gibt's neue Verbrechen?«

Erna spießte ein Stückchen des lauwarmen Kuchens auf ihre Gabel, drapierte darauf einen Klecks Sahne und balancierte es vorsichtig in ihren Mund. Genießerisch schloss sie die Augen. »Himmlisch! In der ›Überfahrt‹ könnt er ned besser schmecken.«

Über Theres' Gesicht zog ein zufriedenes Lächeln. »Ab und zu muass a B'such kemma, damit man amoi wieder g'lobt wird«, bemerkte sie mit einem Seitenblick zu Anton.

»Wie hoaßt's in Bayern: Ned g'schimpft, is g'lobt g'nua«, konterte Anton schelmisch.

Theres verdrehte die Augen. »Mannsbilder! Sei froh, Erna, dass du bloß den Ganghofer versorgen muasst!«

»Der is aa a Mo«, erwiderte diese trocken. »Hod nur mehr Fell.«

Ganghofer blickte herzerweichend zu ihr hoch. Ab und zu ließ sie ein Kuchenstück zufällig fallen, und Ganghofer kassierte es mit blitzartiger Zungenbewegung ein.

»I hob letztens so an komischen Norddeutschen in der Eisdiele 'troffen, den hob i … nun ja … bei am Gespräch belauscht. Groß, schlank, schaut guad aus, Typ Angeber mit Möchtegernuhr am Handg'lenk, Mitte 30.«

»Und?«, fragten Anton und Theres zeitgleich. Sie hatten denselben Gedanken.

»Er hod sich auffällig verhalten, i glaub, der hat vor irgendwas oder irgendwem Angst g'habt. Und ihr wisst, für so was bin i Spezialistin.«

Giacomo hatte sich nun ebenfalls zu ihnen gesellt und wartete direkt neben Ganghofer auf die Kuchenstückchen, die zu Boden flogen. Der Kater hatte nicht die geringste Angst vor Hunden, es war eher andersherum.

»Is eich der aa scho aufg'fallen? Er begrüßt die Leut mit ›Moin‹. Guad, des machen vui norddeutsche Urlauber. Aber der muass sich für längere Zeit hier einquartiert haben. I glaub, i hob ihn vor einer Weile scho amoi g'sehen, mir fällt nur ned ein, wo des war. Kann mi aa täuschen, aber meistens betrügt mi mein Instinkt ned. Ganghofer hat aa komisch auf ihn reagiert.«

Anton und Theres sahen sich an. »Ja, den Preißn kennen wir, der kimmt aus Hamburg und bandelt mit unserer Babl an. Der hod sich bei der Josefa in der Seestraß einquartiert.«

Erna legte ihre Gabel auf den Teller und lehnte sich zurück. »Sag bloß … Jetzt woaß i wieder, wo i den g'sehen hob. Is des der, mit dem die Babette auf der Alm überrascht worden is?«

Anton schüttelte den Kopf. »Himmelherrgott! A Wahnsinn, wie sich des rumspricht. Diese alten Ratschweiber! Ganz ehrlich, Erna, der führt was im Schilde. Aber i kann meiner Enkelin ned vorschreiben, mit wem sie sich treffen derf und mit wem ned. Do muass sie selber draufkemma, sie is alt g'nuag. I woaß ned genau, auf was er es abg'sehen hod.«

Erna legte ihren Zeigefinger auf den Mund. Das machte sie immer, wenn sie nachdachte. »In der Eisdiele hod er mit jemand telefoniert. Der Anrufer oder die Anruferin muass Druck auf ihn ausg'übt haben, er hod nämlich g'stottert und g'sagt: ›Ich bekomme das hin, ich brauche noch etwas Zeit.‹ Anton, i würd an deiner Stell für a Weile die Haustür nachts zusperren. Des is der offizielle Rat einer Hauptkommissarin.«

Anton winkte ab. »So a Schmarrn, Erna! Wir haben noch nie abg'sperrt. Wir wohnen schließlich auf dem Land. Was soll der denn von uns wollen? Do muass was anderes dahinterstecken.«

Ernas Augen wurden schmal. »Des krieg i raus, Anton, des versprech i dir. Gell, Ganghofer? Den bösen Mann beobachten wir jetzt.«

Sie tätschelte den Mops am Bauch, bis er wieder furzte vor Glück. Giacomo verließ daraufhin hocherhobenen Hauptes den Platz. Das war unter seiner Würde.

Erna tupfte sich mit der Papierserviette den Mund ab und schob den Teller ein Stück beiseite. »Wenn i schon amoi do bin, Bergheiler. Host was für mei Migräne?«

»Ja, freilich, Frau Hauptkommissarin. I geb dir mei Mutterkrautteemischung mit, davon trinkst in der Akutphase dreimal täglich a Tass. Mit siedendem Wasser aufgießen und zu'deckt 15 Minuten ziehen lassen, wegen der ätherischen Öle, die sonst verfliegen. Hildegard von Bingen hod des Mutterkraut gegen Migräne empfohlen, also wird's bei dir aa helfen. Außer du host a Allergie gegen Korbblütler, dann solltest den Tee besser ned trinken.«

»I bin nur gegen Verbrecher allergisch, darum verhaft i sie.«

Anton lachte, stand auf, ging ins Haus und kam kurz danach mit drei abgepackten Tüten Tee zurück.

»Is bitter, aber hilft. Früher is des Mutterkraut sogar für Abtreibungen verwendet worden.«

»Koa G'fahr mehr bei mir«, antworte Erna mit ihrem trockenen Humor. »Vergelt's Gott, Anton! Abrechnung wieder bei deim Chef?« Sie zeigte zur Antoniuskapelle.

Anton nickte.

Erna sah auf die Uhr. »So, nur noch zwoa Stund Dienst, des schaffen wir, Ganghofer, oder? Wisst ihr eigentlich, ob des Seefest übermorgen stattfindet, i moan, wegen der Lungenseuch?«

»Bei uns san kaum Infizierte im Krankenhaus. I denk, es findet statt. Wetter passt aa. Dann sehen wir uns am Dienstag, Salvermoserin!«

»So machen wir's. Beim Leonhard in der Seestraß um sechse, oder? Der freut sich scho. Jeder soll was zum Essen mitbringen.« Erna stand auf. »Also, servus! Dankschön für Kaffee und Kuchen und bis übermorgen. I halt eich auf dem Laufenden, was die geheime Mission ›Preiß‹ angeht.«

18
KRIECHENDER GÜNSEL

Sebastian hatte eine unruhige Nacht hinter sich. Vielleicht lag es am Vollmond, versuchte er eine Ausrede zu finden. Tatsache war allerdings, dass ihm der Konflikt, in dem er sich befand, den Schlaf geraubt hatte. Sein Chef ließ ihm keine Ruhe mehr, fast stündlich fragte Jansen nach, wie weit er in der »Sache« sei. Ob er wollte oder nicht, er musste seine Gefühle für Babette ausblenden und seine Arbeit machen.

Wenn das so einfach wäre! Warum meldete sie sich nicht? Auf einem Plakat hatte er gelesen, dass morgen bei schönem Wetter das Seefest mit Brillantfeuerwerk in Rottach-Egern stattfand, und Babette per WhatsApp gefragt, ob sie mit ihm hingehen wollte. Bis jetzt war keine Antwort gekommen. Und auch die vorherigen Nachrichten hatte Babette nicht beachtet. Er musste etwas unternehmen.

Nach einem ausgedehnten Frühstück und einem kleinen Ratsch mit seiner Vermieterin fuhr er mit dem Rad hoch zum Klaslhof. Er zog eine Nummer, stellte sich in die Reihe der Wartenden und hoffte, dass Babette ihn erhören würde.

Nach zwei Stunden war es so weit.

»Nummer 13, bitte!«

Sebastian ging auf Babette zu, die ihn erschrocken ansah.

»Was willst du hier?«

»Dich sehen! Du meldest dich auf keine meiner Nachrichten.«

»I brauch Zeit, mir geht des alles zu schnell.« Babette hob abwehrend die Hände.

»Gehst du mit mir aufs Seefest?«

»I geb dir B'scheid, i woaß es no ned. I woaß ned, ob i überhaupt hinwill. Die Leut reden scho. Bittschön geh jetzt. Es fehlt dir doch nix, oder?«

Er sah sie treuherzig an und legte eine Hand auf sein Herz. »Doch, aber da kann mir dein Großvater nicht helfen.«

Babette sah nach rechts und links und flüsterte: »Bitte geh!«

»Nur wenn du mich anrufst, sonst mache ich hier einen Sitzstreik.«

»I ruf di an!«

Sebastian legte einen Finger auf seine Lippen und deutete einen Kuss an, drehte sich um und stieg auf sein Rad.

Die alte Luidlin war die nächste Besucherin. »Isser des, der Preiß, mit dem sie di erwischt haben?«

Babette spürte, wie der Zorn in ihr hochwallte. »Luidlin!«, erwiderte sie ungehalten. »Mi hat niemand erwischt, wir haben vor dem G'witter Schutz g'sucht. Und jetzt kimm endlich, der Großvater hod no andere B'sucher.«

»Man wird ja wohl no fragen dürfen«, murmelte die Alte und folgte Babette ins Behandlungszimmer.

»Luidlin«, begrüßte Anton die alte Dame. »Wo fehlt's dir denn?«

»Mei, die Gicht, man wird ja ned jünger. I hob deine Tropfen nimmer, die mit dem kriechenden ...« Sie legte die Finger an die Stirn.

»Günsel«, ergänzte Anton. »I geb sie dir. Host sonst noch Beschwerden?«

»Eigentlich ned, wollt nur auf an Ratsch und wegen der Tropfen vorbeikemma. I hob dir an Hefezopf 'backen, den magst doch so gern.«

»Ratsch is heid ganz schlecht, Luidlin, du siehst ja, was los is. Vielleicht beim nächsten Mal. Dankschön für den Hefezopf, auf den freu i mi sehr.« Er drückte ihr die Tropfen in die Hand und schob sie zur Tür hinaus. »Pfiat di, Luidlin!«

Und ehe sie sich versah, stand sie wieder im Garten. »Zeiten san des ...«, knurrte die Luidlin und humpelte auf ihren Stock gestützt aus dem Garten hinaus. »Ned amoi Zeit für an Ratsch.«

Babette verschwendete keinen weiteren Gedanken an Sebastian. Täglich warteten 30 bis 40 Besucher auf sie, auch heute.

Zum Mittag brachte ihnen Theres frischen Tee und eine Kleinigkeit zu essen ins Behandlungszimmer.

»Gehst morgen aufs Seefest, Babl?« Anton konzentrierte sich auf seine Tasse, obwohl es ihn vor Neugierde fast zerriss.

»I woaß no ned, Großvater, ob i Lust hob.«

»Kimm doch mit mir und der Theres mit. Wir treffen uns beim Leonhard, do is es immer lustig und du muasst ned allein hingehen.«

Babette überlegte kurz. »Großvater, des is gar koa

schlechte Idee. Dann hob i an guaden Grund, um Sebastian abzusagen.«

Anton versuchte sich seine Erleichterung nicht anmerken zu lassen, aber ihm fiel ein ganzes Gebirge vom Herzen.

19

ROSE

Babette freute sich nun auf das Seefest, es war einfach ein Highlight im Jahr. Im Beisein ihres Großvaters wagte es niemand, zu tratschen. Anders wäre es, wenn sie mit Sebastian auftauchen würde. Sie hatte ihm am Abend noch eine WhatsApp geschrieben und ihm erklärt, sie sei mit dem Großvater bei Freunden eingeladen. Vielleicht könne man sich die Tage danach auf einen Kaffee treffen. Als sie die Nachricht weggeschickt hatte, hatte sie sich gleich viel wohler gefühlt.

Heute empfingen sie keine Besucher, nur absolute Notfälle, doch bisher hatte sich keiner gemeldet.

An Seefesttagen durfte man nicht krank werden. Die einzig unsichere Komponente war das Wetter. Denn bei schlechtem Wetter wurde es verschoben, aber daran war heute nicht zu denken. Kein einziges Wölkchen trübte den blauen Himmel.

Babette war in ihrer Kammer und hatte die Qual der Wahl bei ihren vielen Dirndln. Im Laufe der Jahre hatten sich zahlreiche Exponate angesammelt. Sie hatte einen eigenen Schrank dafür.

Sie lebte und liebte die Tracht. Babette entschied sich schließlich für ein zweiteiliges Gewand mit mintgrünem Mieder und einem taubenblauen Rock. In der Schürze

waren beiden Farben in einem floralen Muster wieder-
zufinden. Die Schleife band sie links. Sie war schließlich
noch nicht vergeben, das sollte ruhig jeder sehen. Diese
geheime Sprache der Schleife signalisierte den jungen Burschen, ob es sich lohnte, ein Mädchen zu umwerben. War
die Schleife rechts gebunden, war man liiert.

Babette fand, dass das Dirndl mit den frischen Farben
gut zu diesem herrlichen Sommertag passte. Dazu dunkelblaue Sommersandalen mit einem Hauch von Absatz.
Die langen Haare hatte sie zu einem Knoten zurück-
gebunden, was ihr apartes Gesicht mehr zur Geltung
brachte. Sie verrieb ein paar Tropfen Rosenöl, welches
ihr der Großvater jedes Jahr zum Geburtstag herstellte,
auf dem Dekolleté. Babette holte die große Schatulle ihrer
Mutter aus dem Schrank. Ihre Mama hatte ein Faible für
außergewöhnliche Ohrringe gehabt, die sie sich von einer
Freundin aus Tegernsee passend zu den Dirndln hatte
anfertigen lassen. Babette konnte auf einen großen Fun-
dus zurückgreifen und wählte hängende, tropfenförmige
Turmalinohrringe in den Farben Mint und Taubenblau.

Anschließend drehte und wendete sie sich vor dem
Spiegel, sie war zufrieden und ging hinaus in den Garten. Großvater und Theres saßen bereits auf der Hausbank und warteten auf sie.

Theres schlug die Hände zusammen. »Mei, Mädl, bist
du schön! Du schaust aus wie dei Mama.«

Anton nickte zustimmend, und nur wer genau hinsah,
konnte seine wässrigen Augen erkennen.

Theres hatte sich für ein weinrotes Dirndl mit grauer
Schürze entschieden und sah ebenfalls sehr fesch aus
für ihr Alter. Anton trug wie immer seine Lederhose,
zur Feier des Tages jedoch ein blütenweißes Leinen-

hemd mit seinen Initialen dazu. Theres hatte sie in sein Hemd gestickt. Heute ging er nicht barfuß, sondern trug schwarze Haferlschuhe mit von seiner Mutter selbst gestrickten Trachtensocken.

Anton tätschelte Aaron den Kopf. »Pass schön auf, wenn wir weg san, und lass keinen rein.«

»Magst ned zusperren?« Theres erinnerte sich an die Worte von Erna.

»Schmarrn! Aaron passt scho auf.«

Gemeinsam gingen sie Richtung Seestraße, und je näher sie kamen, umso mehr Leute quollen aus allen Gassen, Häusern und Parkplätzen. Ein regelrechter Strom führte hinab zum See. Von Weitem sah man die Ruderboote mit Pärchen, die sich das Spektakel vom See aus ansahen, genau wie die Gleitschirmflieger mit ihren bunten Schirmen aus der Luft. Alphörner erklangen von der Seebühne herüber, und es roch nach einer Mischung aus Grillfleisch, Steckerlfisch und gebrannten Mandeln. Die gesamte Seestraße war für heute Abend zur Fußgängerzone erklärt worden, sie war gesäumt von kleinen Ständen, Bratereien und Bierausschänken. Stelzengeher in fantasievollen Gewändern staksten durch die immer dichter werdende Menge. Dicke Luftballontrauben warteten darauf, von Kindern gekauft zu werden. Auf dem See hatte ein Floß mit Blasmusik und Trachtentänzern festgemacht, ein Gondoliere ruderte am Ufer entlang.

Von München kamen vereinzelte Möchtegerndamen mit ihren meist kitschigen Dirndl und mischten sich unter die traditionellen Einheimischen. Der Busen wurde im Dirndl regelrecht hochgezurrt bei diesen Damen, damit man die Brustvergrößerung auch gebührend präsentieren konnte.

Als das Trio die Seestraße betrat, kamen sie kaum weiter. Den Bergheiler kannte jeder, und jeder wollte einen kurzen Ratsch mit ihm halten.

Schließlich waren sie bei Leonhard angelangt, der vor seinem Antiquitätengeschäft Bierbänke aufgebaut hatte. Hier saß man wie in einer Lodge mit bestem Blick auf alle Flanierenden und den See, wenn das Brillantfeuerwerk in der Nacht gezündet wurde.

Leonhard war der geborene Gastgeber. Bei ihm trafen sich alle, ob jung oder alt, jeder folgte gerne seiner Einladung. Anton und Theres rutschten in die Mitte der Bierbank, Babette saß ganz außen.

Leonhard begrüßte einen Gast, einen groß gewachsenen Mittdreißiger mit braunen Haaren und blauen Augen. Er trug eine schlichte kurze Lederhose mit Gürtel und ein hellblaues Hemd dazu, wie man es hier am See oft sah. Auf dem Gürtel waren seine Initialen eingestanzt: VS.

Leonhard blieb mit ihm neben Babette stehen: »Babette, derf sich der Valentin zu dir setzen? Is a alter Spezl von mir. Wir gehen oft mitnand in die Berg.«

Babette nickte. »Freilich, Leonhard, wir rücken z'samm!«

»Valentin, freut mich«, stellte sich der gut aussehende Mann vor und reichte Babette die Hand, bevor er sich zu ihr auf die Bank quetschte.

»Babette, freut mi aa.«

»Ich weiß, klingt blöd, aber kennen wir uns nicht von irgendwoher?«, fragte Valentin und sah sich Babette genauer an. »Deine Stimme kommt mir auch bekannt vor.«

»Ja, klingt blöd«, lachte Babette verlegen. »Aber mir geht's ähnlich.«

»Tennisverein?«

»Nein, i spiel koa Tennis, do bin i talentfrei.«

»Ich komm schon noch drauf … Ruderverein?«

Babette kicherte: »I ruder nur zum Vergnügen.«

Mittlerweile waren alle Gäste eingetroffen, sie saßen inmitten der Seestraße direkt vor Leonhards Geschäft. Jeder hatte seine Spezialitäten mitgebracht, darunter Blätterteig mit Lachs, geräucherter Saibling, Räucherfischaufstrich, Wildkräuterquiche und frischer Apfelstrudel mit Vanillesoße.

Zwischen Babette und Valentin hatte sich ein anregendes Gespräch entwickelt. Babette registrierte nicht mal Xaver, der mit zwei Freunden an ihr vorbeiflanierte und ihr dabei bitterböse Blicke zuwarf. Die Freunde hielten ihn rechts und links an den Armen fest, weil er kurz davor war, auf Babette loszugehen.

Erna und Ganghofer waren ebenfalls eingetroffen. Ganghofer thronte auf seinem roten Kissen am Boden.

»Jetzt weiß ich, woher ich dich kenne!« Valentin grinste breit und verschränkte die Arme.

»Spann mi ned auf d'Folter!«

»Sagen wir so«, holte Valentin genüsslich aus. »Ich bin dir schon mal sehr nahe gekommen und habe dich im Bett besucht.«

»Ganz sicher ned!« Babette schüttelte lachend den Kopf. »So betrunken war i no nie, des wüsst i. Träum weiter!«

»Das ist so sicher wie das Amen in der Kirche«, zwinkerte Valentin ihr zu.

»Schmarrn, du woaßt doch gar ned, wo i wohn.« Babette sah ihn nun skeptisch an. War er ein Aufschneider?

»Ich schwöre!« Valentin legte zwei Finger auf die Brust. »Es war nicht bei dir und erst recht nicht bei mir.«

In Babettes Gehirn ratterte es, und plötzlich schlug sie sich mit der flachen Hand auf die Stirn. »Der Weißkittel, ja klar! Dr. Schmidt hoaßt du, glaub i, oder? VS, deine Initialen auf deim Gürtel. Valentin Schmidt.«

»Was für eine Ehre, du erinnerst dich sogar an meinen Nachnamen.«

Babette grinste ihn an. »Der Weißkittel also. Du bist ja ganz nett!«

»Ist das gut oder schlecht?«

»Guad!« Sie sah rüber zu ihrem Großvater, er hatte den Weißkittel ebenfalls nicht erkannt. Sie konnte sich gut daran erinnern, wie die beiden sich beinahe in die Haare gekriegt hätten.

»Dieser ältere Mann ist dein Großvater, richtig? Er ist mir im Gedächtnis geblieben ...« Valentin sah zum Großvater rüber, der in diesem Augenblick auch zu ihnen schaute, und prostete ihm mit einer Maß zu.

Anton freute sich über die nette Tischgesellschaft seiner Enkelin und prostete den beiden ebenfalls zu.

Babette kicherte. »Wenn der wüsst, wer du bist, hättest jetzt schlechte Karten.«

»Warum?«, fragte Valentin und hob erneut sein Glas. »Schau, er prostet mir schon wieder zu.«

»Des Geheimnis b'halten wir erst amoi für uns.« Babette war das Bier mittlerweile zu Kopf gestiegen. »Ned, dass di mein Großvater heid no verprügelt.«

»Ehrenwort! Unser Geheimnis.«

Mittlerweile war es dunkel geworden, Leonhard hatte Kerzen auf die Tische gestellt. Beim Italiener schräg gegenüber stimmte der Sänger Giuseppe »Via con me« von Paolo Conte an.

Valentin nahm Babette an der Hand und führte sie auf

die Straße. »Darf ich bitten?« Ohne eine Antwort abzuwarten, umfasste er ihre Taille, und gemeinsam wiegten sie sich zu den Klängen von Paolo Conte.

Der See glitzerte im Mondlicht, während leise die Wellen ans Ufer schwappten. Wange an Wange bewegten sie sich zur Musik, und Babette hoffte, das Lied würde nie enden.

Kurz vor zehn suchten sich die Leute einen Platz mit bester Aussicht auf den See. Gleich begann das große Spektakel, das Brillantfeuerwerk. Punkt 22 Uhr zischten die ersten Raketen gen Himmel. Der See leuchtete in unzähligen Farben. Magische Figuren wurden in den Himmel gezeichnet, die das Tal für Sekunden taghell erleuchteten, bevor sie als Sternenregen im See versanken.

Babette blieb jedes Jahr der Mund offen stehen ob dieser Schönheit. Der Dirigent des Feuerwerks setzte nach 30 Minuten zu einem furiosen Finale an. Der Himmel erleuchtete in allen erdenklichen Farben. Es knisterte, krachte, zischte und rauschte. Der Himmel schien zu brennen, bis der Farbenrausch mit einem Schlag zu Ende war und eine kurze Stille einkehrte. Jeder verharrte ein paar Sekunden in der Hoffnung, dass es noch nicht vorbei war, bevor tosender Applaus aufbrandete.

Langsam leerte sich die Seestraße. Anton und Theres verabschiedeten sich und gingen, besser gesagt, wackelten nach Hause. Beide vertrugen nicht viel Bier. Sie hakten sich gegenseitig unter und marschierten die wenigen Meter bis zum Klaslhof.

Babette wollte noch eine Weile bleiben und Leonhard beim Aufräumen helfen. Valentin bot sich ebenfalls zum Aufräumen an. Babette wusch das Geschirr ab, während Valentin mit Leonhard die Bierbänke zusammenlegte.

»Noch einen Absacker?«, fragte Leonhard, als sie sich erschöpft nach getaner Arbeit auf der Hausbank niederließen.

»Gern«, antworteten Babette und Valentin wie aus einem Mund und lachten. Keiner hatte Lust, diese besondere Atmosphäre zu beenden.

Leonhard kam zurück mit drei Gläsern Aperol Spritz. »Auf ewige Freundschaft!«, prostete er ihnen zu.

»Auf ewige Freundschaft!«, erwiderten sie gemeinsam.

Es war ein lauer Sommerabend, perfekt bis auf ein paar Betrunkene, die durch die Seestraße torkelten. Babette konnte sich nicht erinnern, wann sie sich das letzte Mal so wohlgefühlt hatte. Leonhard hatte Decken geholt, denn gegen Mitternacht war ein kühler Wind aufgekommen.

»I sollt jetzt gehen«, sagte Babette mit leiser Stimme und legte ihre Decke zusammen. »Morgen früh muass i dem Großvater wieder helfen.«

»Darf ich dich nach Hause bringen?«

Babette zögerte, was Valentin bemerkte.

Schnell fügte er hinzu: »Nur bis zur Haustür. Heute sind einige Betrunkene unterwegs, und ich möchte, dass du sicher nach Hause kommst.«

Sie musste an Xaver denken und antwortete erleichtert: »Sehr gern, Herr Dr. Schmidt.«

Babette hakte sich bei Valentin unter. Der Aperol Spritz und das viele Bier machten sich bemerkbar.

Als sie vor der Haustür des Klaslhofs standen, wurden beide verlegen.

Valentin trat von einem Fuß auf den anderen. »Sehen wir uns wieder?«

Man merkte es Babette an, wie sie sich über diese Frage freute. »Sehr gern! Vielleicht leg i dann mei Weißkittel-phobie no ab«, kokettierte sie.

»Pst!« Valentin legte den Zeigefinger auf seine Lippen. »Nicht dass dein Großvater mitbekommt, mit welchen üblen Gestalten du dich mitten in der Nacht herumtreibst.«

»Gott behüte!«, lachte Babette. »Er würd Aaron auf di hetzen oder, no schlimmer, Giacomo!«

»Wer ist Giacomo?«

»Unser Kampfkater!«

Beide kicherten wie Schulkinder, die sich nicht voneinander trennen konnten.

»Ich geh dann jetzt!« Valentin setzte einen betrübten Gesichtsausdruck auf. »Bekomme ich deine Handynummer? Ich geb dir meine, falls du ärztlichen Rat benötigst.«

»Ja, unbedingt! Man woaß ja nie, was passiert.«

Sie tauschten die Telefonnummern, anschließend küsste Valentin Babette zum Abschied auf die Wange. »Vielen Dank für den schönen Abend.« Er sah sie mit zärtlichem Blick an. »Dem hoffentlich noch viele folgen werden.«

Babette konnte ein Erröten nicht verhindern. Sie stammelte stattdessen nur: »Guad Nacht!«

Um den Großvater nicht aufzuwecken, zog Babette ihre Schuhe aus und schlich auf Zehenspitzen zu ihrer Kammer. Sie wusste um seinen leichten Schlaf.

Der Mond schien auf ihr Bett, als sie unter die Decke schlüpfte, und ihr Herz klopfte wie wild. Sie lag noch lange wach, bevor sie in den frühen Morgenstunden mit einem Lächeln auf den Lippen einschlief.

20

FINGERHUT

Gegen 6 Uhr früh schlug Aaron kurz, aber heftig an. Babette registrierte es zwar, schlief jedoch sofort wieder ein.

Um 7 Uhr klopfte Theres an ihre Kammer. »Aufstehen, du Schlafmützn. Wer feiert, kann am nächsten Tag aa arbeiten.«

Babette vergrub ihren Kopf unter dem Kissen. Die Nacht war kurz gewesen, sie war erst gegen 4 Uhr früh eingeschlafen. Sie dachte an Valentin, und ihr Herz schlug ein paar Takte schneller. Nach wenigen Minuten streckte Babette einen Fuß unter der Bettdecke hervor, dann den zweiten. Sie reckte und streckte sich und gähnte dabei herzhaft. »Hilft nix!«, seufzte sie, schlug die Bettdecke zurück und schwang den Rest ihres Körpers aus dem warmen Bett.

Aus dem Garten drangen Stimmen zu ihr in die Kammer. Sie ging ins Bad und sprang unter die eiskalte Dusche, das beste Mittel, um wach zu werden. Danach rubbelte sie sich ab, schlüpfte in ein leichtes Sommerkleid und war bereit für den Tag. Fürs Frühstück blieb keine Zeit mehr, der Großvater war bestimmt schon im Behandlungszimmer.

Sie öffnete die Tür, doch der Raum war leer. Theres hatte Tee in einer Thermoskanne hingestellt. Babette schenkte sich eine Tasse ein, ging in die Kuchl und hoffte, die beiden dort anzutreffen – vergeblich. Sie setzte sich an den Küchentisch und trank in kleinen Schlucken ihren Tee, er war noch sehr heiß. Die Mischung kannte sie nicht, sie schmeckte sehr bitter. Aber je bitterer, desto gesünder, wusste sie vom Großvater.

Babette trank und wartete. War es denn so viel Alkohol gewesen gestern Abend, fragte sie sich. Ihr war noch immer ganz schummrig. Wie durch einen dichten Nebel nahm sie wahr, dass Theres und der Großvater zu ihr in die Kuchl traten.

Sie hörte den Großvater sagen: »Babl, hallo, was is mit dir? Schau mi an!« Er tätschelte wiederholt ihr Gesicht, worüber sie sich wunderte. »Babl!«, schrie er nun.

Sie bekam noch mit, wie Theres ihr die Haare aus dem Gesicht hielt, weil sie sich in die Salatschüssel übergeben musste. Theres hatte nach dem nächsten Behälter gegriffen.

Der Großvater fühlte ihren Puls und roch an der Tasse. Er tippte einen Finger in die Reste des Tees und ließ einen Tropfen auf die Zunge fallen. Seine Augen weiteten sich vor Schreck. In dem Moment verlor Babette das Bewusstsein.

Als sie wieder zu sich kam, hing sie gebeugt über der Badewanne, der Großvater steckte ihr seinen Finger in den Rachen und versuchte sie zum Erbrechen zu bringen. Babette musste fürchterlich würgen und übergab sich erneut.

»Hol Aktivkohle und vui Wasser«, schrie er Theres zu.

»Großvater«, flüsterte Babette »i seh di doppelt. Was is mit mir?«

»Alles wird guad, mei Mädl, alles wird guad!«, sagte

er mit zittriger Stimme, während er ihren Puls erneut fühlte.

»Nur no 45 Schläg pro Minute«, wisperte er Theres zu, sodass es Babette nicht hören konnte. »Wir müssen des Gift aus ihrem Körper bringen und ihren Kreislauf stabilisieren. Den Symptomen und dem Geruch in der Teetass nach kann es nur Digitalis, also Fingerhut, sein.«

»Um Gottes willen!« Theres schlug die Hände vors Gesicht. »Sollen wir den Krankenwagen rufen?«

»Noch ned. Schick alle Leut weg, die müssen des ned mitkriegen, sag ihnen irgendwas.«

Theres eilte hinaus in den Garten. Sie erzählte, dass der Großvater zu einem dringenden Notfall müsse, zündete in der Antoniuskapelle noch schnell eine Kerze an und schickte ein Stoßgebet gen Himmel.

Babette fantasierte nun von Mäusen unter ihrem Bett. Der Großvater strich ihr beruhigend über den Kopf und küsste sie auf die Stirn. »I hol gleich den Giacomo rein, der vertreibt die Mäus, koa Angst.«

Er hielt ihren Kopf in seiner Ellenbeuge und versuchte ihr Flüssigkeit mit Aktivkohle einzuflößen, die das Gift aufsaugte. Anton fühlte erneut ihren Puls. Der Herzschlag war sehr unregelmäßig, das Gift wirkte bereits.

»Trink, mei Mädl, bitte trink! Theres«, flüsterte er. »Wir brauchen den Notarzt doch. Ruf an und sag scho am Telefon, dass es sich um a Vergiftung mit Fingerhut handelt, dann können s' alles vorbereiten. Schütt den restlichen Tee aus der Tassn bitte ned weg, die Polizei wird sicher aa verständigt. Jemand hat Digitalis in den Tee g'mischt.«

»Bist du sicher?« Theres liefen die Tränen über die Wangen. Sie war völlig aufgelöst.

»Ja, bin i!«

Babette verlor wieder das Bewusstsein.

Schon nach kurzer Zeit hörte man die Martinshörner durch das Tal schallen, Notarzt und Krankenwagen, kurz danach die Polizei.

Anton hielt Babette immer noch in seinen Armen und überprüfte ständig ihren Herzschlag und ihre Atmung. Zwischendrin tröpfelte er ihr Aktivkohle in den Mund und regte sie zum Schlucken an. »Schnell, Theres, hol die letzten Beständ der Lungentinktur aus dem Schrank, die brauchen wir für Notfälle. Die werden hier alles absperren. Versteck sie im Brunnen.« Er gab ihr den Schlüssel.

Theres eilte ins Behandlungszimmer und stopfte die Tinkturen in ihre Rocktasche, während der Krankenwagen mit Karacho auf den Hof fuhr und auf dem knirschenden Kies vor der Haustür zum Stehen kam.

»Hier rein!«, dirigierte Theres die Sanitäter und den Notarzt und ging zum Brunnen hinter dem Haus. Vorsichtig legte sie die Tinkturen in einen Korb und seilte diesen zwei Meter weit ab, bis nichts mehr zu sehen war.

Babette wurde an verschiedene Apparaturen angeschlossen. Die Sanitäter und der Notarzt spulten ihr oft geprobtes Rettungssystem ab. Sie hoben Babette auf eine Trage, und nach zehn Minuten rauschten sie mit Blaulicht den See entlang Richtung Agatharied.

Anton und Theres saßen auf der Hausbank und hielten sich tröstend im Arm, als der alte VW Käfer von Erna in die Hofeinfahrt bog. Erna hob Ganghofer vom Sitz, stieg aus und setzte sich neben Anton, dem die Tränen in den Augen standen.

»Was is denn passiert, alter Freund?« Sie legte ihre Hand auf seinen Oberschenkel.

»Babette hod heid a bissal verschlafen. Theres und i waren kurz draußen und haben den B'suchern g'sagt, dass wir heid später anfangen. In der Zeit muass sie aufg'standen sein. Als wir in die Kuchl kemma san, is sie dag'sessen mit einer Teetassn in der Hand und hat ganz apathisch g'wirkt. Sie hod sich übergeben und dann des Bewusstsein verloren.«

»Woher hod sie den Tee g'habt?«

Anton überlegte. »Sie kann ihn nur aus meim Behandlungszimmer haben, dort stellt Theres jeden Tag … für mi …« Anton stutzte, bevor er weitersprach. »Sie stellt dort jeden Tag a Kanne mit Kräutertee hin, Kräuter, die i selbst g'sammelt hob.«

Erna kratzte sich am Kinn. »Dass du aus Versehen Fingerhut in a Kräuterteemischung gibst, halt i für ausg'schlossen. Niemand kennt sich so guad aus wie du! Wer könnt Babette oder dir, Anton, nach dem Leben trachten, und wo is die Teemischung?«

Theres meldete sich zu Wort: »I hol sie. Es is a Mischung mit Zitronenmelisse und Verbene, wirkt kühlend an heißen Sommertagen. Babette trinkt normalerweise ned von dem Tee, den i Anton hinstell. Sie trinkt mit mir in der Früh an Kaffee. Aber heid hod sie verschlafen und sich, damit's schneller geht, wohl a Tassn aus dem Behandlungszimmer g'holt. I bring die Kanne aa mit.«

»Nein!«, antwortete Erna resolut mit erhobenem Zeigefinger. »Die Kanne lässt bittschön stehen, Theres! Vielleicht san Fingerabdrück drauf.«

»Sicher, von mir und wahrscheinlich von Babette.«

Erna tätschelte Ganghofer am Kopf. »Schau di amoi um, Ganghofer, vielleicht findest was.«

Ganghofer sah sie mit gelangweilten Augen an, trabte dann aber gemächlich von dannen.

»Wo is eigentlich Aaron?« Erna blickte um sich, normalerweise kam der Hofhund sofort, wenn Fremde das Grundstück betraten.

»Der schläft vor der Kapelle. Der Hund verhält sich heid aa anders als sonst«, antwortete Anton.

»Soso!« Erna machte sich Notizen. »Hod außer eich dreien sonst no jemand Zugang zu eirem Haus?«

Anton sah Erna von der Seite an. »Du woaßt doch, dass hier auf dem Land koaner sei Haustür zusperrt. Jeder könnt reinkemma, aber dafür haben wir Aaron.«

Theres, die mit der Teemischung aus dem Haus kam, hatte die letzten Worte mitbekommen. »Do fällt mir ein«, meldete sie sich zu Wort. »Als i gegen 6 Uhr dein Tee ins Zimmer 'bracht hob, hod Aaron fürchterlich 'bellt, kurz danach war Ruh. I hob 'denkt, der Giacomo hätt ihn wieder g'ärgert.«

Erna nahm ihren Notizblock. »Und seitdem schläft Aaron?«

»Ja, glaub scho!«, erwiderte Theres. Sie schlug ihre Hände vors Gesicht. »Mein Gott, wenn bloß des Mädl wieder g'sund wird!«

Anton legte seinen Arm um sie. »Des wird sie, Theres, des woaß i. Wir haben guade Arbeit g'leistet.«

Ganghofer war in der Wiese stehen geblieben und legte sich hin. Erna ging zu ihm. Neben ihm fand sie einen Fetzen von einer braunen Papiertüte, man konnte noch den Teil einer Aufschrift erkennen: »Metz…«

Erna überlegte. Das könnte die Tüte einer Metzgerei sein, Aaron könnte also mit einer Wurst betäubt worden sein. »Guad g'macht, Ganghofer!«

Sie zog sich Handschuhe an und verfrachtete das Papierfitzelchen in eine Plastiktüte. Ihren jungen Kollegen befahl sie, die Teekanne mit dem restlichen Tee und auch die Teemischung so schnell wie möglich ins Labor zu bringen. Dann blieb sie vor Anton und Theres stehen. »Wer könnt von deim Tod profitieren, Anton?«

Beide sahen Erna entsetzt an.

»Babette erbt alles«, antwortete Anton. »Nach meim Tod bekommt sie auch g'sagt, wo i des Rezepturenbuch von meiner Großmutter versteckt hob, damit sie die Kräutermedizin weiterhin anwenden kann.«

Erna machte sich Notizen. »Is dir in den letzten Wochen was aufg'fallen? Können aa Kleinigkeiten sein.«

Anton überlegte. »Ja. I hob des G'fühl g'habt, besser g'sagt, die Eingebung, dass jemand mein Behandlungszimmer durchsucht hat. Es waren Bluttropfen am Boden.«

»Und Giacomo war eing'sperrt«, warf Theres ein.

»Stimmt! Des war in der Nacht, in der Babette B'such von dem Preißn g'habt hod, dem Xaver die Nasn 'brochen hod. Und in der Alm war aa jemand, der Schlüssel is an einem anderen Platz g'legen.«

»Soso!« Erna notierte und notierte. »Xaver hod dem Preißn die Nasn 'brochen? Eifersucht?« Sie kaute auf ihrem Bleistift und sah Theres und Anton fragend an.

»Xaver is unsterblich, fast scho krankhaft in Babette verliebt, sie aber ned in ihn. Als der Preiß ihr Avancen g'macht hod, is er durch'dreht.«

»Soso!« Erna schrieb wieder mit. Als ihr Handy klingelte, zog sie es aus ihrem Faltenrock. »Hm … Gott sei Dank. Ja, i richt's aus«, sprach sie ins Telefon. »Des war 's Krankenhaus. Ihr habt recht g'habt, es is a Fingerhutvergiftung! Durch eure guade Vorarbeit haben die Ärzte Babette koa Antitoxin verabreichen müssen. Sie bekommt aktuell nur Flüssigkeit, und der Kreislauf wird am Monitor überwacht.«

Anton und Theres fielen sich weinend in die Arme.

21

MARIENDISTEL

Erna saß auf der Hausbank vom Klaslhof und dachte nach. Theres, die gute Seele, hatte ihr Kaffee und Kuchen hingestellt. Erna hatte den Spleen, für eine Weile an jedem Tatort zu bleiben. Mit der Methode hatte sie gemeinsam mit Ganghofer schon so manchen Verbrecher überführt. Sie versuchte sich in den Täter hineinzuversetzen. Erna glaubte nicht an Zufall, irgendwer musste den Fingerhut dem Tee beigemischt haben. Nur wer?

Sie streichelte Ganghofer am Bauch, der von Aaron und Giacomo, die einträchtig nebeneinandersaßen, misstrauisch beobachtet wurde. Aktuell hatten sich zwei Verdächtige herauskristallisiert, Xaver und der Preiß, der Sebastian hieß und bei Josefa in einer Ferienwohnung wohnte. Sie musste herausfinden, welches Motiv der Preiß haben könnte. Bei Xaver wäre es mit Sicherheit Eifersucht, grübelte Erna, nach dem Motto: Wenn ich Babette nicht haben kann, soll sie auch kein anderer haben. Aber sie traute ihm die Tat nicht zu, dazu war er zu einfältig.

Die alte Luidlin, wie immer in Schwarz gekleidet, humpelte auf ihren Stock gestützt zum Gartentor herein.

Erna atmete dreimal tief ein und aus. Eigentlich könnte man die Zeitung abbestellen, überlegte sie, man musste nur die alte Luidlin befragen, dann war man stets im Bilde. Diese alte Ratschkathl wollte natürlich wieder alles ganz genau wissen.

»Erna! Was is denn passiert?« Die Luidlin setzte sich dicht neben Erna, die sofort ein Stück wegrutschte.

»Laufende Ermittlungen, Luidlin!«

Die Luidlin verschränkte ihre Arme. »I hob's scho immer g'wusst, wenn der schwarze Schwan auftaucht, g'schieht a Unglück. Aber mir glaubt ja koaner.«

»Scho recht, Luidlin!« Einatmen, Ausatmen. »Wo warst denn du zur Tatzeit, also heid Morgen um sechse rum?«

Die Luidlin schnappte nach Luft. »Also, jetzt wird's aber hinten höher als vorn! Verdächtigst du etwa mi?«

»Reine Routine!« Erna konnte sich ein Grinsen nicht verkneifen.

»Dahoam war i, wenn du's genau wissen willst.«

»Zeugen?« Erna bemühte sich, professionell zu bleiben.

»Mei schwarzer Kater, Morle!«

»Host du Fingerhut in deim Garten?«

»Ja, den hob i, in allen Farben.«

»Puh, dann wird's eng für di, Luidlin! Halt di zu unserer Verfügung und verlass des Tal ned.«

Die Luidlin sprang, so gut es ging, auf und wetterte: »Unbescholtene Bürger verdächtigen, so weit samma scho kemma! Schäm di!« Sie drehte sich um und humpelte zum Gartentor hinaus.

»Guad g'macht, Erna!«, sagte Anton, der das Ganze hinter der Tür mitverfolgt hatte. »Des alte Waschweib hätt sonst alles rum'tratscht.«

»I hob grad an Anruf aus dem Labor bekommen. Im Tee war tatsächlich Fingerhut, aber ned in der Teemischung. Also muass jemand, wie du richtig vermutet host, dem Tee in der Kanne Fingerhut beig'mischt haben. Des kann nur innerhalb der Stund passiert sein, als Theres die Kanne um sechse abg'stellt und Babette um kurz nach siebene davon 'trunken hod. Jemand muass Theres beobachtet haben. Fingerabdrücke waren nur von Theres und Babette auf der Kanne. Der Täter muass äußerst professionell vor'gangen sein.«

Anton schob seinen Hut hin und her und sah sehr zerknirscht aus. »Wenn nur des Mädl wieder g'sund wird. I mach mir solche Vorwürf! Am liebsten würd i ihr a Mariendistelmischung zur Stärkung der Leber und Meisterwurztropfen für's Immunsystem ins Krankenhaus bringen, aber des werden die Weißkittel ned zulassen, nehm i an.«

Erna überlegte. »Was hältst davon, alter Freund, wenn i bei dir einzieh?«

Anton sah sie entsetzt an. »Also, i woaß ned, Erna. Seit dem Tod meiner Frau leb i ganz guad allein.«

»Schmarrn, nur für a paar Tag, i will nix von dir. Aber«, sie legte den Finger auf ihre Nase, »der Täter hod ned des erreicht, was er erreichen wollt, nämlich den Tod von dir oder Babette. I glaub, er wird's noch amoi probieren.«

Anton ging aufgeregt hin und her. »Warum denn bloß? Wir haben nix, was interessant sein könnt. Außer mei Medizin vielleicht.«

»Des krieg i raus, alter Freund.«

Zwei Stunden später zog Erna mit Sack und Pack und Ganghofer in den Klaslhof ein.

Aaron und Giacomo ignorierten den Mops. Demonstrativ lagen sie eng beieinander. Giacomo leckte sogar Aarons Fell.

Erna hievte ihren in die Jahre gekommenen Koffer aus dem VW Käfer. Danach parkte sie ihr Auto unten in der Seestraße. Es sollte keiner mitbekommen, dass Anton Besuch hatte, schon gar nicht die alte Luidlin.

Sie bezog die Kammer neben Anton. Diese hatte eine Verbindungstür zum Behandlungszimmer. Jetzt musste nur noch die örtliche Presse eingeweiht werden.

22
MELISSE

Babette kam wieder zu sich, als die Sanitäter ihr noch im Haus ihres Großvaters eine Sauerstoffmaske anlegten, sie auf eine Trage hoben und sie zum bereitstehenden Sanka trugen. Verschwommen sah sie den Großvater und Theres Arm in Arm im Hof stehen und weinen. Sie wollte ihnen etwas Tröstliches zurufen, aber sie brachte kein Wort über ihre Lippen.

Während der Fahrt redete der junge Sanitäter ständig mit ihr und hielt ihre Hand. Er stellte ihr eine Frage nach der anderen, damit sie nicht einschlief.

Mit Blaulicht und Sirene rasten sie ins Krankenhaus nach Agatharied. Die Wagentür wurde aufgerissen, und die Sanitäter rannten mit ihr auf der Trage zur Notaufnahme. Einer hielt die Infusion, der andere schob die Trage. Es herrschte eifriges Gewusel, und die Luft roch stechend nach Desinfektionsmittel. Jeder trug hier eine Maske zum Schutz vor dem Lungenvirus. Krankenschwestern eilten durch den Gang. Ihre Schritte hallten auf dem Fliesenboden. Aus der Kantine drang der Geruch von typischem Krankenhausessen. Hie und da hörte man einen Piepser, der losging, dazwischen eine Lautsprecherdurchsage: »Dr. Huber, bitte zu OP 1, dringend. Ich wiederhole, Dr. Huber, bitte zu OP 1, dringend.«

Zwei Flügeltüren öffneten sich automatisch. Dahinter wartete ein Arzt auf sie. Babette blickte in zwei vertraute Augen. Auch wenn Mund und Nase mit einer Schutzmaske verhüllt waren, diese Augen erkannte sie unter Tausenden wieder.

»Hattest du solche Sehnsucht nach mir?«, scherzte Valentin leise, während er ihren Puls fühlte.

»I seh di doppelt«, murmelte Babette.

»Besser als gar nicht, oder?« Valentin bemühte sich um einen lockeren Ton und strich ihr die schweißnassen Haare aus dem Gesicht. »Puls und Blutdruck?«, wandte er sich mit ernstem Blick an die Sanitäter.

»Puls 45, Blutdruck 170/100«, kam es wie aus der Pistole geschossen.

Valentin nahm Babettes kalte Hand und wärmte sie. Er überprüfte am Monitor ihr EKG, legte ihr eine Infusion und gab Anweisung, Babette auf die Intensivstation zu bringen. »Dein Großvater hat gesagt, du hast Fingerhut zu dir genommen.«

»Schmarrn! Melissentee hob i 'trunken, der a bissal bitter war.«

»Wie auch immer, dein Großvater hat alles richtig gemacht, indem er dich zum Erbrechen gebracht und dir Aktivkohle verabreicht hat. Ich nehme dir jetzt Blut ab, aber ich denke, wir brauchen kein Antitoxin und auch keine Magenspülung. Dein Körper wird ganz gut alleine damit fertig. Zur Sicherheit bleibst du heute Nacht am Monitor. Ich habe Dienst und bin immer in deiner Nähe.«

Er lächelte sie aufmunternd an und beugte sich über sie, damit die anderen nicht hören konnten, was er sagte. »Ich hätte dich auch so um ein Rendezvous gebeten, du hättest dir also nicht so etwas Dramatisches einfallen lassen müssen.«

Babette schenkte ihm ein schiefes Lächeln und murmelte: »Männer!« Sie fiel in einen fiebrigen Schlaf und träumte vom schwarzen Schwan, wie er seine Flügel auf und ab schlug. Danach von kleinen Elfen, die mit roten Fingerhüten auf dem Kopf um ihr Bett tanzten. Und von einer gesperrten Straße. Sie musste mit ihrem Auto einen Umweg durch einen Tunnel fahren und beobachtete, wie Menschen, die gestorben waren, in einem Boot auf eine Insel gerudert wurden. Auf der Insel herrschte eine heitere Stimmung, es wurde gelacht und getanzt. Sehnsüchtig blickte Babette zur Insel und wollte auch dahin. Dann kam ihr ein Gedanke: Nein, du musst weitergehen, du kannst den Großvater nicht alleine lassen. Er würde es nicht verkraften, wenn du gehst. Schweren Herzens machte sie sich wieder auf den Weg.

Als sie kurz zu sich kam, saß Valentin an ihrem Bett und hielt ihre Hand. Mit der anderen wischte er mit einem kühlen Lappen den kalten Schweiß von ihrer Stirn. Sie glitt wieder in das Land der Träume.

Beim nächsten Mal hatte er seinen Kopf auf ihre Bettdecke gelegt und war eingeschlafen. Irgendwann ging sein Piepser und er wurde zu einem anderen Patienten gerufen.

Das alles bekam Babette in einer Art Delirium mit. Gegen 6 Uhr wachte sie endgültig auf. Valentin saß vor ihrem Bett und schlief. Plötzlich wurde die Tür aufgerissen und Anton stürmte herein.

Valentin hob verschlafen seinen Blick. »Ich glaube, ich habe gerade ein Déjà-vu«, murmelte er, als er Anton vor sich stehen sah.

Ohne von dem Arzt Kenntnis zu nehmen, stammelte Anton: »Babl, mei Mädl. Wie geht's dir?«

Babette blickte von einem zum anderen. »I seh eich wieder normal, i glaub, des is a guads Zeichen. Und i hob an Hunger!«

23
MÄDESÜSS

Sebastian war verzweifelt. Den gestrigen Tag hatte er im Bett verbracht und nicht mitbekommen, dass sein Chef zigmal versucht hatte, ihn zu erreichen, wie er nach einem Blick auf sein Handy feststellte. Nicht gemeldet hatte sich allerdings Babette.

Vorgestern, während des Seefestes, war er hochgegangen zum Klaslhof in der Hoffnung, entweder Babette zu treffen oder, falls alle auf dem Seefest waren, den Tinkturenschrank mit Gewalt aufzubrechen. Er hatte sich ein kleines Stemmeisen besorgt und es unter seiner Trachtenjoppe versteckt. Wie vermutet war keiner zu Hause gewesen. Als er vorsichtig die Tür öffnete und einen Schritt ins Haus setzen wollte, kam ihm Aaron geduckt mit gefletschten Zähnen entgegen. Sebastian zog es vor, die Tür wieder zu schließen. Gerade rechtzeitig, denn im selben Moment sprang Aaron mit voller Wucht in seine Richtung und knallte gegen die Tür. Er bellte wie verrückt. Eine Weile versteckte Sebastian sich hinter der kleinen Hauskapelle und beobachtete das Haus. Erst als Aaron sich nach einer halben Stunde beruhigt hatte und niemand aufgetaucht war, ging er frustriert zum Seefest. Das Brecheisen wischte er von möglichen Fingerabdrücken ab und deponierte es in einem Wacholderstrauch am Rand des Grundstückes. Er würde es später holen.

Tausende Flanierende säumten die Straße zum See und schoben ihn immer weiter. Von Weitem sah er Xaver mit seinen Bergwachtfreunden an einem Schnapsausschank stehen, machte aber lieber einen großen Bogen um ihn. Er hatte Xavers Warnung, ihn umzubringen, noch im Ohr. Sebastian ließ sich an einem kleinen Bierstand am See nieder und betrank sich sinnlos abwechselnd mit Bier und Schnaps. Er war so betrunken, dass er gegen Mitternacht auf der Bierbank einschlief und erst aufwachte, als die Seestraße bereits menschenleer war und die ersten Aufräumarbeiten begonnen hatten.

Gegen 6 Uhr schleppte er sich hoch zu seiner Ferienwohnung und fiel angezogen auf sein Bett. Kurz danach musste er sich übergeben. Er schaffte es nicht mal zur Toilette.

Erst gegen Mittag wachte er aus seinem Delirium auf und konnte sich an nichts mehr erinnern, auch nicht, wie er nach Hause gekommen war. Er hatte noch seine völlig verdreckte Lederhose an, anscheinend war er irgendwo hingefallen. Sebastian torkelte zum Wasserhahn und warf zwei Aspirin in ein Glas Wasser. Ihm fiel ein, dass Babette ihm während der Wanderung auf den Riederstein von einer Pflanze erzählt hatte, die man als Ersatz für Aspirin verwenden konnte, Mädesüß oder so ähnlich hieß sie. Es soll früher eine heilige Pflanze der keltischen Druiden gewesen sein und wurde im Gebälk jedes Hauses aufgehängt, um das Böse abzuwehren.

Als er dem Zischen in seinem Glas zusah, war er jedoch froh um die praktische Tablette von der Pharmaindustrie. Außerdem wäre er arbeitslos, wenn sich alle nur auf die Natur verlassen würden.

Er trank das Glas in einem Zug leer. Anschließend

drückte er auf die Cappuccino-Taste an seiner Kaffee-maschine, und kurz danach brodelte das Kaffeemilch-gemisch in die Tasse. Er hatte schreckliche Kopfschmer-zen, und allein das Geräusch der Kaffeemaschine löste ein Pochen in seinen Schläfen aus. Bewaffnet mit seiner Tasse schlich er auf die Terrasse. Doch die Sonne blen-dete ihn grausam, er musste die Augen schließen und zog es vor, wieder ins Bett zu gehen und seinen Rausch aus-zuschlafen. Er war sich sicher, dass einer der unzähligen Obstler schlecht gewesen sein musste.

Er schlief durch bis zum heutigen Morgen. Gegen 8 Uhr hatte er die Augen aufgeschlagen, noch immer hatte er seine verdreckte Lederhose getragen und sich vor sich selbst geekelt. Vor dem Bad war eine Lache mit Erbroche-nem gewesen. Es hatte fürchterlich gestunken und ihm war wieder schlecht geworden. Er hatte gewürgt, doch sein Magen war leer. Er hatte sich die Nase zugehalten und mit einem Lappen alles aufgewischt, danach war er sofort unter die Dusche gesprungen und hatte 20 Minu-ten lang das heiße Wasser über sich laufen lassen, bis er sich einigermaßen sauber gefühlt hatte.

Der innere Schmutz jedoch war geblieben. Nach der Dusche war er auf die Terrasse gegangen, bewaffnet mit einer dunklen Sonnenbrille und seinem Handy, das er gerade auf eingegangene Nachrichten und Anrufe geprüft hatte. Zu viel Jansen, zu wenig Babette – was sollte er nur tun?

Er ließ sich auf den Stuhl fallen. Josefa, die gute Seele, hatte ihm die örtliche Zeitung auf den Terrassentisch gelegt, zusammen mit einem Stoffbeutel, in dem sich fri-sche Butterbrezen befanden. Sebastian schlug die lokale Seite des Tegernseer Blattes auf.

»Giftanschlag am Tegernsee«, stand in großen Lettern auf der ersten Seite. Sebastian überflog mit wachsendem Entsetzen den Bericht und las ihn anschließend wieder und wieder, weil er es nicht glauben konnte.

»In den frühen Morgenstunden nach dem Seefest in Rottach-Egern wurde ein Giftanschlag auf die Enkelin des allseits bekannten Bergheilers verübt. Man vermutet Fingerhut. Der Zustand der jungen Frau ist äußerst kritisch. Zeugen werden gebeten, sich bei der örtlichen Polizei zu melden.«

Sebastian wurde es flau im Magen, er musste sich setzen. Sein Handy klingelte – Jansen, auch das noch.

»Und, Grewe? Was gibt's Neues am Lago di Bonzo?«

Jansen klang beschwingt, fast schon aufgedreht. Vielleicht hatte er sich eine Line Koks reingezogen, vermutete Sebastian. Er hatte ihn eines Tages dabei erwischt, daher wusste er von dem Drogenproblem seines Chefs. Jansen hatte vergeblich versucht, die puderzuckerähnlichen Spuren auf der Glasplatte zu verwischen. Er hatte es nie thematisiert, Sebastian wusste, dass er Stillschweigen bewahren musste, wenn ihm sein Job lieb war, auch über die leichten Damen aus dem Rotlichtmilieu, die Jansen regelmäßig im Büro besuchten. Seiner Frau sagte er, er müsse Überstunden machen, weil seine Angestellten mal wieder versagt hätten. Der Klassiker eben.

»Es wurde ein Giftanschlag verübt«, antwortete Sebastian einsilbig.

Stille am anderen Ende, bis Jansen endlich fragte: »Auf wen?«

»Auf Babette, die Enkelin des Bergheilers.«

Erneute Stille, dann ein tiefer Atemzug. »Lebt sie noch?«

»Kritischer Zustand, schreiben sie in der Zeitung. Ich habe es gerade erst gelesen.«

Die Glocken von St. Laurentius schlugen. Verwundert stellte Sebastian fest, dass er den Glockenklang auch bei Jansen durchs Telefon hörte.

»Und der Bergheiler?«, hakte Jansen nach.

Sebastian nervte die Neugierde seines Chefs, und er vergaß die Glocken. »Von ihm steht nichts in der Zeitung.« Am anderen Ende der Leitung zerbarst etwas, ein Glas oder Ähnliches, vermutete Sebastian. »Chef? Alles in Ordnung?«

»Bleiben Sie dran, Grewe«, schrie Jansen. »Ich brauche dieses verdammte Rezept! Meine Spione haben mir berichtet, die Konkurrenz arbeite auch daran. Aber niemand konnte bisher solche Heilerfolge erzielen wie der alte Quacksalber, auch wir nicht.« Jansen wartete einen Moment, sagte dann mit gefährlich leiser Stimme: »Es steht auch für Sie Einiges auf dem Spiel«, und legte auf.

Sebastian war der Hunger vergangen. Er schnappte sich Josefas Rad und fuhr einmal um den See, um sich auszupowern und den Restalkohol aus seinem Blut zu bekommen. Er benötigte jetzt einen klaren Kopf.

24
GUNDERMANN

Ganghofer schlenderte über den Hof und erschnüffelte sich das weitläufige Gelände seines vorübergehenden Zuhauses, streng beobachtet von Giacomo und Aaron, die plötzlich eine nie zuvor dagewesene Freundschaft pflegten. Sie hatten sich gegen den Eindringling verbündet und ließen ihren Futternapf nicht eine Sekunde aus den Augen.

Theres saß zusammengesunken mit geröteten Augen auf der Hausbank, als Erna sich zu ihr gesellte.

»Kopf hoch, Theres. Babette geht's ganz guad. Sie wird wieder g'sund. Wir haben in der Pressemitteilung a bissal übertrieben, um den Täter in Angst und Schrecken zu versetzen.«

»Dein Wort in Gottes Ohr, liebe Erna. Hoffen wir's!« Theres nahm ein Taschentuch aus ihrer Kittelschürze und schnäuzte kräftig hinein. »Trinkst mit mir a Gundermann-Giersch-Limonade? I hob gestern oane ang'setzt.« Verschmitzt fügte sie hinzu: »I könnt aa Prosecco dazugeben.«

Erna lachte. »So g'fällst mir scho besser, Theres. Sehr gern. I glaub, a bissal Alkohol schadet uns beiden ned. Wo is denn der Anton? I hab ihn heid no gar ned g'sehn.«

»Er wollt kurz ins Krankenhaus und Babette a paar Kräutertinkturen bringen. Hoffentlich legt er sich ned wieder mit den Weißkitteln an. Gestern hod er den behandelnden Arzt scho ang'rüffelt. Kennst ihn ja …« Theres verdrehte die Augen. »I hoff, Babette lässt sich ned erwischen, wenn sie die Kräuter nimmt. Eigentlich müsst er längst z'ruck sein.« Theres blickte auf ihre Uhr. »Koa Ahnung, wo der sich rumtreibt.« Sie stand auf und ging in die Küche, um kurz danach mit zwei eisgekühlten Getränken, dekoriert mit Zitronenscheiben, zurückzukommen. »Auf die Genesung von Babette und dass der Täter bald g'fasst is!« Theres hob ihr Glas.

»Auf Babette!«, erwiderte Erna und stieß mit Theres an.

»I hoff, i mach dir koane großen Umständ mit meiner Anwesenheit. Aber mei G'fühl sagt mir, dass der Täter sein Ziel no ned erreicht hod und er's noch amoi versuchen wird.« Erna stellte ihr Glas weg und zückte ihren Notizblock, den sie immer in der Tasche ihres Faltenrockes parat hatte. »Kannst dir vorstellen, Theres, auf was es der oder die Täter abg'sehen haben beziehungsweise wer infrage kemma könnt?«

Theres war die Frage sichtlich unangenehm. »I will koan an den Pranger stellen, du kennst mi, Erna …«

Erna nickte und deutete mit einer Handbewegung an, sie möge weiterreden.

»I woaß von de Bergwachtleut, dass Xaver oben auf der Alm 'droht hod, Babette und den Preißn umzubringen. Xaver is wie besessen von Babette. Des Mädl hat mir anvertraut …« Theres biss sich auf die Lippe. »I woaß gar ned, ob i dir des sagen derf.«

»Du muasst, Theres! Es is zum Wohle von Babette«,

beschwor Erna sie eindringlich, während sie eifrig mitschrieb.

»I hob Babette versprochen, es niemandem zu erzählen.« Theres seufzte. »Aber i denk, des is a Ausnahm.«

Erna nickte zustimmend und bat sie erneut, fortzufahren.

»Xaver hod ihr neilich abends am See beim Baden aufg'lauert. Er hod versucht, sie unter Wasser zu drücken, und danach is er sexuell übergriffig g'worden. Babette hod sich g'wehrt und ihn dort 'troffen, wo's bei den Mannsbildern b'sonders wehtut.«

»Autsch!«, antwortete Erna einsilbig, verzog ihr Gesicht und schrieb emsig mit. »Warum hod sie bei mir koa Anzeige erstattet?«

Theres druckste herum. »Sie kennt Xaver seit Kindheitstagen und wollt ihm a zwoate Chance geben.«

»Ned guad«, murmelte Erna. »Des hätt bös ausgehen können.«

Ganghofer saß seit einiger Zeit vor einem Busch und jaulte fürchterlich.

»Herrschaft, Ganghofer, was is denn?«, wies Erna ihren Hund unwirsch zurecht, stand dann doch auf und ging zu ihm hinüber. Der Mops saß vor einem Wacholderstrauch. Erna wusste, wenn er so penetrant war, hatte er etwas gefunden. Sie bog vereinzelte Zweige auseinander und entdeckte ein Brecheisen. Sie zog sich Handschuhe an und holte es vorsichtig aus dem Strauch heraus. Sie griff zum Telefon, wählte die Nummer der Dienststelle und bat ihren jungen Kollegen, das Brecheisen abzuholen und es zur KTU zu bringen, um es auf Fingerabdrücke untersuchen zu lassen. Außerdem solle er die Fingerabdrücke von Xaver und Sebastian

Grewe abnehmen und sie mit denen auf dem Brecheisen vergleichen. Anschließend forderte sie in der Zentrale Rosenheim einen Wachposten vor Babettes Zimmer im Krankenhaus an.

Theres schlug die Hände vors Gesicht. Tränen kullerten ihr über die Wangen. »Langsam glaub i wirklich, dass es jemand auf uns abg'sehen hod.«

»Guad g'macht, Ganghofer!« Erna tätschelte den Mops liebevoll, der sich vor Freude im Kreis drehte und furzte. Erna gab ihm ein Leckerli, die sie für besondere Verdienste in der Rocktasche dabeihatte.

Demonstrativ, mit Blick zu Aaron und Giacomo, hob Ganghofer am Busch sein Bein und hinterließ seine Duftmarke, bevor er hocherhobenen Hauptes Erna folgte.

Theres blickte nervös auf die Uhr, es war bereits fünf. »Also langsam mach i mir Sorgen, so lang war der Anton noch nie weg.«

»Hod er a Handy?«

»Gott behüte! So was Neumodischs braucht er ned.«

Erna zog ihr Handy aus der Tasche ihres karierten Faltenrockes. »Dann rufen wir jetzt bei Babette im Krankenhaus an.«

Es läutete viermal, bis Babette sich verschlafen meldete. »Jaaa?«

»Servus, Babette, hier is die Erna. Du, sag amoi, is dei Großvater no bei dir?«

Babette war jetzt hellwach. »Wieso, sollt er? Heit war den ganzen Tag niemand do.«

»Scho guad, meine Liebe«, wiegelte Erna ab, um sie nicht unnötig aufzuregen. »Es war nur a Vermutung, dass er bei dir sein könnt. Wahrscheinlich hat er sich irgendwo verratscht.« Erna hatte einen sehr ernsten Gesichtsausdruck, als sie den roten Knopf des Handys drückte, um das Gespräch zu beenden. »Er war heit ned im Krankenhaus.«

Theres schlug die Hände vors Gesicht. »Gütiger Gott, er wollt ganz g'wiss zu Babette!«

Erna rief in der Dienststelle an, ob irgendwelche Verkehrsunfälle gemeldet worden wären.

»Nein, alles ruhig«, entgegnete ihr junger Kollege.

Erna befahl ihm, er solle die Strecke zwischen Rottach-Egern und Agatharied abfahren und nach dem alten Pritschenwagen des Bergheilers Ausschau halten. Sie gab ihm das Kennzeichen durch. Anschließend legte sie ihre Hände in den Schoß. »Theres, mach dir koane Sorgen, wir finden ihn. Es wird sich alles aufklären.«

»Hätt er bloß den Aaron mitg'nommen. Er hod ihn extra dahoam g'lassen, weil Hund ned mit ins Krankenhaus dürfen«, schluchzte Theres.

»Beruhig di. Host koa Mittel, des dir dabei hilft?«

»Doch, aber den Schlüssel zum Tinkturenschrank hod Anton an seiner Lederhosn. Vielleicht hob i no Lavendeltropfen in der Kuchl, die beruhigen aa.«

»Aber bittschön ohne Fingerhut!«, versuchte Erna die arme Theres aufzuheitern, doch mehr als ein schiefes Lächeln war Theres nicht möglich. Sie hatte Angst um ihre Liebsten.

Als Anton gegen 19 Uhr noch immer nicht zurückgekehrt war und Ernas Kollegen weder den Pritschenwagen noch Anton gefunden hatten, wurde auch Erna unruhig. Sie rief bei Josefa an.

Diese meldete sich mit ihrer fröhlichen Art: »Hier is Josefas Ladl, griaß Gott. Wie kann i helfen?«

»Griaß di, Josefa, do is die Erna. Du, sag amoi, bei dir wohnt doch a Preiß.«

»Du moanst den Fischkopf? Den Herrn aus Hamburg?«

»Genau den. Is der zufällig dahoam, woaßt du des?«

Es raschelte im Hintergrund. »Moment, i schau schnell vom Balkon … Ja, der sitzt mit am Weißbier in der Hand auf seiner Terrass.«

»Tu mir bittschön den G'fallen und sag ihm, er soll gleich zum Klaslhof kommen. Sag ihm aber ned, wer ang'rufen hod, nur, dass es dringend is.«

»Du machst's aber geheimnisvoll. Guad, i geh runter zu ihm. Pfiat di, Erna.«

Keine zehn Minuten später fuhr Sebastian mit dem Rad durch die Hofeinfahrt. Er sah sehr gehetzt aus, fand Erna.

»Guten Tag, ich soll zu Babette kommen. Ist sie schon aus dem Krankenhaus entlassen worden?«, begrüßte er Erna, die auf der Hausbank saß.

Ganghofer blieb wie in der Eisdiele wieder vor ihm stehen und ließ ihn nicht aus den Augen. Aaron kam knurrend um die Ecke. Theres rief ihn zur Ordnung.

»Salvermoser, Hauptkommissarin.« Erna zeigte ihren Dienstausweis. »I hob Sie rufen lassen. I hätt a paar Fragen an Sie. Waren die Kollegen für Fingerabdrücke schon bei Ihnen?«

Sebastian stellte das Rad ab. »Ja, ist noch nicht lange her. Was soll das denn?«

»Wo waren S' am Morgen nach dem Seefest gegen 6 Uhr früh?«

Sebastians Blick wurde unruhig, was Erna nicht entging.

»Ich lag im Delirium in meinem Bett, und, bevor Sie fragen, Zeugen gibt es keine dafür. Leider musste ich alleine nach Hause gehen.«

»Was wollen S’ von der Babette?« Erna rückte ihre Brille zurecht und sah ihn mit strengem Blick an.

»Was werde ich wohl wollen?«, wich Sebastian mit genervtem Ton aus und konnte nicht verhindern, dass sein Gesicht sich rötete. Schweißperlen standen auf seiner Stirn.

Ganghofer rückte noch ein Stück näher an ihn heran.

»Ich habe mich verliebt, das ist alles.«

»Soso, verliebt. Wollten S’ die Liebe mit am Brecheisen erzwingen?«

Sebastians Augen weiteten sich. »Wie kommen Sie denn darauf?«

Ernas Handy klingelte, sie sah an der Nummer, dass es die KTU war. Sie stand auf und ging ein Stück weg von Sebastian, damit er sie nicht hören konnte. »Ja?«, meldete sie sich. Sie lauschte und wiederholte dann leise: »Koane brauchbaren Fingerabdrück, sch…ade.« Sebastian gegenüber ließ sie sich nichts davon anmerken, was ihr soeben mitgeteilt worden war. »Was wollten S’ mit dem Brecheisen? Des war grad die KTU.«

»Ich weiß nicht, von welchem Brecheisen Sie sprechen«, antwortete Sebastian eine Spur zu patzig. Außerdem konnte er Erna nicht in die Augen sehen.

Das machte ihn für Erna sehr verdächtig. »Das Sie im Strauch dort drüben entsorgt haben«, hakte sie nach und zeigte mit strengem Blick auf den Wacholder. Ihr Instinkt sagte ihr, dass es sein Brecheisen war. Allerdings konnte sie es nicht beweisen, noch nicht. Sie wollte ihn noch mehr in die Mangel nehmen, als Theres aus der Tür herausstürmte und Erna zu sich winkte.

»Wir san noch ned fertig«, zischte sie Sebastian zu und eilte zu der aufgeregten Theres.

»Anton ... er ... Er is entführt worden!«, flüsterte Theres ihr hinter vorgehaltener Hand zu und brach in Tränen aus.

»Wie kimmst denn do drauf?«, flüsterte Erna zurück, den Blick auf Sebastian gerichtet. Ganghofer wich keinen Schritt von ihm.

»Grad hod jemand ang'rufen und g'sagt, dass sie Anton haben. Sie wollen des Kräuterbuch von Antons Großmutter, sonst bringen s' ihn und danach Babette um. I soll es ihnen b'sorgen. Sie melden sich morgen früh, dann wird Anton mi übers Telefon zum Versteck lotsen. Sollten s' des Buch innerhalb von 24 Stund ned haben, bringen s' den Anton um.«

»Kräuterbuch?« Erna legte ihren Zeigefinger auf die Nase. »Koa Lösegeldforderung? Was wollen die mit dem Kräuterbuch?« Erna verschränkte ihre Hände im Rücken und wanderte auf dem Kies auf und ab. Sie musste nachdenken. »Wer hod Interesse an uraltem Kräuterwissen?«, murmelte sie vor sich hin.

Sebastian, der noch immer an Ort und Stelle auf sie wartete, rief ihr zu: »Brauchen Sie mich noch?«

Ganghofer wich keinen Schritt von ihm und hatte eine Pfote auf seinem Schuh abgestellt.

»Halten S' sich zu unserer Verfügung und verlassen S' des Tal ned«, erwiderte sie unwirsch und rief Ganghofer zu sich, der ihn sonst auf Schritt und Tritt begleitet hätte. Erna wusste, dass Sebastian Dreck am Stecken hatte und irgendwie in das Ganze verstrickt war, sie konnte es nur noch nicht beweisen.

Sie ging zu der völlig aufgelösten Theres und legte

beruhigend den Arm um ihre Schulter. »Wir finden ihn! Du muasst mir jetzt alles über dieses Kräuterbuch sagen.«

Ernas Handy klingelte erneut, diesmal war es ihr Kollege. »Ja?«, meldete sie sich. »Okay. Schick die SpuSi hin, vielleicht finden sie brauchbare Spuren.«

Theres sah sie ängstlich an. »Was is?«

»Sie haben den Pritschenwagen vom Anton g'funden. Im Ortsteil Gasse bei Gmund auf dem Wanderparkplatz. Der Schlüssel hod g'steckt, Anton muass also überrascht worden sein.«

»Und?«, flüsterte Theres heiser vor Angst.

Erna druckste herum. »Es wurden Blutspuren g'funden, was aber ned hoaßt, dass die vom Anton stammen. Die Spurensicherung wird des überprüfen.«

Theres schlug die Hände vors Gesicht und schluchzte laut.

»Theres!« Erna packte sie an beiden Schultern und schüttelte sie leicht. »Du muasst jetzt an kühlen Kopf bewahren. Was is an dem Kräuterbuch so b'sonders?«

»Antons Großmutter hod uraltes Kräuterwissen mit sehr seltenen Pflanzen z'samm'tragen. Des hod sie von ihren Ahnen vererbt bekommen. Die Rezepturen haben a sehr starke Heilwirkung. I könnt mir vorstellen, dass es jemand auf die Lungentinktur abg'sehen hod, weil alle B'sucher, denen wir die Tinktur verabreicht haben, danach von der Lungenseuche g'heilt waren. Nur Anton woaß, wo diese seltenen Pflanzen und Wurzeln wachsen. In dem Buch san aa die Standorte der Pflanzen vermerkt. Es is oa Wurzel dabei, die so guad wie koa Mensch kennt, die aber a großes Heilungspotenzial hat.«

»Hmm …«, überlegte Erna mit gekräuselter Stirn, während sie Ganghofer hinter den Ohren kraulte. »Do kimmt ja nur jemand infrage, der damit richtig vui Geld verdienen möcht.«

»Apotheker, Ärzte …«, zählte Theres auf, die sich wieder etwas gefangen hatte.

»Oder die Pharmaindustrie«, ergänzte Erna zögerlich. »Anton hod sich diese Rezepturen sicherlich ned schützen lassen, oder?«

Theres winkte ab. »Nie und nimmer. Alles, was Anton will, is, den Menschen in ihrer Not zu helfen. Sein Motto lautet: Der Herr hod uns diese Kräuter ʼgeben, um zu heilen, und ned, um Geld daran zu verdienen.«

»Woaßt du, wo des Buch is?«

»Des woaß nur der Anton, aber …« Theres überlegte kurz. »Vor Jahren hod er a Fälschung angʼfertigt. Er hod die Rezepte abgʼändert und sie auf vergilbtes Papier in altdeutscher Schrift gʼschrieben für den Fall, dass so was passiert wie jetzt. I glaub, er hod gʼahnt, was auf ihn zukimmt. Anton und i haben vor Jahren an Plan ausgʼheckt, was zu tun is, damit des Buch ned in falsche Hände gerät. Damals hob i des für völlig übertrieben gʼhalten.«

Erna strahlte und klatschte in die Hände. »Sehr guad! Wo is des Buch? Also die Fälschung?«

Theres stand auf. »Du muasst mir helfen!« Sie ging in den hinteren Teil des Hofes und blieb vor einer Schrankwand aus Holz stehen.

Erna sah sie fragend an.

Theres öffnete den Schrank und räumte das ganze Geschirr heraus. »Des is des alte Gʼschirr von seiner Großmutter. Anton kann einfach nix wegwerfen. Hilf mir bittschön, Erna!«

Die Rückwand des Schrankes ließ sich verschieben, was man mit bloßem Auge nicht erkennen konnte. Mit vereinten Kräften schoben sie die Holzplatte ein Stück nach rechts. Es tat sich ein Loch im Mauerwerk auf. Erna sah ungläubig zu Theres, die in das dunkle Loch griff und ein abgewetztes Büchlein im braunen Ledereinband herausnahm. Der Einband wirkte sehr antik.

Theres reichte es Erna, die es im fahlen Licht der Lampe betrachtete und den Staub von dem Einband pustete. »Sehr guad g'macht, man würd auf der Stelle glauben, dass des des Original is. Wir liefern den Erpressern dieses Buch, müssen aber so tun, als ob wir Antons Anweisungen, die er uns morgen übers Telefon gibt, befolgen. So wie i meinen guaden, alten Freund kenn, lässt der uns sicher an verschlüsselten Hinweis auf seinen Aufenthaltsort zukemma. Theres, i hob des G'fühl, dass alles guad wird.«

»Dein Wort in Gottes Ohr, Erna!«

25

ZISTROSE

Anton war erneut auf dem Weg nach Agatharied ins Krankenhaus zu Babette. Er wollte sie nicht ohne seinen Schutz den Weißkitteln überlassen. Er hatte eine Thermoskanne voll Zistrosentee für ihr Immunsystem und ein paar Kräutertinkturen eingepackt, um ihre Leber und Niere zu stärken und somit das letzte Fingerhutgift aus ihrem Körper zu vertreiben. Wer weiß, was den Weißkitteln sonst noch alles einfiel.

Ab St. Quirin war ihm ein Auto im Rückspiegel aufgefallen, ein Mietwagen, wie Anton anhand der Autonummer vermutete. Zwei bullige Männer mit dunklen Sonnenbrillen, Mundschutz und Baseballkappen saßen darin. Um zu testen, ob sie wirklich hinter ihm her waren, bog Anton blitzschnell rechts ab zum Wanderparkplatz Gasse in Gmund. Er wollte sie in die Irre führen. Langsam fuhr er auf den menschenleeren Parkplatz und dachte zuerst, er hätte die beiden abgehängt, als ihn plötzlich das Auto von hinten überholte und sich mit quietschenden Reifen quer vor ihn stellte. Anton versuchte noch den Rückwärtsgang einzulegen, aber einer der beiden Vermummten war bereits aus dem Auto gesprungen, riss die Tür des alten Pritschenwagens auf und zielte mit einer Waffe auf seinen Kopf. Anton blieb nichts anderes übrig, als das

Lenkrad loszulassen und die Hände über den Kopf zu heben. Bevor er etwas sagen konnte, bekam er mit dem Schaft der Pistole einen gezielten Schlag auf den Kopf. Anton sackte über dem Lenkrad zusammen.

Als er aus seiner Bewusstlosigkeit erwachte, war alles dunkel um ihn. Ein Sack oder etwas Ähnliches war über seinen Kopf gestülpt. Seine Hände waren auf dem Rücken zusammengebunden und sein Kopf schmerzte an der Schläfe. Etwas Warmes rann über seine Wange. Anton vermutete eine Platzwunde. Er verhielt sich still und vermied jede Bewegung. Er hörte Motorengeräusche. Vermutlich lag er in einem Auto auf der Rückbank. Sie fuhren gerade über Gleise, Anton erkannte es am Holpern und dem Rattern der Autoreifen. Er nahm an, dass es entweder der Bahnübergang kurz vor Tegernsee oder der Bahnübergang von Gmund nach Finsterwald war. Er kannte beide Strecken wie seine Westentasche. Wenn es der Tegernseer Übergang war, käme gleich eine Rechtskurve. Genau so war es, es drückte ihn leicht nach links. Sie fuhren also wieder zurück Richtung Tegernsee. Anton zählte in Gedanken im Sekundentakt mit. Bei 708 stoppte das Auto, also etwa zwölf Minuten Autofahrt nach den Gleisen. Wenn er sich nicht täuschte, befanden sie sich ungefähr zwischen dem Schloss Tegernsee und dem Stieler-Haus an der Point. Der Fahrer legte den Rückwärtsgang ein und fuhr in eine Art Einfahrt, dann kehrte Stille ein.

Nach einer gefühlten Ewigkeit wurde die hintere Autotür geöffnet. Anton hielt den Atem an. Jemand zerrte ihn aus dem Auto, und vier kräftige Arme versuchten ihn auf die Beine zu stellen. Anton tat so, als wäre er immer noch bewusstlos, und gab in den Knien nach.

»Kalle, kiek, ob die Luft rein ist«, hörte Anton einen der beiden sagen.

»Du Dösbaddel, nenn mich nicht beim Namen«, schimpfte der andere in unverkennbarem Platt.

»Torfkopp, der ist doch außer Gefecht.«

Für Anton war klar, dass seine Entführer aus dem norddeutschen Raum kamen. Untergehakt schleiften sie ihn ein paar Meter und lehnten ihn an eine Wand, bevor einer der beiden das Schloss einer schweren Holztür aufbrach. Anton hörte ein Knacken und wie etwas Metallenes zu Boden fiel.

»Eine meiner leichtesten Übungen«, raunte einer der beiden. »So ein simples Schloss hab ich schon lange nicht mehr geknackt.«

»Sabbel nich so viel, Piet!«

Eine Tür öffnete sich quietschend. Modrige, feuchte Luft schlug ihnen entgegen. Anton vernahm das Bimmeln eines der Schiffe der Tegernseer Schifffahrt. Das tat der Kapitän immer, wenn er kurz vor einer Anlegestelle war. Anton versuchte sich alle Geräusche einzuprägen. Der entscheidende Hinweis kam, als die Kirchenglocken der Pfarrkirche St. Quirinus am Schloss zum Gottesdienst läuteten. Jetzt war sich Anton sehr sicher, dass er sich ungefähr auf Höhe des Tegernseer Schlosses, des ehemaligen Benediktinerklosters, befinden musste, mit dem berühmten Tegernseer Bräustüberl. Dort gab es eine Anlegestelle für die Schiffe.

Sie schleiften Anton über einen Steinboden. Einer der beiden drückte Anton auf einen Stuhl und fesselte ihn daran. Der andere schloss die schwere Tür. Jetzt drangen keine Geräusche mehr zu ihnen.

»So, min Jung«, wandte einer sich an Anton und zog ihm den Sack vom Kopf.

Anton musste sich erst an das schummrige Licht gewöhnen und tat so, als ob er erst jetzt das Bewusstsein wiedererlangte.

Vor ihm standen zwei muskelbepackte Männer in ärmellosen schwarzen T-Shirts, die sich schwarze Strumpfmasken über den Kopf gezogen hatten. An den Armen waren sie vollständig tätowiert. Beide trugen protzige goldene Uhren und goldene Panzerketten um den Hals. Anton konnte bei einem den Totenkopf und den Schriftzug des Fußballvereins FC St. Pauli erkennen. Er vermutete, dass die beiden vom Hamburger Kiez stammten, auch der Sprache wegen.

»I hob an Durscht«, sagte Anton.

Die beiden sahen sich fragend an.

»Durst«, wiederholte Anton. »Gluck, gluck.«

»Da is ne Buddel, halt sie ihm hin.«

Der St.-Pauli-Fan hielt Anton eine Flasche an den Mund. Gierig trank er die halbe Flasche leer.

»Genug!«, sagte der Kräftigere, bei dem Anton vermutete, dass es sich um Kalle handelte. Er kam ihm bedrohlich nahe, packte ihn am Hemd und zog ihn mit einer Hand etwas in die Höhe.

»Was wollts ihr von mir?«, fragte Anton ganz ruhig. »Wenn's Geld is – do gibt's bei mir nix zu holen.«

»Das Kräuterbuch, in dem alle Rezepturen aufgezeichnet sind, vor allen Dingen die gegen die Lungenseuche. Wenn dir dein Leben lieb ist, verrätst du uns, wo es ist, sonst wäre es sehr schade um dich und deine Enkelin.«

Anton überlegte kurz. »Do muass mir die Theres, mei Haushälterin, helfen. I lots sie zum Versteck, denn des kenn nur i. Es is in oaner Höhle in de Berg. Man muass die Berg wie sei Westentaschn kennen, sonst hod man koa Chance. Warum habts ihr mei Enkelin außer G'fecht g'setzt?«

Die beiden sahen sich an. »Wie meinst du das?«

»Ihr habt sie mit Fingerhut vergiftet.«

»Das waren wir nicht.«

»Wer dann? Und für wen arbeitets ihr? Wer will sich mei Rezeptur beschaffen?«

»Sabbel nich so viel!«, schrie Kalle ihn an. »Schlaf jetzt, morgen früh rufen wir deine Haushälterin an. Und wehe, sie bringt uns das Buch nicht innerhalb von 24 Stunden.«

26
LAVENDEL

Theres und Erna hatten eine ziemlich schlaflose Nacht verbracht, da hatten selbst die Lavendeltropfen nichts mehr geholfen. Die beiden waren froh, dass Babette noch im Krankenhaus war und nichts von all dem mitbekommen hatte. Sie wäre vor Sorge um ihren geliebten Großvater noch kränker geworden. Erna und Theres hatten einen Plan geschmiedet. Erna wollte anstelle von Theres das Buch übergeben. Wenn Erna ihre Haare wie Theres zu einem Dutt im Nacken steckte und ihre Kleidung anzog, hatte sie sogar eine gewisse Ähnlichkeit mit ihr. Diesen Vorteil wollten sie ausnutzen.

Ganghofer merkte die Anspannung der beiden, dazu war er schon zu lange Polizeihund. Er wich keinen Meter von Ernas Seite. Vielleicht lag es aber auch an Giacomo und Aaron, die ihn keinen Moment aus den Augen ließen und, wenn er nicht aufpasste, seinen Futternapf leer fraßen.

Erna und Theres saßen wie hypnotisiert vor dem Telefon und warteten auf den Anruf. Endlich, gegen 10 Uhr, klingelte es.

Theres nahm den Hörer ab. »Ja?« Sie ballte ihre Hand zur Faust. »Nein, Luidlin, du kannst heid ned kemma. Deine Hämorrhoiden müssen diese Woch ohne Salbe auskemma. Anton is ned do, und was Neis gibt's aa ned! Servus!« Theres knallte den Hörer auf die Gabel.

»Die hod uns grad noch g'fehlt«, schnaubte Erna und fächelte sich mit einer Zeitung kühle Luft zu. Danach stand sie auf und machte ein paar Atemübungen. Mit den Händen leitete sie ihren Atem durch den Körper, um wieder voll konzentriert zu sein. Das hatte sie auf einem Seminar mit Shaolin-Mönchen gelernt. Mit dem Atem könne man seine Energie und seine Aufmerksamkeit bündeln, was in ihrem Job von Vorteil sei, erklärte sie der befremdlich dreinschauenden Theres.

Theres sagte nichts dazu, sie war von Anton einige Merkwürdigkeiten gewohnt.

Das Telefon klingelte erneut.

»Ja?«, meldete sich Theres mit zaghafter Stimme. Erna drückte auf die Lautsprechertaste.

Eine männliche, gedämpft klingende Stimme sagte: »Wir wollen das Buch, sonst ist euer Hexenmeister tot. Er wird dir jetzt sagen, wo es ist.«

Es raschelte im Hintergrund.

»Theres?«

»Geht's dir guad, Anton?« Theres zitterte vor Aufregung.

»Beruhig di, mir geht's guad. Hör bittschön genau zu«, beschwor er sie eindringlich. »Woaßt noch, was wir vor Jahren wegen dem Kräuterbuch besprochen haben?«

Theres wusste, was er meinte, nämlich den Plan B. »Ja«, antwortete sie mit tränenerstickter Stimme.

»Dann beschreib i dir jetzt den Weg. Du kennst die Höhle hinter unserer Alm?«

»Ja«, antwortete Theres, auch wenn sie keine Höhle hinter der Alm kannte. Die Fälschung hatte er doch im

Loch hinter dem Schrank versteckt. Aber sie ahnte, dass er ihr einen Hinweis geben wollte, wo er sich befand. Damals, als sie den Plan für den Fall einer Entführung ausgeheckt hatten, hatte sie ihn ausgelacht, aber er hatte darauf bestanden, dass sie sich alles gut merkte. Sie hätte niemals gedacht, dass alles wahr werden würde, auch wenn sie an seine Fähigkeiten glaubte, aber das war ihr zu abstrus gewesen.

»Es is a Höhlensystem«, erklärte Anton. »Du muasst ung'fähr 30 Meter in die Höhle reingehen. Dann zweigt rechts a weiterer Weg ab. Du muasst a Stirnlampn aufsetzen, damit du deine Händ frei host. Nach 35 Metern is auf der rechten Seit am Felsen a Stein mit roter Farbe markiert. Diesen Stein rollst weg, des geht relativ einfach, dahinter befindet sich des Buch.« Anton machte eine kurze Pause. »St. Quirinus und des Gebimmel werden dir weiterhelfen.«

Theres stutzte.

Anton sprach nicht weiter, anscheinend hatte man ihm den Hörer aus der Hand gerissen.

»Alles klar? Um 16 Uhr melden wir uns wieder und sagen dir, wo die Übergabe stattfindet.«

Die Verbindung war unterbrochen.

Theres sah Erna an. »Er hat ›wir‹ g'sagt, also san des mindestens zwoa Entführer.«

»›St. Quirinus und des Gebimmel werden dir weiterhelfen‹ – was will er uns damit sagen?«, überlegte Erna laut und ging dazu im Kreis. »Is dir der Akzent aufg'fallen? Norddeutsch, würd i sagen. Wen kennen wir do?«

»Den Preißn!«, antwortete Theres wie aus der Pistole geschossen. »Aber der war gestern bei uns, als der Anruf von den Entführern kemma is. A besseres Alibi gibt's ned.«

»Stimmt!« Erna schritt weiter im Kreis, Ganghofer watschelte hinter ihr her. »Hm ... St. Quirinus und Gebimmel ... Wenn's Glocken wären, hätt er ned Gebimmel g'sagt.«

»St. Quirinus ... Damit kann er den Ort St. Quirin oder die Pfarrkirch St. Quirinus am Schloss Tegernsee meinen«, ergänzte Theres.

Erna überlegte weiter. »Was bimmelt an der Kirch außer den Glocken?«

Theres sprang auf. »Ja, freilich, dass i do ned eher drauf'kemma bin! Der Schiffskapitän bimmelt, bevor er anlegt.«

Beide riefen wie aus einem Mund: »An der Kirch St. Quirinus am Schloss is a Anlegestelle.«

»Also muass der Anton dort in der Nähe versteckt sein«, resümierte Erna.

»Was is, wenn uns die Entführer beobachten? Sollten wir ned lieber die Polizei einschalten?«, schlug Theres vor und sah Erna ängstlich an.

Die stemmte sofort vehement ihre Hände in die Hüften und rief entrüstet aus: »Theres! I bin die Polizei!«

»I mein ja nur«, fügte Theres kleinlaut hinzu.

Erna tätschelte Ganghofer am Bauch. »Und des is mein hoch ausgebildeter Polizeihund. I glaub, es is besser, wenn wir nur mit kloanem Besteck operieren, um Anton ned unnötig zu gefährden. Sie vermuten g'wiss ned, dass i die Polizei bin, wenn ned amoi du daran denkst.« Erna bedachte Theres mit einem vorwurfsvollen Blick.

Mit schlechtem Gewissen erwiderte diese: »I mach mir halt Sorgen um Anton. Vielleicht sollten wir vortäuschen, in die Höhle zu gehen? Für den Fall, dass sie uns beobachten.« Theres sah sich ängstlich um.

Erna legte ihre Stirn in Falten. »Mach amoi ned die Pferde scheu, die werden g'nug zu tun haben, um auf Anton aufzupassen. Wir warten, was sie als Übergabe-ort vorschlagen.«

27
FÄRBERWAID

Sebastian hatte seit zwei Tagen nichts mehr von seinem Chef gehört, was ihn sehr verwunderte. Einmal hatte er gemeint, ihn in das noble Sterne-Hotel »Quirinus« gehen zu sehen, als er gerade mit dem Rad an dem Hotel vorbeigefahren war. Er hatte sich gescholten, Gespenster zu sehen, war dann aber noch mal zurückgefahren, um sich zu vergewissern. Seine Nachfrage im Hotel, ob ein gewisser Jansen aus Hamburg abgestiegen sei, war von einem blasierten Herrn am Empfang verneint worden. Anschließend hatte er in der Firma angerufen, dort aber nur gesagt bekommen, der Chef sei zurzeit nicht erreichbar.

Wie gerne hätte er Babette im Krankenhaus besucht, aber man ließ niemanden zu ihr. Um sich nicht noch mehr verdächtig zu machen, hielt er lieber die Füße still. Jeden Tag radelte er den See entlang, um sich abzulenken und nach einer Lösung zu suchen, wie er an das verdammte Buch kommen könnte. Sebastian nahm sein Handy und wählte erneut die Handynummer seines Chefs. Es ging wieder nur die Mailbox an.

Merkwürdig, dachte er. Er wusste nicht mehr, wie er sich verhalten sollte, da er zum Kreis der Verdächtigen gehörte und das Tal bis auf Weiteres nicht verlassen durfte. Abwarten, beruhigte er sich in Gedanken. Erst mal abwarten und den besorgten Freund von Babette spielen.

Er radelte ins herzogliche Bräustüberl und genehmigte sich ein Bier, irgendwie musste er die Zeit ja totschlagen.

Währenddessen erwachte Anton in seinem Verließ, anscheinend hatte er doch etwas geschlafen. Wie lange, wusste er nicht, in diesem Bunker konnte man zwischen Tag und Nacht nicht unterscheiden.

Anton schrie: »Hallo, is do jemand?«

Er lauschte. Seine Augen gewöhnten sich nach und nach an das schummrige Licht.

»I muass aufs Klo!«, brüllte er.

Er hörte, wie aus einiger Entfernung jemand auf ihn zukam, und sah gleich darauf den Schein einer Taschenlampe, der ihm ins Gesicht leuchtete.

»Hier«, sagte der St.-Pauli-Fan und reichte ihm einen Eimer, in dem eine Rolle Klopapier lag.

»Losbinden muasst mi aber scho, oder willst mir den Hintern abwischen?«

Piet löste knurrend Antons Fesseln. Dabei sah Anton im Taschenlampenlicht eine großflächige Entzündung an Piets Arm, die eiterte.

»Do muasst aber aufpassen«, sagte Anton und zeigte auf die Entzündung, »sonst kriegst a Blutvergiftung. Des schaut gar ned guad aus.«

»Sabbel nich so viel, piss lieber in den Eimer.«

Anton beschwor ihn mit eindringlicher Stimme: »Hol dir in der Apotheke a Salbe mit Färberwaid, des lindert die Entzündung. Früher hod man aus der Pflanzn blaue Farbe g'wonnen, daher der Name Färberwaid. Hod einst sogar Hildegard von Bingen verwendet.«

»Wer immer das auch war«, brummte Piet. »Und jetzt quatsch nicht so viel.«

Anton schloss für einen Moment die Augen, bevor er mit leiser Stimme fortfuhr: »Des wird dir jetzt sehr merkwürdig vorkommen, Piet, aber dei Mutter is grad hier bei uns.« Anton wartete kurz ab, um zu sehen, wie Piet auf seine Worte reagierte.

Dieser starrte ihn fassungslos an, und Anton war nicht klar, ob er ihm gleich an die Gurgel gehen würde.

Schließlich traute er sich weiterzusprechen. »Dei Mutter sagt, es tut ihr sehr leid, dass sie di als Kind weggeben hod müssen. Sie hod koa andere Wahl g'habt, sie is dazu 'zwungen worden.«

Piet brüllte ihn an: »Lass meine Mutter aus dem Spiel! Woher kennst du sie überhaupt? Man hat immer eine Wahl!«

»I kenn sie ned, aber ihre Seele is hier bei uns, und sie bittet di um Verzeihung. I nehm an, sie lebt nimmer.« Anton spürte, dass er Piet mitten ins Herz getroffen hatte, aber nur für einen Moment.

Im nächsten Moment herrschte Piet ihn an: »Sei still, mein Kumpel kommt gleich zurück. Sobald wir das Buch haben, ist unser Auftrag erledigt.«

»Es tut ihr aufrichtig leid, Piet. Vergib ihr.«

Piets Augen begannen zu flackern. Unruhig ging er vor Anton auf und ab. »Bist du jetzt völlig gaga? Woher willst du das alles wissen?«

»Weil sie do is! Noch is es ned zu spät, gib auf, Piet«, beschwor er ihn.

»Was ist das für ein Hokuspokus, den du hier veranstaltest?« Piet stieß mit dem Fuß den vollen Eimer um. »Verdammte Scheiße!«

Kalle trat zu ihnen. Er blickte beide an, sah den umgestoßenen Eimer und schrie: »Was ist hier los?« Er packte Anton am Kragen.

»Nix, i war ung'schickt. Tut mir leid.«

Kalle zog Piet in eine andere Ecke. »In einer Stunde ist die Übergabe, danach geben wir das Buch ab und kassieren die Kohle.«

»Und der Alte?« Piet schaute zu Anton, der so tat, als hörte er nichts.

»Wir teilen ihnen den Aufenthaltsort erst mit, wenn wir in Sicherheit sind. Denkst du, ich bin blöd? Du bleibst bei ihm, während ich das Buch hole.«

Piet schüttelte energisch den Kopf. »Nee, ich komme mit! Nicht, dass du mit der Kohle abhaust und ich in den Knast wandere.«

»Vertraust du mir etwa nicht mehr?« Kalle packte Piet an seinem entzündeten Arm, sodass der lauthals aufschrie. »Zu zweit sind wir verdächtig. Ich gehe und hole dich im Anschluss.«

»Und wenn dir jemand folgt?«

Kalle bekam einen cholerischen Anfall. Sein Hals schwoll dunkelrot an. »Glaubst du, ich bin bescheuert? Ich geh jetzt, und in knapp zwei Stunden bin ich zurück.«

Piet ließ resignierend die Schultern hängen und nickte.

Als Kalle draußen war, meinte Anton: »Wenn du mi fragst, i würd ihm ned trauen.«

»Schnauze! Dich fragt keiner«, schrie Piet. »Ich konnte mich immer auf Kalle verlassen, im Gegensatz zu meiner Mutter.«

Anton erwiderte leise: »Es is noch ned zu spät, Piet.«

Piet zückte ein Messer und hielt es Anton an die Kehle. »Doch, das ist es. Und jetzt sei still, wenn dir dein Leben lieb ist.«

28

FRAUENMANTEL

Erna und Theres wanderten im Umkreis von drei Metern seit einer halben Stunde um das Telefon. Auf Ernas Stirn hatten sich kleine Schweißperlen gebildet. Die Anspannung der beiden war so spürbar, dass sich sogar Aaron und Giacomo still in eine Ecke zurückgezogen hatten.

Erna hatte ein weinrotes Dirndl mit geblümter Schürze von Theres angezogen. Sie kam sich richtig fremd darin vor, denn außer ihrer unzähligen praktischen Faltenröcke hatte sie seit Jahren nichts anderes getragen. Es war ein etwas weiteres Dirndl, nicht hauteng auf Figur geschnitten, ein sogenanntes »Gott-sei-Dank-Dirndl« mit Stretch-Anteil im Gewebe. Da hatte sich ein Hersteller wirklich mal etwas Gutes für Frauen einfallen lassen, wie Erna fand. Die Haare hatte Theres ihr zu einem Dutt hochgesteckt.

Die beiden sahen sich im Spiegel an und mussten lachen, sie hätten Schwestern sein können. Ganghofer konnte seinen Blick nicht von ihr wenden. Sein Frauchen kam ihm heute äußerst fremd vor. Aber der Geruch passte, und darauf kam es an.

»Hast du Frauenmanteltropfen greifbar?« Erna lief der Schweiß von der Stirn, und sie fächelte sich mit einer

Zeitung kühle Luft zu. »I hob grad a Hitzewallung und meine Tropfen vom Anton ned bei mir.«

Ehe Theres antworten konnte, durchbrach das Klingeln des Telefons die aufgeladene Stimmung.

»Ja?« Theres versuchte ihre Stimme zu kontrollieren, die überzuschnappen drohte. Ihr entfuhr ein tiefer Seufzer. »Babette, mein Schatz. Geht's dir guad? Du rufst ungünstig an, i bin grad auf dem Weg zu am Termin. I meld mi bei dir, okay?« Theres lauschte in den Hörer, bevor sie antwortete: »Nein, der Großvater is beim Kräutersammeln. Wir melden uns bei dir, mein Schatz. Servus!«

Bevor Babette etwas erwidern konnte, legte Theres auf. »Jessas Maria und Josef!«, stöhnte sie. »Hoffentlich geht des alles guad aus. Die arme Babette wird sich wundern, so war i no nie zu ihr. Und lügen hob i aa no müssen.«

Erna legte ihren Arm um Theres' Schultern. »Mach dir koan Kopf, der Zweck heiligt die Mittel. Babette kann jetzt alles brauchen, bloß koa Aufregung. Sie muass wieder g'sund werden.«

Theres träufelte sich zum wiederholten Male Lavendeltropfen in ein kleines Glas Wasser.

Erna schob ihr ein zweites Glas hin. »Für mi aa, bittschön, vielleicht hilft's aa bei Hitzewallungen!«

Es dauerte noch eine Stunde, bis das Telefon endlich wieder klingelte.

Mit schweißnassen Händen hob Theres ab. Auf ihrem Hals hatten sich rote Flecken gebildet. »Ja bitte?« Sie drückte auf die Lautsprechertaste.

»Hast du das Buch?«, raunzte Kalle ins Telefon.

»Ja, hob i.«

»Wenn du die Polizei eingeschaltet hast, wird euer Guru das nicht überleben. Haben wir uns verstanden?«

»I hob koa Polizei eing'schaltet«, gelang es Theres, ruhig zu antworten.

Erna zeigte ihr einen erhobenen Daumen.

»In Gmund unterhalb von Kaltenbrunn ist eine Anlegestelle mit einem kleinen Wartehäuschen.«

»Kenn i«, antwortete Theres.

»Du wickelst das Buch in Packpapier und steckst es in eine Tüte. Hüte dich davor, einen Peilsender anzubringen. Die Tüte legst du dann unter die Sitzbank des Wartehäuschens und entfernst dich augenblicklich. Sollten Leute da sein, wartest du, bis du alleine bist. Ich beobachte dich. Wenn dich jemand begleitet, wird dein Freund auf der Stelle eliminiert. Ein Anruf von mir genügt.«

»I kimm alloa«, antwortete Theres mit bemüht fester Stimme, nur ihre Hände zitterten ein wenig.

»Du legst die Tüte um 18 Uhr unter die Bank, kurz zuvor hat das Schiff abgelegt, sodass keine Leute mehr im Häuschen sein dürften.«

»Verstanden, 18 Uhr unter der Sitzbank, Wartehäusl Anlegestelle Kaltenbrunn«, wiederholte Theres. »Wann kimmt der Anton frei?«

»Wenn ich mit dem Buch in Sicherheit bin, teilen wir euch den Aufenthaltsort mit.«

»Aber …« Theres wollte noch etwas sagen, doch Kalle hatte aufgelegt. Sie legte ihren Kopf in die Hände und brach in Tränen aus. »Wenn des nur guadgeht!«

Erna schaute auf ihre Armbanduhr. »Jetzt haben wir kurz nach vier, noch zwoa Stundn bis zur Übergabe.« Sie stand auf und ging zu ihrer Aktentasche, die sie im Notfall immer dabeihatte. Sie entnahm ihr eine Sprühdose, auf der eine Leberwurst abgebildet war. »Gib mir bittschön des Buch.« Erna streckte ihre Hand aus.

Theres wischte sich mit dem Handrücken die Tränen aus den Augen und reichte Erna das Buch.

Diese entfernte den Deckel der Dose und besprühte das Buch gleichmäßig. Ganghofer drehte sich vor Freude im Kreis, und auch Aaron und Giacomo kamen plötzlich um die Ecke. Das ganze Zimmer roch nach Leberwurst und Metzgerei.

»Was tust du do, Erna?« Theres konnte sich keinen Reim darauf machen.

»Der Duft von Leberwurscht, meine Liebe, is für die Hund wie Chanel No 5 für die Damen der High Society. Jetzt kimmt mein hoch ausgebildeter Polizeihund Ganghofer zum Einsatz.« Erna blickte stolz auf ihren Mops hinunter. »Ganghofer liebt diesen Leberwurschtduft und erkennt ihn auf vui Hundert Meter. Vielleicht finden wir so zu Antons Versteck oder zum Drahtzieher des Ganzen.«

Theres blickte skeptisch auf Ganghofer, der so laut zu röcheln begann, als ob sein letzter Atemzug kurz bevorstehen würde. »Bist du dir sicher?«

»Ganz sicher!«

Erna streichelte Ganghofer wohlwollend am Bauch, bis dieser vor Freude furzte. »Wir fahren mit deim Auto. I lass di an der Anlegestelle Seeglas in Gmund aussteigen und fahr weiter bis zum Gut Kaltenbrunn. Dort park i und lauf runter zur Anlegestelle. Du gehst solang mit Ganghofer an Bord des Rundfahrtschiffes und steigst an der Anlegestelle Kaltenbrunn aus. Vielleicht fällt dir irgendwas vom Wasser her auf. Eventuell is unser Mann sogar an Bord, wobei i glaub, dass er mit am anderen Verkehrsmittel kimmt. Du läufst dann zum Bahnhof nach Gmund z'ruck, dort hol i di nach geglückter Übergabe ab. Du beachtest mi keines Blickes, falls wir uns treffen. I verstau des Paket unter der Sitzbank und geh z'ruck zum Auto. Wir sehen uns dann am Bahnhof. Alles verstanden?« Sie kniete sich zu Ganghofer, der sich auf seine Hinterbeine setzte und ihr aufmerksam zuhörte, als sie den Finger hob. »Und du, Ganghofer, machst koan Mucks, wenn du mi siehst oder des Paket riechst, verstanden?«

Ganghofer röchelte etwas lauter, man hätte ein Ja hineininterpretieren können.

»Als ob der di versteht …«

»Unterschätz nie an Mops, und schon gar ned den Ganghofer! Gell, mein Lieber.«

Theres knetete die Knöchel ihrer Finger, bis sie ganz weiß waren. Sie war froh, dass Erna die Übergabe des Buches machte, sie hätte die Nerven dazu nicht gehabt.

»Wir fahren lieber jetzt scho los, Theres. Wer woaß, wie der Verkehr bis Gmund is. Lieber steh i oben auf dem Parkplatz in Kaltenbrunn und beobacht, was sich unten an der Anlegestelle tut. Du kannst in Gmund ja noch an Kaffee trinken, bevor du mit dem Ganghofer Richtung Anlegestelle gehst. Merk dir alles, was dir auffällt, und präg dir die Leut ein, die dir begegnen. Du bist a ganz normale Spaziergängerin, die mit ihrem Hund a Schifffahrt macht und Gassi geht.« Erna sah Theres aufmunternd an. »Um kurz nach sechse treffen wir uns am Bahnhof. Nimm die Lavendeltropfen noch amoi. Es wird alles guad, glaub mir.«

Die beiden Frauen stiegen in den alten Fiat Panda von Theres. Ganghofer nahm auf der Rücksitzbank Platz. Es herrschte reger Verkehr, viele Ausflügler waren rund um den Tegernsee unterwegs, die meisten mit Kennzeichen aus dem norddeutschen Raum, dort hatten die Sommerferien begonnen. Der See glitzerte unschuldig im Sonnenlicht, und die Segelboote glitten majestätisch über das bewegte Wasser.

Sie schwiegen während der Fahrt, zu groß war die Aufregung. Das Buch hatten sie im Kofferraum verstaut, damit Ganghofer vom Geruch nach Leberwurst nicht verrückt wurde.

Erna ließ Theres und Ganghofer an der Schiffsanlegestelle in Gmund aussteigen. Die beiden Damen umarmten sich und wünschten sich gegenseitig Glück. Erna gab ihrem Hund die letzten Anweisungen, bevor sie ins Auto stieg und weiter zum Gut Kaltenbrunn fuhr, einem Edelbiergarten eines berühmten Feinkostlieferanten aus München. Hier trafen sich die Münchner High Society, Schauspieler, Yuppies und die »Adabeis«, also diejenigen, die gerne zur Schickeria gehören wollten.

Erna parkte den in die Jahre gekommenen Fiat neben einem schnittigen roten Porsche Cabrio mit Münchner Kennzeichen. Sie stellte das Auto so, dass sie einen guten Blick auf die Anlegestelle hatte, und entnahm ihrer Aktentasche ein Fernglas. Mit einem Seitenblick in die anderen parkenden Autos prüfte sie, ob noch jemand die Gegend beobachtete. Sie war aber alleine. Erna nahm das Fernglas und inspizierte die Gegend rund um die Anlegestelle.

Alles war ruhig, nur ein paar vereinzelte Spaziergänger und Jogger liefen auf dem Fußweg am See entlang. Sie sah auf die Uhr, noch 20 Minuten. Gleich musste das Schiff kommen. Schon hörte sie das Gebimmel des Kapitäns.

Ein Pärchen hatte sich an der Anlegestelle eingefunden. Die Rampe des Schiffes wurde ausgefahren, Theres und Ganghofer gingen mit zwei weiteren Passagieren von Bord. Die Tickets der neuen Passagiere wurden kontrolliert, bevor das Schiff pünktlich Richtung Bad Wiessee weiterfuhr. Noch zehn Minuten. Erna stieg aus, nahm das Buch aus dem Kofferraum und besprühte es noch mal mit dem Leberwurstspray, bevor sie es in die Tüte legte. Sie bemerkte, wie eine Drohne über der Anlegestelle kreiste, konnte aber niemanden entdecken, der sie steuerte. Sie löste ein Parkticket und ging dann mit der Tüte den Berg hinab zur Anlegestelle.

Kein Mensch war weit und breit zu sehen, nur die Drohne brummte über ihr. Erna hatte ihre Sonnenbrille aufgezogen, um ungestörter beobachten zu können. Sie sah Theres mit Ganghofer. Auf ihren Hund konnte sie sich verlassen, er würde keinen Mucks machen und brav mit Theres mitgehen.

Jetzt war sie an der Anlegestelle angekommen, die Drohne direkt über ihr. Sie setzte sich für einen Moment in das Wartehäuschen und prüfte erneut die Uhrzeit auf ihrer Armbanduhr. Zwei Minuten vor 18 Uhr. Im hohen Schilf sah sie etwas Verdächtiges, es hätte ein Boot sein können.

Als die Kirchturmuhr von St. Ägidius in Gmund sechsmal schlug, vergewisserte sie sich, dass niemand sich in ihrer Nähe befand, bevor sie das Paket unter der Sitzbank deponierte. Sie stand auf und marschierte Richtung Parkplatz zurück. Theres und Ganghofer kreuzten ihren Weg. Der Mops schaute demonstrativ in eine andere Richtung. Erna fand, er übertrieb maßlos. Theres verhielt sich wie eine Touristin, machte Fotos vom See und den Bergen.

Am Auto angekommen, blickte sie sich nur einmal kurz beim Einsteigen um. Lautlos glitt ein Elektroboot aus dem Schilf. Ein Mann mit dunkler Mütze und Mundschutz sprang heraus, nahm das Paket und rauschte mit dem Elektroboot Richtung Bad Wiessee davon. Erna war sich sicher, dass er dort das Fahrzeug wechselte, darum lohnte es sich nicht, ihre Kollegen zu verständigen, er würde schneller sein. Jetzt kam alles auf Ganghofers gute Nase an.

Erna stieg in den Panda und fuhr, so schnell sie konnte, zum Bahnhof nach Gmund, um Theres und Ganghofer einzusammeln. Sie musste noch fünf Minuten warten, bis Theres und der ziemlich erschöpfte Mops ankamen.

Theres hob ihn auf die Rücksitzbank, alleine schaffte er das nicht mehr. Die Zunge hing bis auf die Polster, und sein Geröchle übertönte die Musik aus dem Radio.

»Und jetzt?«, fragte Theres verzweifelt.

»Jetzt fahren wir zum Schloss Tegernsee. Dort lass i di raus, und du suchst nach Anton, er muass dort irgendwo sein, wenn seine Andeutungen stimmen. I nehm mit Ganghofer die Leberwurschtfährte auf.«

29

MEISTERWURZ

Kalle hatte sich das Elektroboot in Rottach-Egern »ausgeliehen«. Es war ein Leichtes für ihn, das Boot zu starten. Er würde es nach erfolgter Mission am Ufer vom Parkplatz Holz in der Nähe von Gmund zurücklassen. Dort hatten Piet und er gestern ein Motorrad für die Weiterfahrt geparkt. Es fiel nicht sonderlich auf, denn immer wieder blieben hier Surfer und Badegäste in ihren Campern über Nacht, obwohl es nicht gern gesehen wurde.

Kalle zog das Boot auf den Kies, wischte mit einem Tuch über alles, was er angefasst hatte, um eventuelle Fingerabdrücke zu beseitigen. Er setzte seinen Sturzhelm auf, den er vorsorglich im Boot deponiert hatte, nahm die Tüte aus dem Boot und startete seine Motocross-Maschine. Er hielt sich sehr diszipliniert an die vorgegebene Richtgeschwindigkeit, nicht, dass in allerletzter Minute noch etwas schiefging.

Er fuhr auf direktem Weg zum Versteck, um Piet zu holen. Der Gedanke, das Geld bei seinem Auftraggeber alleine zu kassieren, war zwar verlockend, aber die Freundschaft zu Piet war ihm wichtiger. Auf dem Kiez gab es nicht viele echte Freunde, und in dem Bordell, in dem sie beide als Türsteher arbeiteten, sowieso nicht. Auf dem Kiez galt nur eine Regel, nämlich irgendwie zu überleben. Beide waren Kinder von ehemaligen Prostituierten, die Väter Freier. Dieses gemeinsame Schicksal schweißte zusammen. Als Kinder waren sie in Pflegefamilien gegeben worden. In einer dieser Familien hatten sie sich kennengelernt und waren wie Geschwister aufgewachsen. Doch der Kiez hatte sie wieder eingeholt. Kalle wusste nicht mehr, wer von ihnen beiden zuerst mit Drogen zu tun gehabt hatte. Ihr Geld verdienten sie sich als Türsteher vor diversen Bordellen eines Zuhälters und fuhren die Damen zu »speziellen« Kunden, die unerkannt bleiben wollten. Wenn zum Beispiel in der angrenzenden Pizzeria des Bordells die Bestellung »Pizza Diavolo Speziale« einging, wusste der Chef, dass es sich um einen Kunden für Diana handelte, die darauf spezialisiert war, die ungewöhnlichsten Wünsche der Herren zu befriedigen. »Speziale« bedeutete, dass die Dame Koks mitbringen sollte, damit man in Stimmung kam. Oder »Quattro Stagioni Piccante«, vier Frauen für einen Herrn. Kalle und Piet waren für die Sicherheit der Damen bei solchen Spezialaufträgen zuständig und warteten vor den meist sehr noblen Villen, bis die Damen wieder aus dem Haus kamen. Der Umgang mit Messer und Pistole wurde zwangsläufig lebensnotwendig, genauso wie das Eintreiben diverser Schulden. Nicht immer ging das Ganze unblutig ab.

Kalle hatte den ehemaligen Sommerkeller der Wittelsbacher in Tegernsee erreicht. Früher hatte man in dem Gewölbe alles Mögliche gelagert, selbst Feste wurden darin gefeiert. Kalle stellte sein Motorrad auf dem Supermarktparkplatz ab und ging die letzten Meter zu Fuß zu dem stillgelegten Keller, der seine besten Zeiten hinter sich hatte. Als er sich sicher war, dass keine Menschenseele in der Nähe war, klopfte er dreimal an die schwere Tür. Das war das Zeichen für Piet.

Piet schob den schweren Riegel auf, mit dem man die Kellertür von innen verriegeln konnte. »Hast du's?«

»Was denkst du denn? Klar hab ich es. Pack dein Zeug, wir hauen ab und holen die Kohle.«

»Siehst du?«, meinte Piet triumphierend zu Anton. »Kalle lässt mich nicht im Stich, er ist anders als meine Mutter.«

Anton sagte nichts dazu, sondern fragte: »Was is mit mir?« Er war müde. Er hatte Durst und Hunger, und das ewige Sitzen tat seinem Rücken nicht gut.

»Sobald wir in Sicherheit sind, geben wir deiner Haushälterin deinen Aufenthaltsort bekannt.«

»Wer garantiert mir des?«

Kalle stimmte ein hässliches Lachen an und fuchtelte mit dem Messer vor seinem Gesicht. »Da wirst du uns wohl vertrauen müssen, du alter Waldschrat. Sei froh, dass wir dich am Leben lassen.«

»Lass ihn in Ruhe!«, herrschte Piet seinen Kumpel an und riss dessen Hand zurück. »Wir haben, was wir wollten!«

»Hast du dich angefreundet mit dem Alten? Ich hoffe, du hast nicht zu viel gequatscht, sonst können wir ihn nicht am Leben lassen, das ist dir klar, oder?« Kalle trat bedrohlich nah an Piet heran.

»N… nein! Er weiß nichts«, stammelte Piet und zerrte an Kalles Arm. »Lass uns gehen.«

»Na gut«, knurrte Kalle und schüttelte Piets Hand ab. »Dann mal Leinen los!«

Als die beiden draußen standen, schlug Piet sich mit der Hand auf die Stirn. »Oh Mann! Ich hab mein Handy im

Keller vergessen, ich bin gleich wieder da. Dauert keine zwei Minuten.«

Kalle maulte: »Du Dösbaddel, mach hinne.«

Piet lief zurück in den Keller. Als er bei Anton angekommen war, stellte er sich breitbeinig vor ihn hin und zückte sein Springmesser. Anton sah ihn mit schreckgeweiteten Augen an. Piet legte den Zeigefinger auf den Mund und flüsterte ihm zu, er solle sich still verhalten. Er schnitt die Fesseln an Händen und Füßen durch. »Du musst mir versprechen, erst in einer Stunde aus dem Keller zu gehen, sonst bringt mich Kalle um.«

Anton rieb seine Handgelenke und flüsterte mit Tränen in den Augen: »Danke! Dei Mutter wär sehr stolz auf di. I versprech dir, erst nach oaner Stund hier rauszugehen. Denk an dei Entzündung am Arm. In meiner Jackentasch hob i a Meisterwurztinktur, die i eigentlich meiner Babl ins Krankenhaus bringen wollt. Nimm sie, sie wird dei Immunsystem stärken. Und denk an die Salbe.«

Piet nickte, nahm die Tropfen an sich und holte sein Handy aus der Hosentasche. Er lief nach draußen zu Kalle und wedelte damit. »Puh, beinahe hätte ich es vergessen.«

»Dösbaddel! Jetzt nichts wie weg, die Kohle holen.«

30

WIESENSCHAUMKRAUT

Erna holte alles, was möglich war, aus dem Fiat Panda heraus. In St. Quirin wurde sie geblitzt, der Tacho zeigte 75 Stundenkilometer in der Ortschaft.

Theres wurde bleich. »Des wird a teures Foto, Erna«, stammelte sie und krallte sich am Beifahrersitz fest.

»Ruhig Blut, meine Liebe! Der Strafzettel landet auf meinem Tisch. Wir haben schließlich Gefahr im Verzug.«

Erna setzte den Blinker und überholte innerorts einen vor ihr fahrenden Porsche. Der Fahrer hupte daraufhin erbost und gestikulierte wild. Auf der Fahrt nach Tegernsee grübelten beide, welche Möglichkeiten für ein Versteck es in der Nähe des Schlosses gab.

»Jedes Schloss hod doch Geheimgäng. Auf Schloss Hohenburg in Lenggries, wo i auf d'Schul 'gangen bin, haben wir uns an Spaß draus g'macht und die Gäng g'sucht«, sinnierte Theres. »Und wir san fündig g'worden. Nur den angeblichen Geheimgang vom Schloss zur Isar, den haben wir ned g'funden.«

»Du warst in der Klosterschul?« Erna blickte sie verwundert an. »Dort haben doch die Ursulinen Regiment g'führt. Wie man g'hört hod, waren die sehr streng.«

»Oh ja«, lachte Theres, »streng waren die Schwestern. Des hod uns aber ned davon abg'halten, ihnen immer wieder Streiche zu spielen. Aber z'ruck zu de Geheimgäng: Soweit i mi erinnern kann, gibt's noch diesen Sommerkeller der Wittelsbacher in der Nähe vom Kurpark. Der wird so guad wie ned mehr g'nutzt.«

Erna war wie elektrisiert und schlug sich mit der flachen Hand auf die Stirn. »Du host recht, Theres, der Sommerkeller, dass wir ned gleich daran 'dacht haben! Dort hod der Anton mit Sicherheit die Glocken der Pfarrkirch St. Quirinus und bei gutem Wind aa des Gebimmel vom Schiff g'hört, kurz bevor es anlegt. »Woaßt was, Theres, wir teilen uns auf. Du beobachtest den Sommerkeller, gehst aber ned rein. I ruf Verstärkung. Erst wenn die do is, könnt ihr eich im Keller umsehen. Ganghofer und i versuchen die Drahtzieher zu finden. Mei G'fühl sagt mir, dass sie nach Rottach g'fahren san.«

Mit quietschenden Reifen bog Erna auf den Supermarktparkplatz in Tegernsee ein. Der Panda bekam leichte Schräglage, Ganghofer rutschte vom Sitz und jaulte kurz auf. Er blieb im Fußraum liegen.

»Koane Alleingäng, Theres! Nur beobachten.«

Theres nickte, stieg aus und steuerte die nächste Sitzgelegenheit mit Blickkontakt zum Eingang des Kellers an. Erna und Ganghofer fuhren weiter nach Rottach-Egern. Sie wollte mit ihrem Hund an der Seestraße entlanggehen. Sebastian, den Preißn, hatte sie noch nicht ganz aus dem Kreis der Verdächtigen ausgeschlossen. Sollte er etwas mit dem Buch zu tun haben, würde es Ganghofer riechen.

Während sie den Panda Richtung Rottach-Egern steuerte und ein zweites Mal geblitzt wurde, diesmal mit 90 Sachen, tippte sie die Telefonnummer der Dienststelle in ihr Handy. Jetzt wurde es Zeit für das »Frischfleisch«. Sie wusste, dass sie mit Handy am Steuer gerade kein gutes Beispiel für den Straßenverkehr war. Erna orderte einen Streifenwagen zum Sommerkeller und einen, der sich in Rottach-Egern zur Verfügung halten sollte. Alle sollten in Zivil kommen, befahl sie. Sie stellte den Panda am Anfang der Seestraße ab, legte Ganghofer an die Leine und marschierte los, vorbei am Restaurant »Haubentaucher«, Richtung Hotel »Quirinus«.

»Such Leberwurscht, Ganghofer, such!«, erteilte sie ihm den Befehl.

Sie ging mit ihm zu Josefa, die vor ihrem Laden saß, hielt einen kurzen Ratsch, doch Ganghofer schlug nicht an. Am Ende der Seestraße setzte Ganghofer plötzlich seine Nase auf den Boden und zog an der Leine.

»Ned so schnell, Ganghofer.« Erna fiel in einen leichten Trab.

Das Röcheln des Mopses wurde immer lauter. Ganghofer zog sie von der Seepromenade weg zum Eingang des Hotels »Quirinus«, das etwas versteckt in zweiter Seelinie lag. Vor der gläsernen Tür blieb er stehen und japste laut. Erna ging mit ihm in die Lobby und ließ sich in einen der tiefen Ohrensessel fallen, von wo aus sie alles beobachten konnte. Zwei beflissene Angestellte waren damit beschäftigt, das Louis-Vuitton-Gepäck einer einzelnen Dame auf die bereitstehenden goldfarbenen Gepäckwagen zu hieven, während die Dame mit ihrem Yorkshire Terrier, der in ihrer Designerhandtasche thronte, auf High Heels über das Parkett stöckelte.

Erna sah Ganghofers Blick. »Vergiss es, i trag di nie im Leben in der Handtaschn mit mir rum.«

Erna winkte einen Ober heran und bestellte einen Cappuccino und ein Wasser für Ganghofer, dann verständigte sie ihre Kollegen und bat sie, schnellstens und ohne Aufsehen ins Hotel »Quirinus« zu kommen. Der Ober servierte den Cappuccino mit kleinen Pralinés und drei verschiedenen Zuckerarten in einem silbernen Behälter. Danach öffnete er für Ganghofer eine Flasche edelstes Wasser aus norwegischen Fjorden – die Flasche für 12 Euro – und ließ es in eine silberne Schüssel laufen.

Erna atmete tief durch und dachte: Spesen, kann ich alles absetzen. Sie drückte dem Ober 20 Euro in die Hand. »Stimmt so!«

Sein Blick sagte, dass er sich mehr als einen Euro Trinkgeld erhofft hatte.

Mehrere weiße Limousinen mit wartenden Chauffeuren parkten in der Einfahrt des Sternehotels. Eine arabische Familie mit Kind und Kegel durchquerte lärmend die Lobby. Die Männer und Kinder des Clans waren, den sommerlichen Temperaturen angepasst, luftig gekleidet mit Shorts und Polohemden. Die vier Frauen trugen lange schwarze Gewänder und waren tief verschleiert. An den teuren Handtaschen und Schuhen konnte man erkennen, dass es sich um eine sehr reiche Familie handeln musste.

Erna trug immer noch Theres' Dirndl mit dem etwas weiteren Ausschnitt. Der älteste der Herren, Erna vermutete, dass es der Großvater des Clans war, konnte seinen Blick nicht von ihrem Dekolleté abwenden und sah lüstern auf ihre Brüste. Schließlich zwinkerte er ihr zu und rieb Daumen und Zeigefinger aneinander, um ihr zu signalisieren, dass er zu zahlen bereit wäre. Erna sah ihn grimmig an und fuhr blitzartig mit der Kante ihrer Hand einmal quer vor ihrem Hals entlang. Der Alte verstand sofort und suchte das Weite.

»I glaub's ja ned, Ganghofer!«, echauffierte sich Erna leise. »Je oller, desto doller! Trink langsam, Ganghofer, genieß jeden Schluck, so a Wasser kriegst du so schnell nimmer von mir.«

Sie stand auf, ging zur Rezeption und zeigte ihren Dienstausweis. »Beherbergen Sie zurzeit Gäst aus dem norddeutschen Raum?«

Der Herr in schwarzem Anzug mit silbernem Schild auf dem Revers, auf dem »Herr Jacobs« stand, musterte Erna skeptisch. »Natürlich, es sind schließlich Sommerferien in den nördlichen Bundesländern.«

»Aber san aa Gäst ohne Familie ang'reist, zum Beispiel a einzelner Herr? Oder is Ihnen was Seltsames aufg'fallen?« Erna beugte sich zu ihm über den Tresen, winkte ihn näher zu sich heran und säuselte in sein Ohr: »Wir ermitteln in am Mordversuch und in aner Entführung.«

Herr Jacobs zog erschrocken seine Augenbrauen hoch. »Du meine Güte! Und Sie vermuten den Täter in unserem Hotel?«

»Mei Hund hat Fährte aufg'nommen, und i muass rausfinden, ob er richtigliegt.«

»Sie haben meine volle Unterstützung. Moment, ich schaue mal nach ...« Herr Jacobs tippte etwas in seinen Computer.

»Des wär wirklich zauberhaft«, flötete Erna und winkte ihre drei Kollegen herbei, die soeben in ziviler Kleidung mit Hemd, Jeans und Sakko eingetroffen waren. Nur ein geschulter Blick erkannte die Waffen unter den Sakkos.

»Vor etwa 20 Minuten haben zwei Herren in nicht unbedingt passender Kleidung das Hotel betreten.«

»Haben sie sich mit jemandem in der Lobby 'troffen? Oder logieren die hier?«, hakte Erna ungeduldig nach und trommelte mit den Fingern auf die Marmortheke.

Herr Jacobs sah wieder in seinen Computer. »Gäste sind sie nicht, das wüsste ich. Aber sie marschierten direkt zum Aufzug, kennen sich also aus. Mehr gibt unsere Videoüberwachung nicht her, tut mir leid.«

»Vielen Dank, den Rest finden wir aa so raus. Ned wahr, Ganghofer?« Erna beugte sich zu ihrem Mops. »Such die Leberwurscht!«

Ganghofer zerrte sie zum Aufzug. Die zivilen Beamten folgten ihnen unauffällig. Zusammen mit der Dame und deren Hündchen in der Tasche stiegen sie in den Aufzug. Ganghofer blickte neidisch zur Tasche hoch. Es bimmelte. Erster Stock. Ganghofer drängte aus dem Aufzug, Erna samt Team hinterher.

Der Mops zog bereits kräftig an der Leine, als Erna einem Kollegen zuflüsterte: »Sichern Sie des Treppenhaus.«

Ganghofer schnüffelte den Teppichboden entlang und röchelte immer lauter. Nach 20 Metern blieb er vor Zimmer 208 stehen. Um ihn zu testen, ging Erna noch ein Stück weiter, aber Ganghofer kehrte wieder um und hockte sich vor Zimmer 208. Gedämpfte Stimmen von mehreren Personen drangen aus dem Zimmer zu ihnen heraus.

Erna legte den Zeigefinger auf ihre Lippen und deutete Ganghofer an, leise zu röcheln. Sie hatte Blickkontakt zu ihren Kollegen und winkte sie zu sich. Dann nahm sie Ganghofer von der Leine und klopfte an die Tür. »Zimmerservice!«

Die Kollegen hatten ihre Waffen gezückt, entsichert und warteten neben der Tür auf ihren Einsatz.

»Wir haben nichts bestellt!«

»Ich nix verstehen, Zimmerservice!«

Ein Herr riss ungeduldig die Tür auf. Ganghofer stürmte an ihm vorbei ins Zimmer.

»Verstehen Sie nicht, ich habe nichts …« Verblüfft hielt er inne und schaute Ganghofer nach, der jaulend vor einer Tüte Halt machte, die auf einem Beistelltisch thronte. Das war das Zeichen für Erna, ihren Kollegen mit einer Handbewegung das Go zu geben, um das Zimmer zu stürmen.

»Hände hoch! Und dann auf den Boden, legen S' sich auf den Boden!«, schrien die Kollegen und stürmten mit gezückter Waffe auf zwei Männer zu, die weiter hinten im Raum standen.

Die beiden ließen die Tasche mit Geld fallen und legten sich mit den Händen hinter dem Kopf auf den Boden.

Der Herr an der Zimmertür wollte sich an Erna vorbeidrängeln, aber sie beherrschte die wichtigsten Polizeigriffe, drehte ihm blitzartig den Arm auf den Rücken und drängte ihn zurück. Sie legten allen Handschellen an.

»So, meine Herren!« Erna nahm auf einem Stuhl Platz. »I bin Hauptkommissarin Salvermoser, und des san meine Kollegen. Mit wem haben wir es denn zu tun?«

Die Männer schwiegen. Jeder blickte betreten zu Boden. Ein Zimmermädchen wollte nach dem Rechten sehen, als sie aber die drei in Handschellen bemerkte, ergriff sie schnell die Flucht.

Erna nahm die vor ihr stehende Tüte und holte das Kräuterbuch heraus. Leberwurstduft durchzog die Suite. Ganghofer japste und jaulte, der Duft machte ihn ganz high. Zur Belohnung für seine hervorragende Arbeit bekam er von seinem Frauchen ein Wiener Würstchen, das sie aus ihrer Tasche zauberte.

»Name!«, forderte sie diesmal in einem schärferen Ton.

»Ohne meinen Anwalt sage ich gar nichts«, antwortete der Älteste trotzig, der allem Anschein nach der Kopf der Truppe war.

»Des is Ihr guades Recht. Und unser guades Recht is es, Ihre Personalien zu kontrollieren.«

Mit einem Fingerzeig gab sie einem ihrer Kollegen die Erlaubnis, die Suite zu durchsuchen. Als Erstes durchwühlte er das Sakko des Ältesten. Triumphierend wedelte er mit der Brieftasche, zog eine Visitenkarte samt Personalausweis heraus und überreichte sie seiner Chefin.

»Jansen, Hinnerk«, las Erna laut vor. »CEO von LAS-Pharma, Hamburg.« Sie sah ihn über ihren Brillenrand hinweg an. »Des erklärt, warum Sie hinter dem Kräuterbuch her san. Sie wollen die Lungentinktur vermarkten. Stimmt's?«

Erna sprang auf und stellte sich bedrohlich vor ihn. Aus den Augenwinkeln nahm sie verdächtige weiße Spuren auf dem Glastisch wahr. Bei näherem Betrachten waren die Pupillen von Jansen erweitert. Erna fuhr mit dem Finger über die puderzuckerähnlichen Reste und leckte daran. »Koks haben wir aa no, des wird ja immer schöner! Dann machen wir zusätzlich an Drogentest.«

»Ohne meinen Anwalt sag ich kein Wort mehr, das weiße Zeug nehme ich gegen die Schmerzen wegen meines Rheumas«, knurrte Jansen.

»Den bekommen S', koa Angst, aber i kann aa so eins und eins z'samm'zählen. Und gegen Rheumaschmerzen hilft scho a Tee aus Wiesenschaumkraut. Alles faule Ausreden.«

Jansen wollte sich losreißen, aber Ernas Kollege hatte ihn fest im Griff.

»Ich bin unschuldig, das war alles die Idee meines Mitarbeiters, Sebastian Grewe. Den müssen Sie verhaften, nicht mich. Er hat sich bei einer Josefa in eine Ferienwohnung eingemietet. Grewe wollte über die Enkelin des Bergheilers an die Rezeptur der Kräutertinktur kommen. Ich wollte ihn davon abbringen, deswegen bin ich nach Bayern gereist!«

Erna entging der fassungslose Blick nicht, den sich die zwei anderen Männer zuwarfen.

»Und die beiden kenne ich auch nicht«, fügte Jansen hinzu.

Erna wandelte auf dem teuren Teppichboden in der Suite auf und ab. »Soso, Sie san also unschuldig. So sehen S' aa aus. Und was den Herrn Sebastian Grewe angeht, um den kümmern wir uns no. Aber Sie san doch sein Chef, wenn i mi ned täusch, oder?«

Jansen sah sie treuherzig an. »Können diese Augen lügen, Frau Hauptkommissarin?«

»Wenn S' mi fragen, können diese Augen nix anderes.«

Erna ging zu den beiden Männern. »Ihre Namen? Wir kriegen sie sowieso raus. Also?«

»Kalle. Und das ist Piet. Unsere Nachnamen dürfen Sie selbst herausfinden«, knurrte einer von ihnen.

Erna ließ sich nicht provozieren und kam gleich zur Sache. »Hod Jansen Sie beauftragt, den Kräuterheiler zu entführen und sei Enkelin zu vergiften?«

»Mit dem Giftanschlag haben wir nichts zu tun!«, rief Piet entrüstet aus.

Kalle trat ihm ans Schienbein. »Schnauze! Wir sagen auch nichts mehr ohne Anwalt.«

Erna nahm Piet beiseite und flüsterte: »Es würd sich strafmildernd auswirken, und i würd a guads Wort beim Staatsanwalt für eich einlegen, wenn ihr uns sofort sagt, wo ihr den Bergheiler versteckt habt.«

Piet schaute unsicher zu Kalle. »Er müsste schon frei sein. Ich habe ihm, kurz bevor wir hierhergefahren sind, die Fesseln durchgeschnitten. Er ist in dem stillgelegten Sommerkeller in Tegernsee.«

»Du hast was?«, schrie Kalle und sah ihn wütend an. »Hast du sie nicht mehr alle? Das wirst du mir büßen!«

»Es geht ihm gut«, ergänzte Piet. »Wir haben ihm kein Haar gekrümmt. Wir sollten nur das Buch für den da besorgen, damit er endlich seine Schulden bei unserem Chef bezahlen kann.« Er zeigte mit einer Kopfbewegung zu Jansen, da seine Hände auf dem Rücken gefesselt waren. »Mit dem Giftanschlag haben wir wirklich nichts zu tun, das müssen Sie uns glauben, Frau Hauptkommissarin.«

»Abführen!«, befahl Erna ihren Kollegen. »Und durchsucht des Zimmer und des Auto vom Jansen nach Spuren von Fingerhut.« Sie tätschelte Ganghofer und lobte ihn. »Des host du wieder sehr gut g'macht, Ganghofer. Dafür gibt's noch amoi a Wurscht und zur Belohnung a Eis, des haben wir uns verdient.«

31
EHRENPREIS

Theres verharrte währenddessen auf einer Parkbank in Sichtnähe zum Sommerkeller. Ihr war ganz schlecht vor Aufregung. Nervös wippte sie mit den Füßen auf und ab. Zahlreiche Einheimische kamen vorbei und wollten einen Ratsch mit ihr halten oder sich nach Babettes Gesundheitszustand erkundigen. Von der Entführung wusste niemand. Theres ließ sich auf kein längeres Gespräch ein und behielt den Eingang des Sommerkellers fest im Blick. Von Weitem sah sie die alte Luidlin, die auf ihren Gehstock gestützt auf sie zukam.

Oh nein, dachte sie, die hat mir gerade noch gefehlt. Sie wandte ihr den Rücken zu, in der Hoffnung, die Augen der alten Luidlin wären nicht mehr so gut. Vergeblich. Schon tippte ihr die Luidlin mit ihren langen dünnen Fingern auf die Schulter. Theres tat überrascht, und es gelang ihr, ein schiefes Lächeln ins Gesicht zu zaubern.

»Griaß di, Theres«, sagte die Luidlin ächzend, als sie sich neben Theres auf der Parkbank niederließ. »Ja so a Zufall, dass i di hier treff. Grad wollt i zur Bushaltestell gehen. Sag, kann i mit dir heimfahren? Du bist doch g'wiss mit dem Auto do.«

»Des is ganz schlecht, Luidlin. Sonst gern, aber heid geht's wirklich ned.«

»Schad. Hast heid nix zu tun? Muasst dem Anton ned helfen? Oder bist zur Sommerfrische in Tegernsee? Wenn i di grad seh – i hob wieder so mit Juckreiz zu tun, was kann i denn do nehmen?«, krächzte die Alte.

»Herrschaft, Luidlin!« Theres wandte sich ihr erbost zu. »An Tee vom Ehrenpreis, des hod dir der Anton g'wiss schon hundertmal g'sagt. Und sei ned immer so neugierig! Was machst eigentlich hier? Wieder auf Ratsch- und Erkundungstour unterwegs?« Theres hatte einen hochroten Kopf bekommen, und hektische Flecken zeichneten sich auf ihrem Hals ab.

Die alte Luidlin ließ sich von diesem Seitenhieb nicht sonderlich beeindrucken. »I hob mei Cousine in der Rosenstraß b'sucht. Sag, wie geht's der Babette? Mei, ganz schlimm is des mit der Fingerhutvergiftung. Wer macht denn so was? Hod der Preiß damit zu tun? Woaßt scho, der, der bei der Josefa wohnt, der's auf die Babette abg'sehen hod. Vielleicht verschmähte Liebe, gekränkte Eitelkeit? So san s', die Mannsbilder. Oaner wie der andere. Guad, dass i mit dem Kapitel abg'schlossen hob.«

»Luidlin«, Theres schrie fast, »wir wissen's no ned.«

»I hob's ja immer g'sagt. Wenn der schwarze Schwan auftaucht, g'schieht a Unglück!« Sie beugte sich zu Theres hinüber und flüsterte: »Und dass der Anton vielleicht aus Versehen a giftigs Kraut erw…«

»Red bloß ned weiter, Luidlin, sonst vergess i mi, und du kannst dir dei Hämorrhoidensalbe und den Ehrenpreistee auf immer und ewig abschminken.« Theres funkelte sie böse an.

»I moan ja nur …«, erwiderte die Alte eingeschnappt. »Man redt ja bloß mit de Leut.«

»Pfiat di, Luidlin, i hob koa Zeit mehr, i wart auf jemand.«

»Auf wen denn?«

»Auf mei Gspusi, wenn du's g'nau wissen willst«, antwortete Theres genervt.

»Ja, wenn des so is …« Luidlin erhob sich beleidigt von der Parkbank. »Dann will i dem jungen Glück ned im Weg stehen.«

In dem Moment kam ein junger, gut aussehender, muskulöser Mann auf Theres zu. Er blieb vor ihr und Luidlin stehen und fragte: »Theres?«

Der Luidlin klappte die Kinnlade runter, und ihre Augen wurden immer größer.

»Ja, des bin i!« Theres konnte sich nur mit Müh und Not ein Lachen verkneifen, als sie das Gesicht der Luidlin sah. »Also, bis bald, Luidlin. Du siehst ja, i bin beschäftigt.« Sie hakte sich bei dem jungen Mann unter und zog ihn in Richtung Kurpark.

»Sodom und Gomorrha«, hörte Theres die Luidlin noch murmeln, als sie zur Bushaltestelle humpelte.

»Sie haben mi g'rettet!«, sagte Theres erleichtert zu dem jungen Mann, der sich als Polizist Schorsch vorstellte. »Allerdings wird jetzt des Gerücht durchs Tal gehen, dass i eine Affäre mit Ihnen hob. I hoff, des stört Sie ned.«

»Ned im Geringsten«, erwiderte Schorsch grinsend.

Als weit und breit niemand Bekannter mehr in Sicht war, pirschten sie den Eingang des Sommerkellers an. Schorsch hämmerte an die hölzerne Tür. Erna hatte ihrem Assistenten per Funk Bescheid gegeben, dass die vermeintlichen Täter gefasst waren und Anton sich, wie vermutet, im Sommerkeller befinden musste. Der zivile Beamte warf sich jetzt mit aller Wucht gegen die Tür, bis sie nachgab. Modriger Geruch schlug ihnen entgegen. Theres blieb direkt hinter Schorsch, der sich mit einer Taschenlampe und gezogener Pistole in das Innere des Kellers vortastete.

»Anton?«, rief Theres laut. Sie hielt die Anspannung nicht mehr aus und sandte ein stummes Stoßgebet in den Himmel, dass sie Anton lebend antrafen. »Anton, bist du do?«

Ein Stuhl fiel um. Sie verharrten kurz, versuchten zu orten, aus welcher Richtung das Geräusch gekommen war. Theres krallte sich an Schorschs Unterarm fest.

Plötzlich hörten sie aus einiger Entfernung eine matte Stimme. »Theres?«

»Jaaaa!« Theres begann vor Erleichterung zu weinen.

Sie liefen den dunklen Gang entlang, bis sie zu einem kleinen Raum kamen. Anton saß zusammengekauert auf dem Boden, neben ihm ein umgekippter Stuhl, eine halb volle Wasserflasche und ein Eimer für die Notdurft.

»Theres, endlich! Wo warts ihr denn so lang? I hob so an Hunger! Die Deppen haben mir nix zum Essen 'geben.«

Theres fiel ihm in die Arme. »Es is vorbei, Anton. Die Täter san g'schnappt. Wir können heimgehen und was essen.« Sie rümpfte die Nase. »Und a Dusche schadet g'wiss aa ned.«

Schorsch und Theres griffen Anton unter den Armen und führten ihn hinaus. Anton kniff die Augen zusammen, als sie das Freie erreicht hatten und in das grelle Sonnenlicht traten. Schorsch holte sein Auto und brachte die beiden auf den Klaslhof.

Daheim angekommen, stürmte Aaron auf Anton zu, sprang an ihm hoch und bekam sich vor Freude nicht mehr ein. Der Weimaraner wich keine Sekunde mehr von seinem Herrchen, leckte ständig an seiner Hand und forderte Streicheleinheiten ein. Selbst Giacomo strich schnurrend um Antons Beine, was ein Ausdruck allergrößter Wertschätzung war.

Anton ließ sich auf der Hausbank nieder. »Mei, is des schee dahoam«, seufzte er glückselig.

Er lud Schorsch zu Kaffee und Kuchen ein. Dankend nahm dieser an und setzte sich neben ihn. Theres hatte in der Nacht, weil sie vor Angst und Aufregung nicht schlafen konnte, ihren köstlichen Apfelkuchen gebacken. Sogar der Chefkoch der »Überfahrt« hatte ihr das Rezept schon abluchsen wollen. Aber da war Theres eisern, nur auserwählte Freunde bekamen dieses Geheimrezept, das noch von ihrer Großmutter stammte.

»Wann kimmt unsere Babl hoam?«, fragte Anton mit müder Stimme. »I hob solche Sehnsucht nach ihr. Während dene Stund im Verließ hob i immer an sie denken müssen, und ob's ihr wohl guad geht.«

»Host denn koa Angst um dich g'habt?«, fragte Theres, während sie ihm Kaffee einschenkte.

»I hob ja g'wusst, dass sie mir nix tun. Der Piet is koa schlechter Mensch, der is nur in verkehrte Kreis kemma. Trotzdem bin i froh, dass die Erna sie g'schnappt hod und alles guad aus'gangen is.«

Die Gartentür ging quietschend auf, Erna und Ganghofer kamen herein. Schorsch sprang auf, schließlich hatte seine Chefin ihn beim Kaffeetrinken erwischt, aber sie beruhigte ihn mit einer Handbewegung. »Bleib sitzen, Schorsch, des haben wir uns heid verdient. Du muasst's ja ned ins Protokoll schreiben.« Dann wandte sie sich ihrem guten alten Freund zu. »Anton!«, rief sie strah-

lend. »I freu mi so! Ohne Ganghofer wären wir denen
ned auf d'Schliche kemma, und aa ned ohne dein ver-
deckten Hinweis«, fügte sie hinzu. »Aber der Ganghofer
hod wirklich ganze Arbeit g'leistet. Wenn er mit seiner
feinen Nasn ned g'wesen wär ...« Sie tätschelte seinen
Kopf. »Wer woaß, wie's aus'gangen wär.«

Erna setzte sich neben Anton auf die Bank, während
Theres in der Küche ein weiteres Gedeck und ein Kissen
für Ganghofer holte.

Anton hatte bereits drei Stücke von dem köstlichen
Apfelkuchen verschlungen. Zufrieden lehnte er sich
zurück und seufzte. »Wie i deine Kochkünst vermisst
hab, liebe Theres. Hab i dir schon amoi g'sagt, dass i dei
Essen sehr schätz?«

Theres strahlte über das ganze Gesicht, und eine leichte
Röte machte sich bemerkbar. Sie winkte beschämt ab.
»Des passt scho, Anton. I mach des gern für eich! Ihr
seids ja mei Familie.«

»Woaß man scho, wer hinter der Entführung und
dem Giftanschlag steckt?«, fragte Anton. »Piet und
Kalle, meine Entführer, waren g'wiss nur die Handlan-
ger, oder?«

»Ganz genau«, entgegnete Erna. »Piet hod a umfas-
sends G'ständnis abg'legt. Auftraggeber war a Herr Jansen aus Hamburg, Chef der LAS-Pharmagroup, die unter
anderem Naturheilmittel aus Pflanzen herstellt. Mit dem
Rezept deiner Lungentinktur wollt Jansen Millionen
scheffeln, wohl aa, um sein Drogenkonsum zu finanzie-
ren. A erster Drogenschnelltest von ihm war positiv. Auf
die Blutanalyse warten wir noch. In seim Koffer haben
wir zwoa kloane Tüten mit Koks g'funden, aa wenn er
natürlich behauptet hod, koa Ahnung zu haben, wie die

in seinen Koffer kemma san. Sei Frau is aus allen Wolken g'fallen, als wir sie informiert haben. Anscheinend hod er a Doppelleben g'führt. Sie is auf dem Weg nach Bayern. I möcht ned in seiner Haut stecken.«

»Und wer hod den Giftanschlag auf mei Babl verübt? Piet und Kalle?«

»Nein. Im Handschuhfach von Jansens Limousine haben wir a kloans Flascherl mit flüssigem Inhalt g'funden. A Schnellanalyse hod eindeutig Fingerhut ergeben. Er hod des entweder aus seinem Labor in Hamburg mitg'nommen oder hier a Pflanzn 'klaut und an tödlichen Cocktail aus Blättern und Blüten ang'setzt. Als Biologe und Chemiker a Leichtes für ihn.«

Antons Blick fiel zu der kleinen Mauer, wo er vor Wochen den Fingerhut hingepflanzt hatte. Die Pflanze war abgeschnitten, es ragte nur noch ein zehn Zentimeter langer Stängel aus der Rosette am Boden. Anton zeigte auf die Stelle, wo der Fingerhut gestanden hatte. »I glaub, er hod aus unserem Fingerhut dort drüben die Giftmischung ang'setzt. Bis vor a paar Tag is der dort noch g'wachsen, die Pflanzn war anderthalb Meter hoch mit roten Blüten, a tödliche Schönheit.«

Erna folgte seinem Fingerzeig und meinte: »Aber jetzt kimmt der Oberhammer: Eigentlich sollt a gewisser Sebastian Grewe die Drecksarbeit für Jansen erledigen.«

»Nein!«, riefen Anton und Theres wie aus einem Mund und sahen sich entsetzt an.

»Doch. Weil der sich aber in Babette verliebt hod, war er nimmer in der Lage, bis aufs Äußerste zu gehen, wie's sein Chef von ihm verlangt hod. Deswegen is der Jansen heimlich, ohne Grewes Wissen, selbst ang'reist und hod an Schlägertrupp vom Kiez für's Grobe mit'bracht, für alle Fälle. Der Giftanschlag hod dir 'golten, Anton! Du solltest sterben, damit Babette erfährt, wo du des Buch versteckt host.«

Theres bekreuzigte sich und legte ihre Hand auf den Oberschenkel ihres Schwagers.

Erna fuhr fort: »Babette hod dem Grewe wohl erzählt, dass sie des Rezeptbuch deiner Ahnen erst bekommt, wenn du tot bist, und der hod's seim Chef erzählt. Deswegen wollt der Jansen di aus dem Weg räumen, was ja Gott sei Dank misslungen is. Dass Babette von dem Tee trinkt, war nie geplant.«

»Irgendjemand hod die Alm und mei Arbeitszimmer durchsucht, i hob scho immer den Preißn in Verdacht g'habt«, warf Anton ein. »Er war mir von Anfang an ned geheuer.«

»Des geht auf seine Kappe. Aber Jansen is des alles ned schnell genug 'gangen, weil er Schulden bei seinem Drogendealer hod und schnellstmöglich an vui Geld kemma muass. Des wär mit deim Heilmittel gegen die Lungenseuche möglich g'worden. Auf der ganzen Welt gibt's nix außer deiner Lungentinktur, was bei dieser neuen Seuche hilft.«

»I glaub's ja ned!« Anton rückte sich seinen Hut zurecht. Er war geschockt zu hören, wozu Menschen wegen Geldes fähig waren. »Mit meiner Medizin sollen koane G'schäft g'macht werden. Die Kräuter gibt uns der Herrgott umsonst, also muass die Heilung aa umsonst sein.« Er hatte Tränen in den Augen und rang um Fassung.

Eine Staubwolke kündigte ein Auto an, das sich den Weg zum Hof bahnte. Da sie auf der Rückseite des Hofes saßen, sahen sie das Auto nicht, hörten aber, dass jemand parkte.

Anton und Theres blickten sich fragend an. »Theres, wer aa immer des is, sag bitte, i behandel heid ned, erst morgen wieder. I muass erst zu Kräften kemma. Außer es is was sehr Dringends, dann helf i natürlich gern.«

Theres stand auf und ging um die Ecke, um nachzusehen. Nach zwei Minuten kehrte sie mit feuchten Augen zurück, was Anton jedoch nicht auffiel.

»Anton, diesen Fall muasst übernehmen, es is äußerst dringend!«

»In Gottes Namen, i kimm ja scho.« Ächzend stand er auf und ging um das Haus.

Babette kam ihm entgegen und fiel ihm in die Arme. »Großvater!«, rief sie, während ihr die Tränen über das Gesicht liefen. »I bin endlich wieder dahoam!«

Anton rang nach Worten, während auch ihm die Tränen kamen. Ergriffen stammelte er: »Des is des schönste G'schenk, des man mir machen kann. I bin so glücklich, dass es dir guad geht. Babl, jetzt wird alles wieder wie früher.«

»Ned ganz, Großvater.«

Anton sah sie erschrocken an. »Bist ned g'sund g'worden bei den Weißkitteln? Babl, was is mit dir? Is was g'schehen?«

Babette strahlte. »Ja, Großvater, es is was g'schehen … aber was ganz Schönes.« Sie winkte jemanden herbei. »Großvater, derf i dir den Valentin vorstellen?«

Valentin kam auf ihn zu und reichte ihm mit einem schelmischen Lachen die Hand.

Anton erkannte ihn dieses Mal sofort und sah gleichzeitig das Strahlen in Babettes Augen. Da wusste er augenblicklich Bescheid. »Der Weißkittel!« Zögerlich ergriff er die dargebotene Hand. »Wir kennen uns ja scho.« Anton versuchte, Babette zuliebe freundlich zu wirken.

»Ja, wir kennen uns«, erwiderte Valentin lachend. »Vielleicht sollten wir noch einmal von vorne beginnen?«

»Ja, des sollten wir. Kommen S', wir trinken grad alle Kaffee und essen den guaden Apfelkuchen von der Theres.« Zu Babette sagte er flüsternd: »Ganz ehrlich, Babl, i woaß ned, wer mir lieber wär, der Preiß oder der Weißkittel. Aber der heilige Antonius wird's scho g'richtet haben.«

»Des hod er, do bin i mir ganz sicher!« Babette drückte ihrem Großvater einen Kuss auf die Wange.

ENDE

REZEPTE

Energiekugeln

Samen der weiblichen Brennnesselpflanzen sammeln und trocknen lassen oder im gut sortierten Reformhaus kaufen.

Zutaten:
50 g Sesamsamen
50 g Sonnenblumenkerne
50 g Kokosflocken
50 g Brennnesselsamen (20 g davon zum Wälzen verwenden)
Ahorn-, Dattel- oder Agavensirup oder Honig
Zimt
Vanille
zerstoßener Kardamom

Zubereitung:
Die Zutaten zu gleichen Teilen mischen und im Mixer zerkleinern. Mit dem Sirup oder Honig süßen und die Gewürze hinzufügen. Alles gleichmäßig durchmischen und kleine Kugeln formen.
Danach in Brennnesselsamen wälzen.

Rezept von Ellen Huber/Heilpflanzenschule Millefolia

*

Löwenmilch

Zutaten:
1 Handvoll Mandeln
20 Löwenzahnblüten
4 Datteln
etwas Kokosflocken
etwas Zimt
0,5 l Wasser

Zubereitung:
Im Mixer alle Zutaten fein pürieren. Gläser mit Löwen-
zahnblütenblättern dekorieren.

Rezept von Ellen Huber/Heilpflanzenschule Millefolia

＊

Hollersirup

Zutaten:
20 Holunderblütendolden
1 kg Zucker
1 l Wasser
25 g Zitronensäure
1,5 kg unbehandelte Biozitronen

Zubereitung:
Zucker in 1 l Wasser auflösen und aufkochen. Zitronensäure in das abgekühlte Wasser geben.

Zitronen in Scheiben schneiden, Hollerblüten abzupfen. Alles mit dem abgekühlten Zuckerwasser übergießen und drei Tage nicht ganz luftdicht abgeschlossen, aber abgedeckt in der Sonne ziehen lassen. Die Zitronen immer wieder unter das Wasser drücken, da sie sonst schimmeln könnten.

Danach abseihen und in sterile Flaschen füllen.

✻

Mango-Avocado-Brennnessel-Smoothie

Zutaten:
1 Mango
1 Avocado
1 Handvoll Brennnessel oder/und Giersch
3 Datteln
1 EL Zitronensaft
0,75 l Wasser

Zubereitung:
Alles im Mixer pürieren, in Gläser füllen und gekühlt genießen.

✻

Zitronen-Kräuter-Sirup

Zutaten:
1 Bund Basilikum
1 Bund Zitronenmelisse, Minze oder Zitronenverbene
1 Bund Zitronenthymian

4–6 frische Brennnesselblätter
4 Stängel Rosmarin
300 g Zucker
4 Zitronen
500 ml Wasser

Zubereitung:
Wasser mit Zucker bei ständigem Rühren zum Kochen bringen.

Etwas abkühlen lassen. Kräuter hinzufügen. Zitronen schälen und auspressen, Schale und Saft zugeben. Zugedeckt 24 Stunden ziehen lassen. Abseihen, kurz aufkochen und heiß in sterile Flaschen abfüllen.

Schmeckt vorzüglich mit eisgekühltem Wasser oder mit Prosecco. Passend sind Eiswürfel mit eingefrorenen Zitronenstückchen oder Kräutern.

*

Bärlauchpesto

Zutaten für 2 Gläser:
50 g Parmesan frisch gerieben (wichtig)
30 g Pinienkerne
100 g Bärlauch sammeln oder im Gemüseladen im Frühjahr kaufen. Beim Sammeln Riechprobe machen und matte Unterseite überprüfen. (Verwechslungsgefahr mit giftigen Maiglöckchen oder Herbstzeitloseblättern)
½ TL Salz (nach Bedarf mehr oder weniger)
½ TL Pfeffer
100 g Olivenöl

Pinienkerne in einer Pfanne goldbraun ohne Fett rösten, erkalten lassen, dann mit geriebenem Parmesan, Bärlauch, Salz und Pfeffer mixen. Portionsweise Olivenöl zugeben. In sterile Gläser abfüllen.

(Statt Bärlauch kann auch Rucola, Basilikum, Petersilie, Spitzwegerich und Breitwegerich verwendet werden.)

᛭

Fichtenhonig

Zutaten:
300 g Fichtennadelspitzen (im Frühjahr die hellgrünen Triebe sammeln, nicht zu viele von einem Ast)
300 g Zucker

Zubereitung:
Fichtennadelspitzen mit dem Zucker Schicht für Schicht in Weckgläser abfüllen. Mit dem Zucker beginnen. An einem kühlen, dunklen Ort stehen lassen. Wenn nach ein paar Wochen der Zucker flüssig ist, die Nadeln abseihen und den Honig in Gläser abfüllen.

᛭

Wildkräuterquiche

Zutaten:
200 g helles Dinkelmehl
125 g kalte Butter

5 Eier
1 Prise Salz
4 Handvoll gemischte Wildkräuter (Brennnessel, Giersch, Vogelmiere, Bärlauch, Brunnenkresse ...)
1 Knoblauchzehe
100 g würziger Bergkäse, gerieben
1 Becher Sauerrahm
½ TL Salz
½ TL Pfeffer
etwas geriebene Muskatnuss
etwas Abrieb einer Zitronenschale

Zubereitung:
Mehl, Butter, 1 Ei und Salz gut verkneten, zu einer Kugel formen und 1 Stunde in Klarsichtfolie im Kühlschrank ruhen lassen.

Kräuter waschen, gut abtrocknen und mit gehackter Knoblauchzehe und nach Bedarf Zwiebeln in der Pfanne in etwas Butter anschwitzen.

Den Teig in eine Quiche-Form geben, mit der Gabel mehrmals einstechen und den Rand hochziehen.

4 Eier verquirlen, Sauerrahm und Käse hinzufügen, die Kräuter unterheben, würzen und auf den Teig geben.

Im vorgeheizten Ofen bei 175° Umluft 35–40 Minuten backen.

✳

Bärlauchblüten- oder Rosmarinblütensalz

Zutaten:
2 Handvoll Bärlauch- oder Rosmarinblüten pflücken
5 Bärlauchblätter oder etwas Rosmarinnadeln
100 g Salz (evtl. Steinsalz)

Zubereitung:
Blüten gut ausschütteln, zerpflücken und unter das Salz geben.
  Bei ca. 40° Umluft zwei Stunden im Ofen trocknen lassen, danach in Gläser abfüllen.

Rezept von Elisabeth Rechthaler

*

Erfrischender Wildkräutersalat mit Apfel

Zutaten:
5 Handvoll Wildkräuter (Löwenzahnblüten und -blätter, Spitzwegerichblätter, Breitwegerichblätter, Schafgarben-blätter und -blüten, Gänseblümchen, Giersch, Birken-blätter, Vogelmiere …)
1 Apfel klein geschnitten
etwas Olivenöl oder Kernöl
Kräuteressig
Kräutersalz
Walnüsse oder Pinienkerne (leicht geröstet)
mit frisch gehobeltem Parmesan verfeinern

Dressing zusammenmischen und unter die Wildkräuter mit Apfel geben. Mit Nüssen und Parmesan dekorieren.

❊

Eingelegte Spitzwegerich-, Bärlauch- oder Löwenzahnknospen

Zutaten:
1 Glas voll Spitzwegerich-, Bärlauch- oder Löwenzahnknospen
Weinessig
½ TL Salz
einige Pfefferkörner

Zubereitung:
Die Wildkräuterknospen in ein Glas füllen, mit einem guten Essig auffüllen, am besten Weinessig, Salz und Pfefferkörner zugeben.

Das Glas verschließen und vier Wochen dunkel stehen lassen.

(Schmeckt auch sehr gut mit Kapuzinerkresse.)

❊

Rosensirup

Zutaten:
700 g Zucker
1 l Wasser
150 g ungespritzte Rosenblütenblätter (Duftrosen)

3 Biozitronen

Zubereitung:
Wasser mit Zucker aufkochen, währenddessen die Rosen-
blüten mit den in Scheiben geschnittenen Zitronen in ein
Gefäß geben.

Zuckerwasser abkühlen lassen und anschließend über
die Rosen und die Zitronen gießen.

Zugedeckt zwei Tage stehen lassen, danach abfiltern
und in sterile Flaschen abfüllen. Schmeckt gut mit Prosecco. Eiswürfel mit gefrorenen Rosenblättern runden
das Ganze ab.

*

Wildkräuterfrischkäse

Zutaten:
200 g Frischkäse (Doppelrahmstufe)
etwas Salz und Pfeffer
1 TL Schabzigerkleepulver
Wildkräuter (z. B. Wiesenschaumkraut, Gänseblümchen,
Löwenzahn, Bärlauch, Gundermann, Brennnessel …)

Zubereitung:
Kräuterblätter kleinhacken, mit dem Frischkäse und den
Gewürzen vermischen. Schmeckt gut zu Kartoffeln oder
als Brotaufstrich.

*

Rotkleepralinen

Zutaten:
20 Rotkleeblüten mit Stängel
100 g gute Kuvertüre

Zubereitung:
Kuvertüre im Wasserbad schmelzen lassen und die Rotkleeblüten in die heiße Schokoladen tunken. Auf Backpapier trocknen lassen.
(funktioniert auch mit Löwenzahnblüten)

Rezept von Elisabeth Rechthaler

*

Wald- und Wiesenknödel

Zutaten:
500 g Knödelbrot
100 ml Milch
je 1 Handvoll Petersilie, Löwenzahnblätter, Bärlauch, Giersch
nach Bedarf 30 g getrocknete Pilze (eingeweicht)
1 Zwiebel
Pfeffer, Salz, Muskat
5 Eier

Zubereitung:
Brot in lauwarmer Milch einweichen, eingeweichte Pilze ausdrücken und mit der Zwiebel in etwas Butter andünsten und mit den gehackten Kräutern zur Masse geben.

Würzen mit Salz, Pfeffer und etwas Muskat. Zum Schluss die Eier zugeben und die Masse 30 Minuten zugedeckt ziehen lassen.

Knödel formen und im kochenden Salzwasser 15 Minuten sieden.

Mit brauner Butter und Parmesansplittern servieren, dazu einen Wildkräutersalat.

*

Kräutersorbet

Zutaten:
25 g frische Kräuter (Rosmarin, Basilikum, Zitronenthymian, Zitronenmelisse)
100 g Zucker
Saft und Abrieb einer Biozitrone
150 g Joghurt (3,5 % Fett)
100 ml Wasser

Zubereitung:
Zucker und Wasser sirupartig einkochen. Saft und Abrieb der Zitrone zugeben. Kräuter fein hacken. Die Kräuter mit dem Sirup pürieren. Abkühlen lassen. Den Joghurt unter die Masse heben. Für ca. vier Stunden einfrieren. Immer wieder mit der Gabel umrühren, um Eisklumpen zu verhindern.

*

Thereses Apfelkuchen

(nur für Freunde …)

Zutaten für den Boden:
200 g Dinkelmehl
50 g Zucker
1 Eigelb
125 g kalte Butter

Zutaten für die Füllung:
4 säuerliche Äpfel wie Boskop oder Topas
2 Biozitronen (Abrieb und Saft)
20 g Zitronenmelisse und/oder Zitronenverbene
200 g Zucker
4 Eier
Mark einer Vanilleschote
125 ml Sahne
100 g Mandelblättchen

Zubereitung:
Zutaten für den Boden mit dem Knethaken verkneten.
Zur Kugel formen und in Klarsichtfolie einwickeln. Im
Kühlschrank eine Stunde ruhen lassen.

In der Zwischenzeit die Äpfel schälen, entkernen, vier-
teln und in dünne Spalten schneiden. Mit etwas Zitronensaft beträufeln, damit die Apfelschnitze nicht braun
werden. Kräuter klein hacken. Mandeln ohne Fett in der
Pfanne leicht rösten. Zucker mit Eiern, Sahne, Zitronenab-
rieb und -saft verquirlen. Gehackte Kräuter unterrühren.

Teig ausrollen und in einer Tarteform mit den Fingern flachdrücken. Mit der Gabel kleine Löcher in den

Boden stechen. Tarte mit Backpapier auslegen und mit Linsen bestreuen.

Ofen auf 175° Umluft vorheizen. Tarte 15 Minuten im Ofen mit Linsen blind backen, um ein Durchweichen des Bodens zu verhindern.

Backpapier mit Linsen entfernen. Die geschnittenen Äpfel kreisförmig auf den Teig legen. Zitrone-Kräuter-Ei-Sahne-Mischung über die Äpfel gießen. In 35–40 Minuten bei 150° fertigbacken.

Mit den gerösteten Mandeln bestreuen.

DANKE

Ein herzliches Vergelts Gott für all die Unterstützung geht an meine Familie, Angelika Schmidt, Angelika Urban, den Gmeiner-Verlag und an meine Lektorin Christine Braun.

Birgit Mayr
im Gmeiner-Verlag:

Babette, Enkelin des Kräuterheilers Anton, ermittelt:

1. Fall: Der Kräuterheiler vom Tegernsee
ISBN 978-3-8392-0336-1

2 Fall: Genussvoller Tod am Tegernsee
ISBN 978-3-8392-0760-4

SPANNUNG

GMEINER

WWW.GMEINER-VERLAG.DE
Wir machen's spannend

Jürgen Ahrens
Tegernsee-Verhängnis
Kriminalroman
240 Seiten, 12,5 x 20,5 cm,
Broschur
ISBN 978-3-8392-0910-3

Hauptkommissar Markus Kling genießt das Rot-
tacher Seefest, als ihn die Hiobsbotschaft erreicht:
Zwei Taucher wurden tot aus dem Tegernsee gebor-
gen. Unfall, Suizid oder Mord? Die Frage klärt sich
vordergründig schnell, doch Kling bleibt skeptisch.
Dann wird ein Privatdetektiv erschossen, der die
Toten kannte. Die Spur führt in exklusive Kreise
und zu einem vorbestraften Fischhändler. Als ein
Verdächtiger überführt scheint, nimmt der Fall eine
unerwartete Wendung.

GMEINER SPANNUNG

WWW.GMEINER-VERLAG.DE
Wir machen's spannend

Mia C. Brunner
Alpenglühen
Kriminalroman
320 Seiten, 12,5 x 20,5 cm,
Broschur
ISBN 978-3-8392-0842-7

Viel Blut, keine Zeugen und kein Motiv. Als Hauptkommissar Forster zu einem Tatort in Oberstdorf
gerufen wird, ist er ratlos. Wo ist die Leiche? Indizien
deuten darauf hin, dass es sich um eine vermisste
junge Frau handeln muss, und führen Forster zum
Heimatverein Allgäuer Hoigartlar. Doch niemand
kann Hinweise geben. Und niemand, nicht einmal ihr
Lebensgefährte, kennt die Vergangenheit der Frau.
Forster versucht verzweifelt, einen Mordfall ohne
Leiche aufklären.

Ist das Alpenglühen ein Vorzeichen für ein weiteres Unglück?

SPANNUNG

GMEINER

WWW.GMEINER-VERLAG.DE
Wir machen's spannend

Susanne Beck
Bocksbeutel-Verschwörung
Kriminalroman
400 Seiten, 12,5 x 20,5 cm,
Broschur
ISBN 978-3-8392-0847-2

Rauschend feiert die Würzburger Prominenz den
60. Geburtstag von Professor Wulffen, bekannter
Denker und selbsternannter Weinpapst, im Wein-
keller der Residenz. Bis eine Katastrophe das Fest
erschüttert: Einer der Anwesenden überlebt die
Party nicht. Bei ihren Ermittlungen stößt die toughe
Kommissarin Ines Frank schon bald auf Wider-
stände, sogar innerhalb der Polizei. Trotzdem macht
sie sich mit Unterstützung von Dr. Assmuth, einem
technikaffinen Philosophen, auf die Suche nach der
Wahrheit. Ob sie im Wein zu finden ist?

GMEINER SPANNUNG

WWW.GMEINER-VERLAG.DE
Wir machen's spannend